FRANZISKA FRANZ

Blutmain

DUNKLES WASSER Melinda erwacht verletzt auf einer Motorjacht mitten auf dem Main. Zunächst hat sie keine Ahnung, wie sie hierhergekommen ist. Doch bald erinnert sie sich an Francesco. Sie wollte mit ihm das Wochenende verbringen. Aber wieso ist er nicht bei ihr? Es gelingt ihr, das Boot anzulegen und zu Francesco nach Hause zu gehen. Dort steht seine Wohnungstür offen, von ihm keine Spur. Hat ihr Ex-Freund Mike mit seinem Verschwinden zu tun? Er hat sie stets eifersüchtig bewacht. Auf der Straße wird sie von der Polizei aufgegriffen. Plötzlich gilt sie als Hauptverdächtige in einem Mordfall, da die Besitzerin der Jacht, auf der sie aufgewacht ist, vermisst und später ermordet aus dem Main geborgen wird. Hat Melinda etwa etwas mit ihrem Tod zu tun? Woher stammen ihre Verletzungen aus jener Nacht? Sie weiß nicht, wem sie trauen und was sie glauben soll und bittet ihre Nachbarin, Rechtsanwältin Beate Pauli, um Hilfe. Natürlich mischt sich auch deren Lebensgefährtin Karla Senkrecht in den Fall ein, sehr zum Leidwesen von Kriminalkommissar Kai Herbracht.

© Achim Kuest, www.fotostudio-kuest.de

Franziska Franz, geboren in Detmold, lebt in Frankfurt am Main. Dank ihrer Schauspielausbildung und Fernseherfahrung hält sie lebendige Lesungen und hat keinerlei Scheu, auf einer Bühne zu stehen. Sie ist verheiratet und Mutter zweier erwachsener Töchter. Ihre Leidenschaft fürs Schreiben entdeckte sie mit Abenteuergeschichten für Kinder im didaktischen Bereich. Später veröffentlichte sie Kurzkrimis in Anthologien und parallel dazu Thriller und Kriminalromane. Seitdem fühlt sie sich im Krimi-Genre beheimatet. Sie ist Mitglied im Syndikat und bei den Mörderischen Schwestern und bietet Lesecoachings für Autoren an.

FRANZISKA FRANZ

Blutmain

KRIMINALROMAN

GMEINER

Die automatisierte Analyse des Werkes, um daraus Informationen insbesondere über Muster, Trends und Korrelationen gemäß § 44b UrhG (»Text und Data Mining«) zu gewinnen, ist untersagt.

Bei Fragen zur Produktsicherheit gemäß der Verordnung über die allgemeine Produktsicherheit (GPSR) wenden Sie sich bitte an den Verlag.

Immer informiert

Spannung pur – mit unserem Newsletter informieren wir Sie regelmäßig über Wissenswertes aus unserer Bücherwelt.

Gefällt mir!

Facebook: @Gmeiner.Verlag
Instagram: @gmeinerverlag

Besuchen Sie uns im Internet:
www.gmeiner-verlag.de

© 2020 – Gmeiner-Verlag GmbH
Im Ehnried 5, 88605 Meßkirch
Telefon 07575 / 2095-0
info@gmeiner-verlag.de
Alle Rechte vorbehalten

Lektorat: Claudia Senghaas, Kirchardt
Satz: Mirjam Hecht
Umschlaggestaltung: U.O.R.G. Lutz Eberle, Stuttgart
unter Verwendung eines Fotos von: © Tim Fraats / shutterstock.com
Druck: Zeitfracht Medien GmbH, Industriestraße 23, 70565 Stuttgart
Printed in Germany
ISBN 978-3-8392-2691-9

Personen und Handlung sind frei erfunden.
Ähnlichkeiten mit lebenden oder toten Personen
sind rein zufällig und nicht beabsichtigt.

1

4. August 2018, Frankfurt

Blubb, blubb, blubb. Melinda riss die Augen auf – dieses Geräusch, klatschend, schmatzend. Ihr war schwindlig und übel. Sie musste sich übergeben. Sie hustete, keuchte und immer wiederkehrende Krämpfe brachten sie zum Würgen. Sie stöhnte. Ihre Augen füllten sich mit Tränen. Ihr Körper zitterte, alles um sie herum schwankte, und sie fror. Ihr Kopf hämmerte, und sie presste beide Hände an die Schläfen, ertastete eine dicke verkrustete Beule und erschrak. War sie gestürzt, und wo war sie überhaupt? Hatte sie eine Gehirnerschütterung? Trotz der rasenden Kopfschmerzen zwang sie sich nachzudenken.

Blubb, blubb, blubb. Hörte sich an wie Wasser, das gegen Wände spritzt. Vorsichtig hob sie den schmerzenden Schädel. Vor sich sah sie das verwaiste Lenkrad eines Motors, besser gesagt eines Motorbootes. Sie lag auf schwankendem Boden und starrte in die sternenklare Nacht. Was machte sie hier? Sie konnte kein Motorboot bedienen, würde nie eines freiwillig betreten. Die Erinnerung an die letzten Momente fehlte, oder waren es Stunden? Sie wusste es nicht. Ihr Handy. Sie tastete danach, tastete um sich herum. Da war nichts als Bootsboden.

»Hallo, ist jemand hier?« Ihre Stimme war kaum mehr als ein Flüstern. Sie nahm all ihren Mut zusammen.

»Hallo?« Nichts. Nichts als das Blubbern des Wassers, das an die Bootswand klatschte.

Niemals hätte sie allein ein Motorboot gechartert. Und auf welchem Gewässer befand sie sich überhaupt? Ihrer Übelkeit trotzend, erhob sie sich. In der Ferne sah sie das Ufer. Und das, was sie sah, das erkannte sie zum Glück. Rechts standen die Häuser, die an den Main grenzten, und auf der anderen Uferseite konnte sie das Gelände der Universitätsklinik ausmachen. Sie war nicht weit vom Ufer entfernt und sah die Mole, die zu den Bootsanlegern der Häuserzeile am Wasser führte. Sollte sie über Bord springen und zur Mole schwimmen?

Das Wasser, die Dunkelheit, das Boot und vor allem die Einsamkeit machten ihr Angst. Sicher gab es auf dem Main Strömungen. Wieder legte sie eine Hand vorsichtig auf die riesige Beule an der Schläfe. Der Kruste nach zu urteilen musste sie kräftig geblutet haben.

Weshalb nur war sie auf einem Boot, was sie nie zuvor gesehen hatte, und noch dazu verletzt?

Irgendwo hier drin mussten doch Paddel liegen, so viel sie wusste, hatte ein jedes Boot Paddel für den Notfall. Oder traute sie sich zu, den Motor zu starten? Sie rutschte näher zum Steuer, zog sich am Lenkrad hoch: Das Zündschloss war leer, kein Schlüssel. Sie drehte sich um und entdeckte den Zugang zum Unterdeck. Dies war kein Boot, sondern eine Jacht; selbst wenn ein Schlüssel vorhanden wäre, sie würde sie niemals steuern können. Es half alles nichts, sie musste runter. Vielleicht befanden sich unten brauchbare Dinge. Erst jetzt bemerkte sie, dass sie keine Schuhe trug. Sie blickte an sich herab. Ihre Jeans-Shorts waren eingerissen und ihr T-Shirt war an mehreren Stellen versteift, wahrscheinlich vom Blut aus ihrer Kopfwunde.

So vorsichtig und zaghaft wie das auf einem schwankenden Boot möglich war, schlich sie zu der Treppe, die zum Unterdeck führte. Ihr Herz pochte bis zum Hals. Doch in diesem Moment entdeckte sie das Paddel an der Seitenwand. So geräuschlos wie möglich nahm sie es auf. Sollte dort unten jemand auf sie warten, dann würde sie ihm das Paddel überziehen. Es fühlte sich an, als habe sie die Situation selbst schon durchlebt. Mit zitternden Knien schlich sie die Treppe hinunter. Das Paddel war lang und sperrig und schlug ein paar Mal hart gegen die Wände. Sie blieb stehen, lauschte angestrengt, doch bis auf das Plätschern des Wassers war nichts zu hören. Die Kabine lag im Dunkeln, natürlich, es war Nacht. »Hallo?«, flüsterte sie. Mit zittrigen Fingern suchte sie nach einem Lichtschalter und fand ihn schließlich. Es ängstigte sie, als würde sie eine Bombe zünden. Die Kabine war leer. Niemand schien hier unten gewesen zu sein, kein Blut, keine Kampfspuren. Es hatte sich oben an Deck abgespielt, was auch immer es gewesen sein mochte. Ängstlich stieg sie die Stufen hinauf.

An der rechten Bordwand fand sie schließlich ein zweites Paddel. Sie zog es aus seiner Verankerung, lehnte sich gegen die Bootswand und ließ ein Paddel ins Wasser gleiten. Das Boot war zu breit um richtig zu paddeln, doch immerhin machte es eine Wende. Schnell stürzte sie zur anderen Bordwand. Sie musste gegensteuern, um nicht die Zufahrt zu verfehlen. Wegen der Schmerzen stöhnte sie laut auf bei der Anstrengung, doch nach einiger Zeit glitt das Boot in die Mole, um krachend an den ersten Anleger zu prallen, der zum Glück nicht belegt war. Doch trotz des Schlages ging kein Licht an in den Fenstern der an den Steg grenzenden Häuser. Das Boot schwankte, doch konnte sie mit Mühe den Anleger erreichen. Sie griff das Seil, schwang es um den Pfosten und kletterte kraftlos auf den Bootsrand und von dort mit einem großen Schritt auf den Steg.

Plötzlich hatte sie einen Geistesblitz – Francesco, mit ihm war sie gestern hier gewesen. Es war seine Wohnanlage, in der sie sich befand. Aber natürlich! Aber wo war Francesco überhaupt? Sie hatte ihn erst kürzlich auf einer ihrer Modenschauen kennengelernt. Es war im »Hessischen Hof« gewesen, er hatte in der ersten Reihe gesessen. Sie hatte sich sofort unsterblich in ihn verliebt. Er war ein so unglaublich attraktiver südländischer Typ, dunkle Augen, athletisch und unglaublich sexy.

Mike hatte das sehr missfallen. Mike Seiler war Model wie sie. Sie wurden für Modenschauen oft gemeinsam gebucht. Irgendwann hatte sich dann eine kleine Affäre zwischen ihnen entwickelt. Für mehr war sie damals noch nicht bereit gewesen. Mike hatte darunter gelitten, als sie Schluss machte, hatte bis heute keine neue Freundin. Immer wieder hatte er gefragt, ob sie es nicht nochmal probieren wollten. Er hatte sie an dem Abend vor Francesco gewarnt. Hatte ihn einen halbseidenen Typen genannt. Sie hatte ihn nie zuvor so aufgebracht gesehen. Konnte es möglich sein, dass er mit Francescos Verschwinden zu tun hatte? Wusste er, dass Francesco sie über das Wochenende zu sich eingeladen hatte?

Sie hatte das nie zuvor getan, einen fremden Mann besucht. Doch bei Francesco war einfach alles anders gewesen. Hatte Mike das gespürt? Aber auch Francesco war seinerseits auf Mike aufmerksam geworden. »Wer ist dieser Kerl mit dem irren Blick, der dich permanent anstarrt, ein Stalker? Wie heißt der Typ, den nehm ich mir vor, wenn er dich belästigt«, sagte er. War Mike ein Stalker?

Sie hatte sich am Wochenende heimlich davongestohlen,

ohne ihren beiden Nachbarinnen Bescheid zu sagen, die sich immer so liebevoll um sie kümmerten. Sie waren so etwas wie ihre Familie, die beiden Frauen. Doch von Berufs wegen waren sie fremden Menschen gegenüber skeptisch, deswegen hätte sie auch nie etwas über Mike erzählt. Sie hätten ihn vermutlich sofort überprüft. Gehörte zu ihrem Beruf. Die eine war Privatermittlerin, die andere Rechtsanwältin. Doch Melinda war mit ihren 29 Jahren alt genug, selbst über ihr Leben zu entscheiden. Jedenfalls war sie erst gestern mit der Straßenbahn hergefahren, zwar fuhr sie nur einen Smart, doch hatte er gesagt, es könne problematisch werden mit den Parkplätzen, deshalb habe er selbst einen Tiefgaragenplatz. Oder sagte er das vorgestern? Sie wusste es nicht. Wieder ging ihr Mike durch den Kopf. Hatte er sie am Ende verfolgt? Nein, Unsinn. Er würde sie doch nicht verletzen, das musste sie sich aus dem Kopf schlagen.

In Francescos Wohnung hatte sie sich jedenfalls gleich wohlgefühlt, ein echter Traum. Man hätte denken können, dass man sich in Südfrankreich befände. Er war nicht nur attraktiv, sondern auch reich. Und er war in sie verliebt. Sie hatten für einige Minuten auf der Terrasse gestanden und schauten links direkt aufs »Gerippte«, das runde Hochhaus, welches diesen Namen trägt, da es einem Apfelweinglas ähnelt, mit seinem rautenförmigen Rippenmuster. Sie war dort mal im achten Stock gewesen, hatte sich eine Vernissage angeschaut, jedoch mehr Augen für diese Luxusimmobilien gehabt, die man von oben bestaunen konnte.

»Komm, lass uns nach Sachsenhausen laufen, ich hab Lust auf Apfelwein, du auch?«, hatte er sie gefragt und sie in den Nacken geküsst. Er hatte sein Hemd ausgezogen, ihr den Rücken gekehrt und sich ein T-Shirt über den muskulösen Oberkörper gezogen. Dabei hatte sie sein Tattoo gesehen. Dieses auffallend rote Herz, welches ein schwarzer Pfeil durchbohrte. Es sah an seinem Körper einfach sexy aus.

»Damit bist du schon von Weitem unverwechselbar«, hatte sie anerkennend gesagt.

Er hatte sich zu ihr umgedreht, sie nah zu sich gezogen und ihr eine Nacht versprochen, die sie nie mehr vergessen würde.

Nun brachen sich wieder all die düsteren Gedanken Bahn. Was war in dieser unsäglichen Nacht geschehen?

Sie rappelte sich auf. Erst einmal runter hier, runter von diesem Steg, weg vom Wasser.

Ihr T-Shirt war feucht und kühlte ihren Körper aus, sie fror und schlang die Arme um sich. Was, wenn Francesco etwas zugestoßen war?

Ein hässlicher Gedanke schoss ihr durch den Kopf. Was, wenn er versucht hatte, sie zu vergewaltigen? Sie hatte sich gewehrt, nachdem er sie verletzt hatte, ihn vielleicht mit einem Gegenstand getroffen, er war gestürzt und über Bord gefallen.

Sie musste unbedingt zurück in sein Apartment, dort stand ihr Übernachtungsgepäck. Außerdem hätte sie nicht gewusst, wohin sie sonst hätte gehen sollen, wenngleich sie keine Ahnung hatte, wie sie da ohne Schlüssel reingelangen konnte. Doch vielleicht war ja alles ganz anders, sie hatten sich verloren und er wartete bereits dort oben auf sie. Sie wollte auf ihre Armbanduhr schauen, doch auch ihre Uhr war verschwunden. Es war wie in einem Albtraum, aus dem man nicht erwacht. Wie lange mochte sie auf dem Boot gelegen haben? Ihr fiel ein, dass sie gestern in diesem T-Shirt und den Shorts hier angekommen war.

Sie hatte sich umziehen wollen, doch war er so hungrig gewesen, dass er sagte, sie sei hübsch genug für ihn. Karpfenweg hieß die Straße, oder besser der Weg, auf dem die Wohnanlage stand. Er wohnte vorne im Eckhaus, in der vierten Etage, direkt neben der Brücke, die über die Mole führte, das wusste sie noch. Sie schaute angestrengt nach oben, die Fenster waren unbeleuchtet. Hätte er sie erwartet, dann hätte er doch gewiss Licht angelassen, auf sie gewartet oder wäre gar unten herumgelaufen, hätte die Feuerwehr oder die Polizei alarmiert. Zu ihrer großen Überraschung war die Tür des Apartmenthauses bloß angelehnt, ein Stückchen Holz hatte verhindert, dass sie ins Schloss fiel. Eigentümlich bei einer solch teuren Immobilie. Da hatten die Leute doch sicher Angst vor Einbrechern. Sie traute sich nicht, den Fahrstuhl zu benutzen, um keine Geräusche zu machen, also schlich sie barfuß die Treppe hoch. Zwischendurch blieb sie stehen, um sich am Geländer festzuhalten, so stark hämmerte ihr Kopf. Endlich oben angekommen, traute sie ihren Augen kaum. Die Tür des Apartments war ebenfalls nur angelehnt. Sie sah auf das Türschild. Es stand kein Name darauf, das hatte sie schon gestern bemerkt.

Behutsam schob sie die Tür weiter auf. Vielleicht war Francesco entführt worden, schließlich war er reich. Und nun lag er gefesselt und geknebelt in einem Raum, unfähig, sich zu befreien. Möglicherweise waren es mehrere Entführer gewesen, einer war noch hier und wartete nur darauf, sie, Melinda, ebenfalls in seine Gewalt zu bringen. Sie sollte die Polizei rufen, doch hatte sie kein Handy. Vielleicht gab es einen Festnetzanschluss? Keine gute Idee. Ihre Eltern anrufen? Seit Monaten hatte sie keinen Kontakt zu ihnen gehabt. Sie hatten kein Verständnis für ihre

Berufswahl gehabt und unterstützten sie nicht, hatten den Kontakt zu ihr mehr oder weniger abgebrochen. Sie solle erst etwas Anständiges lernen.

»Wo steckst du nur, Francesco?«, flüsterte sie.

Mit zitternden Fingern tastete sie nach dem Lichtschalter. Als das Licht den Eingangsbereich beleuchtete, sah sie den Schlüsselbund. Der lag auf einem kleinen Tischchen neben einem riesigen Spiegel. Sie erschrak, als sie einen Blick auf ihr Spiegelbild warf. Die Platzwunde war groß und verlief quer über der rechten Schläfe. Ob das nicht genäht werden musste? Zumindest musste die Wunde desinfiziert werden. Ihre Kleidung war über und über mit Blut besudelt. Wenn das nur ihr Blut war, dann hatte sie viel verloren.

Sie betrat den offenen Wohnraum und fand den Schalter. Die indirekte Beleuchtung an den bodentiefen Fenstern erhellte den Raum.

»Francesco?«, fragte sie leise. Die offene Küche, die sie noch gestern bewundert hatte, schien unbenutzt. Hier war weder gekocht noch gegessen worden. Alles war unberührt, wie sie es vom Abend in Erinnerung hatte. Blieb nur noch das Schlafzimmer, dort hatte sie ihre Tasche abgestellt. Ob er dort war? Ihr Herz klopfte, doch sie musste sich vergewissern. Vorsichtig öffnete sie die Tür, lauschte, ertastete auch dort den Lichtschalter und bediente ihn. Nichts. Auf dem Bett lag Francescos Lederjacke, von ihm keine Spur. Er hatte sie gestern bei sich gehabt, er musste folglich noch einmal hier gewesen sein. Vor dem riesigen Doppelbett hatte sie bei ihrer Ankunft ihre Reisetasche abgestellt, sie fehlte. Merkwürdig, warum sollte er sich mit ihren Sachen davongemacht haben? Es waren nur ein paar Kleidungsstücke darin. Ihre Handtasche hatte sie mitgenommen, doch auch sie war nun fort. Nichts war ihr geblieben, nicht einmal ihre Kleider.

Sie nahm seine Jacke, durchsuchte die Innentaschen und war verblüfft. In der linken Brusttasche befand sich seine Geldbörse. Sie nahm sie raus, öffnete sie. Und als sie den Inhalt genauer betrachtete, da war sie sich beinah sicher, es war etwas Schlimmes geschehen. In den Seitenfächern fanden sich sein Ausweis und etwas Bargeld. Er würde wohl kaum das Haus verlassen, ohne beides mitzunehmen. Sie legte die Geldbörse aufs Bett und dachte nach.

Das Badezimmer, die letzte Möglichkeit. Auch diese Tür war nur angelehnt. Mit einem Ruck stieß sie sie auf. Auch dieser Raum war unbenutzt. Keine Wassertropfen an den Wänden der Dampfdusche, die darauf hätten schließen lassen, dass hier kürzlich jemand gewesen war. Sie ging zurück in die Diele.

Warum nur waren sowohl Haustür als auch Apartmenttür unverschlossen gewesen? Würde er jeden Moment wiederkommen, hatte nur kurz die Wohnung verlassen, um nach ihr zu suchen? Die Stille war beängstigend. Die Wohnungstür, sie stand noch immer offen. Eilig schloss sie die Tür. Sie nahm den Schlüssel auf dem Tisch neben dem Spiegel in die Hand. Hing am Bund vielleicht auch der Wohnungsschlüssel? Nein, nur der Porscheschlüssel und eine Fernbedienung, vermutlich für die Tiefgarage. Sie betrachtete den Bund. Kein Hausschlüssel dran. Merkwürdig, an ihrem Schlüsselbund befanden sich alle Schlüssel, die sie besaß. Trug er den Hausschlüssel bei sich? Er hatte den Bund gestern dort abgelegt. Sie hatte ihn aber nicht weiter beachtet.

Was sollte sie tun? Von hier verschwinden, mitten in der Nacht? Sie ging ins Schlafzimmer und sah sich um. An der einen Seite befand sich eine kaum sichtbare Tür, vermutlich zu einem begehbaren Kleiderschrank. Sie öffnete die Tür und sah sich um. Mit dem, was sie dort vorfand, hatte sie nicht gerechnet. Damenbekleidung. Röcke, Blusen, merkwürdig. Sagte er ihr nicht, dass es sein Apartment ist?

Die Garderobe der Frau, der diese Sachen gehörten, war hochwertig. Seide, Kaschmir, auf den Etiketten Markennamen, damit kannte sich Melinda als Model aus. Konservative Garderobe. Nichts, was Frauen wie Melinda tragen würden. Sie zog die Schublade einer Kommode auf, die unter einem großen Wandspiegel stand. Damenwäsche, viel Spitze, Mieder, hausbacken. Sie hätte schwören können, dass die Frau, der die Garderobe gehörte, deutlich älter war als sie. Sie suchte nach Francescos Wäsche. Nicht eine einzige Boxershorts. In einer weiteren Schublade sorgfältig zusammengelegte Blusen und ein paar wenige T-Shirts. Gott sei Dank, ein frisches T-Shirt konnte sie brauchen. Sie zog ein paar helle Teile heraus. Nichts als bedruckte Shirts mit Herzen, Goldapplikationen, Strasssteinen. Egal, Hauptsache etwas Frisches. Sie nahm ein T-Shirt und warf es aufs Bett. In der letzten ungeöffneten Schublade lagen nach Farben geordnete Kaschmirpullover, auch diese mit auffälligen Motiven. Schließlich fand sie eine Strickjacke im Leopardenlook. Egal, sie würde sie brauchen können. Eine passende Jeans fand sich leider nicht, eigentlich überhaupt keine Hosen. Die Frau, deren Sachen hier lagen, schien nur Kleider und Röcke zu tragen.

Ob sie das Risiko eingehen konnte, sich zu duschen und vor allem ihre Kopfwunde zu reinigen? Jederzeit konnte er hier auftauchen oder sie? Oder jemand! Dennoch, sie musste es wagen, wenn sie so von hier verschwände, würde man sie direkt aufgreifen. Die Nähe zum Rotlichtviertel. Man würde sie vermutlich für eine Prostituierte halten. Sie zog den Plexiglastisch von der Wand und schob ihn vor die Tür. Den Porscheschlüssel legte sie zu den frischen Sachen. Erst jetzt spürte sie ihren Durst. Sie ging ins Bad, öffnete den Wasserhahn am Waschtisch und trank in großen Schlucken.

Nachdem sie sich ausgezogen hatte, entdeckte sie weitere blaue Flecken an den Armen. Unterhalb des Waschtisches befanden sich große Schubladen, die sie öffnete. Schminkutensilien, Anti-Aging-Produkte, Masken. Sie öffnete ein weiteres Fach und fand Brauchbares. Neben Zahnpasta, Zahnseide, Pinzette und Wimpernzange befanden sich Hühneraugenpflaster und normale Pflaster. Sogar einige größere. Daneben stand Desinfektionsmittel. Gott sei Dank. Vorsichtig säuberte sie die Wunde mit Wasser, ein etwa drei Zentimeter großer Riss kam zum Vorschein. Sie reinigte ihn mit Desinfektionsmittel und klebte das größte wasserdichte Pflaster, das sie finden konnte, darauf.

Zwei unbenutzte Handtücher hingen gleich neben der Duschkabine.

Die Dampfdusche war groß genug, um eine ganze Familie gleichzeitig darin unterzubringen. Sie genoss das Wasser, das ihr durch einen Regenwasser-Duschkopf sanft über Kopf und Körper lief und sie wärmte. Sie ließ sich wenig Zeit, drehte den Wasserregler bald ab, nahm sich ein Handtuch und trocknete ihren Körper.

Sie fühlte sich besser, halbwegs sauber und aufgewärmt. Für die Strickjacke war sie dennoch dankbar. Nun erst spürte sie, dass sie lange nichts zu sich genommen hatte. Ob sich etwas Essbares in der Küche befand? Sie öffnete den Kühlschrank. Das Angebot war übersichtlich. Außer einem in Klarsichtfolie eingepackten Stück Käse und ein paar Flaschen Wein befanden sich keine Überraschungen in dem riesigen amerikanischen Kühlschrank. Kein Wunder, dass Francesco Essen gehen wollte. Sie wickelte den Käse aus, sah halbwegs frisch aus. Nachdem sie ein paar Bissen gegessen hatte, legte sie den Rest zurück in den Kühlschrank. Sie war sehr matt und würde einen Moment entspannen müssen.

Sie ging zum Schlafzimmer, nahm jedoch vorher die Schlüssel aus der Diele an sich. Zögerlich legte sie sich auf das fremde Bett, das ihr ebenso fremd war wie Francesco. Mit offenen Augen starrte sie unter die Zimmerdecke und dachte an den gestrigen Abend. Sie hatten draußen gesessen, vorm »Wagner«. Alle Tische waren um diese Zeit besetzt gewesen, und sie hatten sich zu einer angetrunkenen, aber witzigen Männerrunde gesellt.

»Dürfe mer eusch uff en Ebbelwoi einlade?«, hatte einer der Typen gesagt, der Bedienung ein Zeichen gemacht, drei zusätzliche Gläser und einen Bembel bestellt.

»Bist du en Ittaker?«, hatte er Francesco gefragt.

Melinda hatte die Luft angehalten, denn eigentlich hätte man das als Schimpfwort auffassen können. Doch Francesco hatte lauthals darüber gelacht.

Der Apfelwein war ihr recht schnell zu Kopf gestiegen, denn sie hatte bis dahin wenig gegessen, der Handkäs hatte vermutlich nicht ausgereicht. Bis dahin war es dennoch ein unbeschwerter Abend gewesen. Die Männer hatten sich längst verabschiedet, doch sie waren sitzen geblieben. Irgendwann hatte sie vorgeschlagen zu gehen. »Ich schätze, sonst hast du heute nicht mehr viel von mir.«

»Bis wir zu Hause sind, bist du wieder nüchtern. Der Ebbelwoi hat nicht so viel Alkohol. Einen bestell ich uns noch.«

»Dann muss ich aber mal schnell aufs Klo.« Das war tatsächlich der letzte Satz, an den sie sich erinnerte.

Wahrscheinlich hatte sie einfach einen Filmriss wegen des Alkohols gehabt. Wenn sie einen Schwips hatte, dann tat sie manchmal die verrücktesten Dinge. Vielleicht war sie ihm weggelaufen. Ihm war es zu mühsam, sie zu suchen. Das erklärte die offenen Türen. Er wusste, dass sie keinen Schlüssel hatte. Hatte er sie zu einer nächtlichen Tour überredet? Vielleicht war beim Ablegen jemand an Bord gekommen, hatte ihn überwältigt und entführt, jemand, der ihn aus dem Weg räumen wollte, Mike? Nein, ganz anders – die Frau, die hier wohnte, hatte die Polizei verständigt, denn er war zu Unrecht in die Wohnung eingedrungen. Natürlich, deswegen hatte er sich nicht bei ihr gemeldet. Er war verhaftet worden. Sie hielt in ihren Überlegungen inne. Nein, das machte keinen Sinn. Wo war dann die Frau? Und Francesco war natürlich kein Verbrecher, nie und nimmer.

Lautes Vogelgezwitscher weckte Melinda. Im ersten Moment wusste sie nicht, wo sie war, und erschrak. Sie schnellte hoch, sah sich um, und die Erinnerung kehrte zurück. Sie musste eingeschlafen sein, es war heller Tag. Sie setzte sich auf. Der Wecker neben dem Bett stand auf 10.17 Uhr. Ach du Schreck. Sie sprang auf, öffnete die Tür und starrte rüber zur Eingangstür. Nichts hatte sich verändert, der Tisch stand immer noch dort. Sie schob ihn zurück an die Wand, musste hier endlich verschwinden. Sie nahm Francescos Geldbörse, das wenige Bargeld würde sie brauchen. Sie könnte sich ein Taxi rufen. Nein, besser nicht, viel zu gefährlich. Er würde bei der Polizei gegen sie aussagen, falls sie ihm etwas angetan hatte. Wenn sie doch wenigstens ihr Handy hätte. Vielleicht hatte sich Francesco ja längst gemeldet. Sie betrachtete den Autoschlüssel. Sie würde den Porsche nehmen. Das war die einzige Möglichkeit, so schnell wie möglich nach Hause zu kommen. Der Porsche stand gewiss in der Tiefgarage. Denn gestern waren sie zu Fuß über die Bahnhofsbrücke bis nach Sachsenhausen gelaufen. Und ohne den Schlüssel würde er vermutlich nicht weggefahren sein, es sei denn, er hatte einen Zweitschlüssel. Sie verließ die Wohnung und fuhr mit dem Lift zur Parkgarage. Ein Porsche war direkt neben dem Lift geparkt, auf einem Kopfparkplatz. Sie betätigte die Fernbedienung des Schlüssels und das Türschloss sprang auf, Gott sei Dank.

Sie startete den Motor, schaltete einige Male, ein leichter Rückwärtsruck bestätigte, dass sie sich im richtigen Gang befand. Sie trat die Kupplung und gab Gas. Der Motor heulte auf. Sie schrie auf vor Schreck. Dieses Geschoss hatte eindeutig einige PS zu viel für ihren Geschmack. Sie selbst fuhr bloß einen Smart. So vorsichtig sie konnte, trat sie die Pedale, und das Auto fuhr zurück. Sogleich warnte ein Piepton, dass sie sich mit dem Heck des Porsche zu dicht an der Motorhaube eines BMW befand. »Oh mein Gott, hilf mir hier raus!« Sie fuhr ein paar Mal kurbelnd vor und zurück, bis das Auto endlich ausgeparkt war, dann fuhr sie zur Ausfahrt und betätigte die zweite Fernbedienung. Das Gitter des Tores rollte nach oben.

Sehr langsam und mit zitternden Knien fuhr sie durchs

Bahnhofsviertel. Am Platz der Republik bog sie nach rechts auf die Mainzer Landstraße, passierte wenige Minuten später den Opernplatz und fuhr geradeaus bis zur Eschersheimer Landstraße.

Hinter ihr hupte ein Autofahrer und riss entnervt die Arme hoch, denn sie hatte sich zu spät in Bewegung gesetzt. Die Ampel sprang bereits wieder auf Gelb.

»Ist ja schon gut, ist ja gut, du Idiot. Ich will doch nur heil ankommen, schneller kann ich nun mal nicht«, murmelte sie wütend.

Der Autofahrer überholte sie und kurbelte die Scheibe runter. »Wohl Papis Auto geklaut, was?«

Sie konnte ihn durch die geschlossene Scheibe hören.

»Fahr weiter, du Macho!«, rief sie.

Gerade hatte sie die Adickesallee überquert, da überholte sie ein Polizeiwagen, bremste, und auf dem Dach leuchtete die Anzeige: »Bitte folgen« auf.

»Nein, bitte nicht, das darf doch nicht wahr sein. Was wollen die von mir? Verdammt, die Papiere.« Melinda stöhnte, fuhr langsam hinter dem Dienstwagen her. Der hielt direkt am Rande des Polizeipräsidiums an. Die beiden Polizisten kamen auf sie zu, sie betätigte den elektrischen Scheibenheber.

»Bin ich etwa zu schnell gefahren?«

»Eher zu langsam, Sie haben gerade den fließenden Verkehr behindert. Ist Ihnen das nicht aufgefallen? Kann ich bitte Ihre Papiere sehen?«

Der Albtraum begann. »Ich, ich habe keine. Sie, sie sind mir gestohlen worden und auch mein Geld und mein Handy.«

»Sie haben also keine Papiere, kein Geld und kein Handy, Frau, wie ist denn Ihr Name?«

»Brandt.«

»Gut, Frau Brandt, Sie fahren einen Porsche, der Ihnen nicht gehört, wie Sie uns sagen.«

Melinda nickte verzweifelt.

»Wenn Sie wenigstens den Fahrzeugschein hätten, wäre das deutlich weniger kompliziert«, sagte der andere Polizist. »Bitte Ihre Geburtsdaten, Ihren Wohnsitz mit genauer Adresse, Frau Brandt, wir werden das überprüfen. Haben Sie getrunken?«

»Nein, keinen Tropfen, um Gottes willen.«

»Gut, Sie werden sicher verstehen, dass Sie uns begleiten müssen. Wir werden einen Bluttest anordnen müssen, aber halb so schlimm, wenn Sie nicht getrunken oder Drogen genommen haben. Wie kommen Sie zu dieser Verletzung da am Kopf?«, er deutete auf ihre Stirn.

»Das, das weiß ich nicht.«

*

Sie saßen in einem Vernehmungsraum des Polizeipräsidiums auf der Adickesallee, und einer der beiden Polizisten tippte etwas in seinen Computer. Der hinzugekommene Arzt hatte Melinda Blut abgenommen und sich die Kopfverletzung angesehen. »Die Wunde muss genäht werden. Gehen Sie bitte so bald wie möglich zu einem Arzt, geröntgt werden sollte das auf jeden Fall.« Er klebte ein frisches Pflaster auf. Er nickte den Beamten zu, bevor er den Raum verließ. »Vernehmungsfähig ist sie, aber fassen Sie sich kurz.«

Melinda saß zusammengesunken auf ihrem Stuhl, hob den Kopf und sagte: »Ich habe Nachbarn, die können Sie jederzeit anrufen, ich meine, die kennen mich. Frau …«, sie stockte, sie sollte vielleicht nicht gleich erwähnen, dass Beate Pauli, ihre Nachbarin und gute Freundin, Anwältin war. Vielleicht durfte sie sie dann wegen Befangenheit nicht konsultieren? Sie hatte keine Ahnung, deshalb schwieg sie.

»Das werden wir sicher tun. Erst einmal wollen wir aber wissen, wer Sie sind. Dann legen Sie mal los!«

»Melinda Brandt, geboren am 7. Mai 1989 in Frankfurt. Von Beruf bin ich Model. Ich wohne am Schwalbenschwanz 75, in 60431 Frankfurt.«

»Überprüfst du das bitte, Walter?«, sagte er zu seinem Kollegen.

»Frau Brandt, seit dem 24.08.2017 ist für die Blutkontrolle kein richterlicher Beschluss mehr vonnöten, nur falls Sie sich nicht mit derartigen Untersuchungsmethoden auskennen sollten.«

»Ich habe nicht getrunken«, antwortete Melinda, die mit den Tränen kämpfte.

»Die Formalitäten wären geklärt. Nun erzählen Sie mal, Frau Brandt.« Der Polizist, der sich mittlerweile mit dem Namen Hubner vorgestellt hatte, verschränkte die Arme vor seiner Brust und sah sie neugierig an.

Melinda putzte sich geräuschvoll die Nase. Ihre Augen waren vom Weinen gerötet. »Bin ich eigentlich verhaftet?«

Hubner schüttelte den Kopf. »Wir haben Sie vorübergehend in Polizeigewahrsam genommen, da Sie keine Papiere bei sich haben. Wir müssen Ihre Identität klären, das verstehen Sie sicher.«

»Ich … es ist alles so verrückt, aber Sie müssen mir glauben. Ich habe nur Francescos Ausweis«, sie reichte ihm das Dokument, das sie bei sich trug. »Den hat er in seiner Wohnung liegen lassen. Und, und das Auto ist auch seines.«

Hubner reichte den Ausweis an seinen Kollegen weiter. »Kannst du den mal überprüfen?« Zu Melinda sagte er: »Und wo ist nun dieser Francesco Lione, besser gesagt, warum haben Sie seinen Ausweis statt Ihres eigenen? Warum fahren Sie sein Auto, und wann hat man Ihnen Ihre Papiere gestohlen?«

»Ich weiß, das hört sich alles völlig verrückt an, ich, ich verstehe es ja selber nicht. Wir, also Francesco und ich, wir wollten ein Wochenende miteinander verbringen. Ich habe ihn erst vor Kurzem kennengelernt. Also, Sie müssen wissen, ich mache das sonst nicht, aber …«

»Bitte nur die Fakten, Frau Brandt.«

»Ja, ja, natürlich.« Sie musste gegen ihre Tränen ankämpfen.

»Er, er wohnt am Mainufer, im Karpfenweg, genauer gesagt. Er besitzt dort eine Wohnung und auch ein Boot. Ich war nicht drauf, aber er hatte es mir heute zeigen wollen, das sagte er mir zumindest. Ja, wir waren nur kurz in der Wohnung gewesen, gestern Abend, bloß um meine Tasche abzustellen, dann gingen wir nach Sachsenhausen, zum ›Wagner‹, er hatte solchen Hunger, müssen Sie wissen. Wir lernten dort ein paar Männer kennen, die uns einluden. Also zum Apfelwein. Mehr weiß ich nicht, ist alles weg. Ich wachte auf einem riesigen Boot auf.«

»Das klingt alles mehr als konfus, Frau Brandt«, sagte der Polizist.

Die Tür des Verhörraumes öffnete sich. »Kannst du mal rauskommen, Rudi?«, bat der Kollege.

»Entschuldigen Sie mich einen Moment, Frau Brandt«, Hubner stand auf und ging hinaus.

Melinda war froh, einen Augenblick durchatmen zu können. Sie wusste nicht recht, was sie erzählen durfte und was nicht. Sollte sie nicht besser sofort einen Anwalt einschalten? Beate würde ihr gewiss helfen.

Hubner kam wieder, zog seinen Stuhl zurück und setzte sich. Er runzelte die Stirn und sah Melinda kopfschüttelnd an. »Frau Brandt, die Geschichte ist leider deutlich komplizierter als gedacht.«

»Wie, wie meinen Sie das? Ist Francesco etwas passiert?« Ihr wurde flau im Magen.

»Dieser Francesco Lione, Frau Brandt, der existiert leider nicht.« Er machte eine Pause. »Der Ausweis ist falsch. Wir werden die Kriminalpolizei einschalten müssen.«

Melinda riss die Augen auf. »Die was? Das kann doch gar nicht sein.«

»Der Porsche ist auf eine Frau zugelassen, Frau Brandt. Die Angaben Ihren Wohnsitz betreffend haben sich bestätigt, dennoch würde ich Ihnen raten, einen Anwalt zu Hilfe zu nehmen, den werden Sie brauchen, glauben Sie mir. Kennen Sie einen, oder sollen wir Ihnen einen vermitteln?«

Melinda musste schlucken, dann nickte sie. »Beate Pauli, sie ist Anwältin. Ich, ich habe ihre Telefonnummer. Sie hat sogar meinen Wohnungsschlüssel. Sie ist meine Nachbarin. Darf ich sie anrufen?«

»Aber natürlich, Frau Brandt.«

2

5. August 2018, Karla Senkrecht, Beate Pauli

»Da wollte ich heute ausnahmsweise mal die Beine hochlegen«, sagte Karla Senkrecht, die mürrisch auf dem Beifahrersitz saß und gähnte. »Zur Belohnung werde ich jetzt ein Zigarillo rauchen.«

»Nur über meine Leiche«, antwortete Beate Pauli. »Oder willst du, dass ich einen Unfall baue? Bei dem Qualm sieht man doch nix.«

Karla knurrte. »Möchte mal wissen, wer die Kleine da in die Scheiße geritten hat. Wusstest du überhaupt, dass sie nicht zu Hause ist?«

Beate schüttelte den Kopf. »Bin doch nicht ihre Mutter. Muss sie sich etwa jedes Mal bei uns abmelden, wenn sie was vorhat? Das würde dir wohl so passen, was? Lass sie doch, sie ist alt genug, um auf sich selbst aufzupassen.«

Karla stieß einen zischenden Laut aus. Insgeheim war sie traurig darüber, dass Melinda sie beide nicht informiert hatte.

Wer die kauzige Privatdetektivin nicht genau kannte, der hielt sie für eine unfreundliche dicke, nicht zu Scherzen aufgelegte Person mit verkniffenem Gesicht, der man besser aus dem Wege ging. Ein echtes Mannsweib. Ihre kurzen Haare, die wegen widerborstiger Wirbel nicht recht zu bändigen waren, verstärkten dazu den Eindruck eines chaotischen Charakters. Dass Karla das Herz auf dem rechten Fleck trug, das wussten außer ihrer Lebensgefährtin Beate und natürlich Melinda die wenigsten Menschen. Und auch nicht, dass ihre eigentümlichen Ermittlungen auf eine Menge Kreativität und einen wachen Verstand hinwiesen. Um ihre junge Nachbarin Melinda Brandt kümmerten sich die beiden Frauen beinahe rührend. »Einer muss ja auf das Kind aufpassen«, war Karlas Leitspruch, wenngleich das Kind beinah 30 war. Karla und Beate hatten keine leiblichen Kinder, heimlich hofften aber beide, dass Melinda noch lange in der Nachbarwohnung leben möge, denn sie liebten die junge Frau, als ob sie ihr eigenes Kind wäre. Sie sorgten sich um ihr Wohlergehen, hatten sogar schon mit Erfolg einen Freund von Melinda in die Flucht geschlagen. Beate Pauli, die von Beruf Rechtsanwältin war, war die weiblichere der beiden Frauen und eine durchaus elegante Erscheinung. Auch sie trug die dunkelblonden Haare kurz, war stets dezent geschminkt, trug wegen einer massiven Kurzsichtigkeit eine Hornbrille mit starken Gläsern, die ihr jedoch gut stand. Sie pflegte hauptsächlich Kostüme zu tragen, zumindest in ihrer Kanzlei, die sich in der noblen Myliusstraße befand. Als vor einer Viertelstunde der Anruf von Melinda aus dem Polizeipräsidium kam, waren die beiden Frauen nicht nur beinah aus dem Bett gefallen, sondern aus allen Wolken.

»Zum Glück will sie dich als Anwältin, das erleichtert einiges«, knurrte Karla und sah gedankenverloren aus dem Fenster.

»Ja, wen denn auch sonst, oder meinst du, das Mädchen kennt sich mit Anwälten aus?«

»Meinst du, sie hat ihren Eltern Bescheid gegeben?«

»Vermutlich nicht. Sie haben sich all die Jahre nicht gekümmert und Melinda ist darüber enttäuscht, wie du weißt. Ich danke dem Herrgott, dass wir zu Hause waren, als der Anruf kam.«

»Sag mal, kannst du nicht schneller fahren?«

»Wie denn, soll ich die anderen Verkehrsteilnehmer aus dem Weg hupen?«

»Ich hätte mich für eine Polizistin entscheiden sollen«, brummte Karla. »Dann wären wir schon da.«

Beate schüttelte den Kopf. »Sehr witzig. Bei den paar Straßen werden wir doch einer Beziehungskrise aus dem Weg gehen können, oder?«

Der Pförtner des Polizeipräsidiums telefonierte kurz, als die Frauen eingetroffen waren und Beate ihr Ansinnen erklärte. Hubner, der Verkehrspolizist, holte sie an der Pforte ab und brachte sie zum Verhörraum im dritten Stock.

Melinda war überglücklich, als sie die beiden Frauen sah, sprang von ihrem Stuhl auf, umarmte beide und begann heftig zu weinen.

Besorgt sah Beate in ihr verletztes Gesicht. Das hübsche Mädchen mit den feinen Gesichtszügen, den glänzenden schwarzen Haaren und den leuchtend blauen Augen war kaum wiederzuerkennen. Eine große Beule war mit einem riesigen Pflaster abgedeckt. »Was hast du denn da für eine schreckliche Wunde am Kopf, Kind?«

»Das ist eine lange Geschichte, Beate«, sagte Melinda traurig.

Mit Gefühlsduseleien konnte Karla schlecht umgehen. Besser gesagt konnte sie nicht über ihren Schatten springen, auch wenn sie sichtlich erschüttert war. Insgeheim hätte sie das Mädchen gern getröstet, stattdessen klopfte sie ihr unbeholfen auf die Schulter und knurrte: »Wird schon wieder.«

»Hallo, Frau Pauli, Frau Senkrecht, lange nicht gesehen«, sagte der Beamte, der Karla und Beate wohlbekannt war und sich erhoben hatte.

»Welche Überraschung«, knurrte Karla, »Tag Herr Kommissar.« Ein Lächeln huschte über ihr Gesicht.

»Hauptkommissar, Senkrecht, mittlerweile Hauptkommissar.«

»Na ja, ehrgeizig waren Sie ja schon immer.« Sie reichten sich die Hände. Insgeheim mochte Karla den smarten Kommissar, denn der 43-jährige Kai Herbracht mit dem schütteren braunen Haar und den Geheimratsecken gehörte in Frankfurt zu den fähigsten Männern der Mordkommission. Natürlich wusste Karla längst, dass er befördert worden war, ärgerte ihn aber gerne ein bisschen. Karla und Beate kannten ihn schon seit Jahren. Er führte kaum ein Privatleben, war mehr oder weniger mit seinem Beruf verheiratet, seit seine Ehe vor Jahren in die Brüche gegangen war. Karla hielt ihn für einen der besten Ermittler, wenngleich sie es niemals zugeben würde. Laut äußerte sie stattdessen oft, dass er völlig verschult sei und nicht über seinen Tellerrand schauen könne. In Wahrheit freute sie sich aber, dass er sie in der Vergangenheit so manches Mal zu Fällen hinzugezogen hatte. Ihr war klar, hier musste etwas Schwerwiegendes vorgefallen sein, wenn Herbracht ins Spiel kam. Das wiederum gefiel ihr ganz und gar nicht, denn ihre Melinda war darin verstrickt.

»Darf ich Ihnen meinen Kollegen vorstellen, Volker Lorenz«, sagte Herbracht.

Auch Lorenz erhob sich. Karla musterte ihn, den großen athletischen Mann, etwa Mitte 30, mit dunkelblondem Haar, wachen Augen und einem Backenbart.

»Ich gratuliere, wenn Sie in Kommissar Herbrachts, Pardon, Hauptkommissar Herbrachts Abteilung sind, können sicher noch so einiges lernen«, knurrte Karla.

Lorenz lächelte. »Danke, Frau Senkrecht, habe auch so einiges von Ihnen gehört.«

»So? Ich hoffe, nur Gutes. Sieht ja aus, als haben wir es hier mit einer brandgefährlichen Angelegenheit zu tun. Was hat denn unsere junge Nachbarin damit zu schaffen?«

»Nehmen Sie doch Platz«, sagte Herbracht, deutete auf die gegenüberliegende Seite des Tisches im Verhörraum, an dem mehrere Stühle standen. Karla und Beate setzten sich rechts und links neben Melinda, die Polizisten nahmen ebenfalls wieder Platz.

»Dann fangen Sie mal an, Herr Kommissar, ich würde es gern kurz machen, ich denke, Melinda sollte dringend zum Arzt«, bat Beate und sah den Kommissar aufmerksam an.

Herbracht räusperte sich. »Der Kollege Hubner«, er wies mit dem Kopf in dessen Richtung, »hat Frau Brandt wegen Verkehrsbehinderung aus dem Verkehr gezogen.«

Beate zog die Stirn in Falten. »Verkehrsbehinderung?«

»Hm, auch zu langsames Fahren behindert«, wandte Hubner ein. »Und siehe da, sie ist weder im Besitz eines Ausweises noch eines Führerscheins noch eines Porsches, den sie aber fuhr.«

Karla stöhnte und schüttelte den Kopf. »Wie kommst du denn an einen Porsche?«

Melinda zog geräuschvoll die Nase hoch. »Ich …«

»Sie kommen später zu Wort, lassen Sie uns zuerst einmal die Fakten klären. Wir haben einen Bluttest bei Frau

Brandt durchgeführt«, Herbracht richtete seinen Blick auf Beate Pauli. »Wie Sie wissen, ist das bei einem berechtigten Verdacht auf Alkohol- oder Drogenmissbrauch unser Recht, auch ohne richterlichen Beschluss.«

Beate nickte. »Ich weiß, Paragraf 81a StPO.«

»Die gute Nachricht, Frau Brandt war nüchtern. Bei den Drogen allerdings sind wir leider fündig geworden, Frau Brandt.« Er warf ihr einen bedauernden Blick zu.

»Was?«, entfuhr es Karla.

Melinda riss den Mund auf. »Ich habe mein Leben lang noch keine Drogen genommen! Das würde ich niemals tun, ehrlich!« Sie kämpfte erneut mit den Tränen.

»Dann war das sozusagen die Premiere. Das genaue Ergebnis liegt allerdings noch nicht vor.«

»Ich …«

»Ich möchte, dass du schweigst«, fuhr ihr Beate über den Mund.

»Wir werden das in Kürze näher besprechen«, sagte Herbracht.

»Nun gut, wir haben über das Einwohnermeldeamt klären können, dass sie einen festen Wohnsitz hat.«

Beate nickte. »Das kann ich bestätigen, sie ist, wie bereits von Frau Senkrecht erwähnt, unsere Nachbarin.«

»Glück muss man haben«, murmelte Hubner.

»Na, sagen wir so, Glück wird sie brauchen«, ergänzte Lorenz.

»Frau Brandt behauptet, dass das Auto ihrem Freund gehört, bei dem sie sich übers Wochenende aufgehalten hat. Von dem hatte sie nämlich tatsächlich den Ausweis bei sich. Nun haben wir allerdings festgestellt, dass der Ausweis gefälscht ist. Einen Francesco Lione, so nennt er sich, gibt es nicht. Wir überprüfen noch die Adresse, die auf dem Ausweis steht. Frau Brandt, haben Sie ihn dort einmal besucht, ich meine«, er nahm den Ausweis, der vor ihm auf dem Tisch lag, und schaute darauf, »in der Wittelsbacherallee 107?«

Melinda sah Beate an, die nickte. »Nein, mir hat er erzählt, er habe früher im Westend gelebt, wo, das hat er nicht gesagt.«

Herbracht räusperte sich. »Tja, ein Fuchs. Der Porsche gehört auch weder einem Lione noch irgendeinem anderen Herrn, er gehört einer älteren Dame, nämlich einer Frau Ingrid Golden. Wir haben gestern eine Vermisstenanzeige von der Haushälterin reinbekommen. Von Frau Golden fehlt jede Spur.«

Melinda wirkte fassungslos.

Herbracht machte ein bedauerndes Gesicht. »Die Wohnung am Main, in der Sie sich mit dem Mann, den es nicht gibt, aufgehalten haben, die gehört der Vermissten.«

»Ich versteh das alles nicht«, schluchzte Melinda.

Karla gab ihr ein Taschentuch.

»Ja, wenn es dicke kommt. Und der Frau Golden gehört eine nette kleine Motorjacht.« Herbracht blickte auf den Bildschirm seines Computers: »Eine DaVinci 35E. Ist ein paar 100.000 Euro wert.«

»Moment mal, welches Boot?«, fragte Karla verwirrt.

»Lass mich die Verhandlungen führen, Karla, eins nach dem anderen«, Beate warf ihr einen strengen Blick zu.

»Was hat das Boot der Frau Golden mit Frau Brandt zu tun?«

»Ich vergaß zu erwähnen, dass Frau Brandt nach einer Bewusstlosigkeit auf einem Boot erwacht ist, und dieses Boot gehört der Frau Golden«, antwortete Herbracht. »Ich hatte eine längere Unterhaltung mit Ihrer Mandantin, Frau Rechtsanwältin. Sie sehen ja selbst Ihre Kopfverletzung.«

Beate sah Melinda an. »Du hättest nichts sagen sollen, so was musst du erst mal mit mir besprechen, Melinda. Du kannst von deinem Aussageverweigerungsrecht Gebrauch machen, deswegen bin ich hier.«

»Aber, aber ich hab doch gar nichts gemacht, wozu sollte ich denn, ich weiß doch nicht einmal, wie ich auf das Boot gekommen bin, Beate, das ist die Wahrheit.«

»Was uns allerdings stutzig macht, Frau Brandt, ist die Tatsache, dass Sie nicht sofort die Polizei gerufen haben«, sagte Lorenz.

»Das hat einen Grund, ich …«

»Den Grund besprechen wir unter vier Augen. Er spielt im Moment keine Rolle«, unterbrach Beate.

Beate wandte sich wieder an Lorenz.

»Fakt ist, dass Frau Brandt keine Vorstrafen hat, zumindest meines Wissens nicht.«

Lorenz nickte. »Stimmt.«

»Gut, sie hat einen festen Wohnsitz, es besteht keine Fluchtgefahr, ich trage die volle Verantwortung. Wir können bestätigen, sie gut zu kennen, ich übernehme ihre Verteidigung, und Sie halten mich auf dem Laufenden in Ihren Ermittlungen. Können wir so verbleiben?«

Herbracht nickte. »Korrekt.«

»Dann werden wir die junge Frau nach Hause bringen.«

※

»Du hast uns 'nen ziemlichen Schrecken eingejagt, Mädchen«, sagte Karla, die sich auf der Rückbank platziert hatte, damit Melinda ihre Beine auf dem Vordersitz ausstrecken konnte.

»Ich denke, wir fahren vorsorglich in die Ambulanz des Markuskrankenhauses«, sagte Beate.

»Nein, ich ...«

»Keine Widerrede.«

Zwei Stunden später nach einem MRT und diversen Untersuchungen trug Melinda einen Kopfverband, denn die Narbe war mit drei Stichen vernäht worden, außer einer Gehirnerschütterung konnten schwerere innere Verletzungen des Gehirns jedoch ausgeschlossen werden. Der Arzt entließ sie mit der strikten Anweisung, die nächsten Tage das Bett zu hüten.

»Mal ehrlich, seit wann nimmst du denn so ein Zeug ein?«, fragte Karla, kaum dass sie im Auto saßen.

»Von welchem Zeug sprichst du?« Melinda verstand nicht sofort.

»Drogen«, knurrte Karla.

»Jetzt lass sie doch zur Ruhe kommen«, schimpfte Beate.

»Ich schwöre, ich verstehe das nicht, ich nehm' so etwas nicht. Es, es tut mir so leid, dass ich mich einfach davongemacht habe, ich dachte nur, ihr wärt bestimmt nicht damit einverstanden gewesen, wenn ich mit einem Mann, den ich gerade kennengelernt habe, einfach ein Wochenende verbringe. Aber ich hab' wirklich nichts genommen.«

Karla knurrte. »Wir wären nicht erbaut gewesen, wenn du uns informiert hättest, gebe ich zu. Frankfurt ist ein heißes Pflaster. Und Verrückte laufen genug herum.

Karla seufzte. »Ich bin froh, dass ich nicht mehr jung bin. Ich würde jetzt verdammt gerne eine rauchen.«

»Du wirst dich hüten«, Beate sah in den Rückspiegel und warf ihrer Freundin einen vernichtenden Blick zu.

Karla hob beide Hände. »Schon gut, schon gut.«

»Ich hatte einfach ein so gutes Bauchgefühl, versteht ihr? Er sah so gut aus und hatte so schöne und ehrliche Augen.«

»Würde sagen, du hast entweder keine Menschenkenntnis, oder er war ein verdammt guter Schauspieler. Warum hast du denn nicht die Polizei informiert? Oder uns?«, wollte Karla wissen. »Ich bin, ehrlich gesagt, ein wenig beleidigt.«

»Ich hab doch gar kein Handy mehr. Hätte ich etwa in irgendein Hotel in der Stadt gehen sollen, so wie ich aussehe? Übrigens, in der Wohnung von ihm gab es keinen Festnetzanschluss, zumindest hab ich keinen gesehen.«

»Woher hast du diese Scheußlichkeiten, die du da trägst? Ich kenne nur diese Shorts. Du hast sonst immer einen ganz vernünftigen Geschmack.«

»Lass sie, Karla.«

»Es sind doch gar nicht meine Sachen, also, bis auf die Shorts. Das andere hab ich mir aus dem Schrank geholt, also aus Francescos Wohnung. Ich dachte, er wohnt allein dort, und dann fand ich lauter Frauenbekleidung, es war furchtbar. Aber meine Sachen waren voller Blut, da hab ich mir was genommen.«

»Er hat dir gesagt, es sei seine Wohnung? Na, mal sehen, was sich über die Dame rausfinden lässt.«

»Hör zu, Melinda«, Beate sah auf die Uhr am Armaturenbrett ihres Volvos. »Du legst dich ins Bett, und wir bringen dir etwas zu essen.« Beate hupte. »Hau ab, du stehst auf meinem Parkplatz«, schimpfte sie und starrte auf das Auto, was auf ihrem Anwohnerparkplatz stand.

Sie machte dem Golffahrer Zeichen, dass er verschwinden sollte. Der sah in den Rückspiegel und bewegte sich nicht.

»Lass mich mal machen«, knurrte Karla und stieg aus. »He Frosch, verzieh dich, das ist unser Parkplatz.« Der Mann hob die Hand, ohne sich umzudrehen, und fuhr davon.

3

5. August 2018

»Klar kann ich verstehen, dass du verunsichert warst, nachdem du eine ziemliche Verletzung hast und er verschollen ist«, sagte Beate nachdenklich, nachdem Melinda möglichst detailliert alles erzählt hatte, woran sie sich erinnern konnte. »Wäre uns allen wahrscheinlich nicht anders ergangen.«

Melinda nickte. »Vielleicht erinnere ich mich nicht, weil ich etwas Schlimmes getan habe, versteht ihr? Vielleicht verweigert deswegen mein Gehirn seinen Dienst. Und ich schwöre, dass ich keine Drogen nehme.«

Karla schüttelte den Kopf. »Du kannst keiner Fliege was zuleide tun, und ich glaube dir, dass du nichts freiwillig nimmst. Aber die Frage ist, wie und wo du es bekommen hast.«

»Also diese Männer, die haben uns einen ausgegeben. Du meinst, sie haben mir die K.-o.-Tropfen untergemischt?«

»Möglicherweise, vielleicht aber auch er.«

»Er? Niemals, wieso sollte er das tun?«

»Da fallen mir mehrere Gründe ein. Vielleicht wollte er dich gefügig machen.«

»Niemals, ehrlich. Er war total verliebt und ehrlich zu mir. Nein, jemand hat vermutlich vorgehabt, uns beide auszuschalten. Was weiß denn ich. Sonst wäre er doch nicht fort.«

»Wir finden das raus, verlass dich drauf. Wozu bin ich Detektivin, he? Wenn der Kerl Dreck am Stecken hat, werde ich es herausbekommen; wenn es jemand anders war, dann auch.«

»Pass mal auf, meine Liebe, du sagst ohne mich gar nichts mehr bei der Polizei, verstanden? Und zwar ein für alle Mal.«

»Du willst mich vertreten? Aber Beate, ich kann mir dich nicht leisten.«

»Sagen wir mal so«, brummte Karla von hinten, »du gehörst ja zur Familie. Um wen sollten wir uns denn sonst sorgen? Ich leg mein Erspartes für Beate dazu.«

Beate lachte. »Mach dir mal keine Sorgen, Melinda. Voraussetzung ist allerdings, dass du uns alles sagst, was dir einfällt, ist das klar? Keine Geheimnisse!«

Melinda nickte, »Danke! Ich habe nicht gedacht, dass ihr euch solche Sorgen um mich macht. Wenn ich nur wüsste, wo Francesco ist. Mein Gott, hoffentlich ist er nicht ertrunken. Wenn er nun gar nichts von dem merkwürdigen Mittel wusste, ich trinke doch so gut wie nie Alkohol, wer weiß, welche Wirkung er in Verbindung mit diesen Tropfen auf mich hatte. Vielleicht wollte er einfach nur zärtlich sein, versteht ihr, und ich dachte, er, ja, vielleicht dachte ich, er wollte mich vergewaltigen. Es kam zum Kampf, er hat mich in seiner Not geschlagen, da habe ich, wer weiß, mit welchem Gegenstand, ausgeholt, und er ist über Bord gefallen, verdammt, ich weiß es einfach nicht.«

»Melinda, was redest du denn da?«, Karla schüttelte den Kopf. »In dem Zustand warst du zu nichts zu gebrauchen, glaub mir! Da hättest du keiner Fliege etwas antun können.«

»Dann wollte er mir vielleicht einfach nur helfen gegen denjenigen, der mir das Zeug gegeben hat, und der Typ hat Francesco ausgeschaltet.«

»Ich werde mich umtun, Melinda, verlass dich drauf.« Karla unterstrich ihre Worte mit einem ernsten Kopfnicken. »Du wirst vermutlich die Männer, mit denen ihr zusammengesessen habt, beschreiben müssen, geht das?«

Melinda zuckte mit den Schultern. Sie hatte kaum die Blicke von Francesco wenden können. Die Männer hatten irgendwelche Allerweltsgesichter, sie konnte sich kaum mehr an sie erinnern.

»Gibt es sonst noch irgendetwas, was dir aufgefallen ist?«

Melinda zögerte kurz, schüttelte dann aber entschieden den Kopf. Das mit Mike blieb vorerst ihr Geheimnis. Sie würde erst einmal selbst mit ihm sprechen, bevor sie ihn da auch noch mit reinzog.

✳

Kai Herbracht saß mit seinem Kollegen Volker Lorenz im Vernehmungsraum des Frankfurter Polizeipräsidiums in der Adickesallee 70. Ihnen gegenüber die in sich zusammengesunkene Melinda und ihre Anwältin Beate Pauli. Diese hatte ihr vorher extra eingeschärft, einen selbstbewussten Eindruck zu machen. »Du hast nichts verbrochen, solange man dir nichts nachweisen kann«, hatte Beate gesagt, aber nun sah sie das Häuflein Elend, welches schuldbewusster nicht hätte wirken können.

»Wir haben mittlerweile einiges über Frau Golden herausgefunden, unter anderem, dass sie regelmäßig in der Bad Homburger Spielbank verkehrt.« Herbracht blickte auf. »Dieser Mann, der sich Francesco Lione nennt, hat sich mit dieser Identität auf der Bad Homburger Spielbank ebenfalls ausgewiesen und vermutlich dort die Dame kennengelernt, in dessen Wohnung er residierte.«

»Ist ja irre«, knurrte Karla.

»Haben Sie ihn da auch kennengelernt, Frau Brandt?« Herbracht sah Frau Pauli an und grinste. »Verzeihen Sie, hat sie ihn da kennengelernt?«

»Sie hat ihn auf einer Modenschau kennengelernt. Er war dort Zuschauer.«

»So, so, unter dem Namen, den sie kannte?«

»Natürlich.« Beate sah Melinda an.

Lorenz sah auf seinen Computerbildschirm und tippte.

4

1. Juli 2016

Andreas Seeberger hatte die Tür seiner karg eingerichteten Wohnung im Westend aufgeschlossen. In der linken Hand hielt er die Post, die er achtlos auf den Couchtisch im Wohnzimmer warf, waren eh nur Rechnungen, die er bezahlen musste. Müde ließ er sich auf den zerschlissenen Sessel fallen, der noch von Großmutter stammte. Überhaupt gehörte die ganze Wohnung der Großmutter, dort hatten sie gemeinsam gelebt all die Jahre. Deshalb würde er hier auch vorläufig bleiben. Das war er ihr schuldig, jedenfalls so lange sie lebte. Großmutter war der einzige Mensch in seinem Leben, den er je geliebt hatte und der ihn geliebt hatte, sie hatte ihn aufgezogen, stets Verständnis für ihn gehabt, ihn durch die Schule gebracht. Doch dann war sie plötzlich erkrankt und sie kam ins Kursana Altenheim auf der Eschersheimer Landstraße. Es hatte ihm den Boden unter den Füßen weggezogen. Er ging nicht einmal mehr zu seiner Psychologin, die Termine hatte seine Großmutter für ihn vereinbart.

Zum Glück hatte Großmutter einiges Geld von ihrem Mann geerbt, sonst hätte sie nicht in das teure Altenheim gehen können. Andreas hatte kaum Geld, um selbst über die Runden zu kommen. Und heute hatte ihm sein Chef gekündigt. Er war noch immer fassungslos. Sie hatten einen besseren Autoverkäufer gefunden als ihn. Einen, der nicht unter Migräne litt. Einen, der zuverlässig zur Arbeit kam. Mühevoll erhob er sich, ging in die Küche, öffnete die Schublade von Großmutters Vitrine, holte ein Schmerzmittel und eine Valium daraus hervor. Er ging ins Schlafzimmer, ließ sich schwer aufs Bett fallen und schloss die Augen. Er würde sie bald besuchen müssen, seine geliebte Großmutter, bevor sie ihn für immer vergaß. Die alte Dame, sie wartete auf ihn. Doch erst musste er Arbeit suchen.

*

Francesco hatte die Haare mit Gel gestylt, und nach hinten gekämmt. Er betrachtete sich kritisch im Spiegel. Sein dunkler Anzug hatte ihn eine Stange Geld gekostet. Für ihn reine Arbeitskleidung. Je besser der Anzug, desto besser das zu erwartende Ergebnis, dachte er bei sich. Er hatte lange überlegt, wo er möglichst viele reiche Frauen treffen könnte, und war zu dem Schluss gekommen, dass die Bad Homburger Spielbank eine nahezu perfekte Location dafür war. Er hatte vor Jahren als Callboy mal eine Dame in eine Spielbank begleitet, und ihm war aufgefallen, wie locker das Geld bei vielen Reichen saß. Außerdem schienen auch ältere alleinstehende Damen sich in Spielbanken wohlzufühlen, und genau auf jene Altersgruppe hatte er es abgesehen.

*

Der Tag für seinen ersten Besuch in der Spielbank fiel auf einen schönen Sommertag Anfang August. Ein wenig hatte er sich geschämt, als er seinen alten zerbeulten grünen Golf ins Parkhaus der Spielbank stellte. Einerlei, ihn hatte niemand gesehen, und er hätte ja auch zu den Angestellten gehören können.

Er lief ein Stück durch den herrschaftlichen Bad Homburger Kurpark bis zur Spielbank. Er hatte sich schlaugemacht und gelesen, dass die Spielbank 1841 eröffnet worden war und das Dostojewski hier regelmäßig gespielt hatte, nämlich seit 1863. Zu Werbezwecken wird sie als »Mutter von Monte Carlo« bezeichnet.

»Ihren Ausweis bitte!«

Er stand an der Kasse der Bad Homburger Spielbank – und das war nun die Feuertaufe. Wenn er mit seinem Ausweis durchkam, dann würde es überall funktionieren, nahm er an. Für seinen Geschmack checkte ihn die junge Frau an der Kasse zu lange. Er überlegte gerade, wie er sich verhalten würde, wenn sie die Polizei alarmieren sollte, doch da lächelte sie bereits. »Sehen Sie bitte dort oben in die Kamera.«

»Wieso soll ich das tun?«

»Wir machen von unseren Kunden ein Lichtbild, damit Sie jederzeit wiederkommen können, ein Ausweis nur für diese Spielbank. Keine Sorge, wir geben nichts raus. Auch wir unterliegen dem Datenschutz.« Er blickte widerwillig und seitlich in die Kamera.

»Das können Sie doch sicher besser, Herr Lione«, sagte sie prompt.

»Ich habe einen steifen Nacken«, hatte er geantwortet.

»Das kenne ich. Ich denke, Sie sind auch so zu erkennen, Sie brauchen nicht noch mal aufzuschauen. Ich wünsche Ihnen dennoch einen angenehmen Aufenthalt und gute Besserung. Der erste Besuch ist übrigens kostenlos.

Und ein Drink an der Bar ebenfalls. Sollten Sie Fragen zu den Spieltischen haben, stehen Ihnen Croupiers jederzeit zur Verfügung.«

Er betrat den angenehm temperierten großen eleganten Saal.

Der Spielsaal wirkte beeindruckend. Die Wände bedeckten rote Seidentapeten, und die ovalen großen Fenster wurden von schweren dunkelroten Vorhängen verziert. Noch war der Saal menschenleer, das würde sich vermutlich in der nächsten Stunde ändern. Er sah sich die verschiedenen Spieltische an.

»Kann ich Ihnen helfen?«, fragte ihn sogleich ein junger Mann.

Francesco winkte ab. »Wenn ich darf, schaue ich mich ein wenig um und genieße die besondere Atmosphäre.«

»Aber bitte sehr.«

In dem großen Saal standen sechs Spieltische. Zwei davon schienen Stehtische zu sein, dort spielte man, wie er auf den Schildern lesen konnte, russisches oder amerikanisches Roulette, damit jedoch wusste Francesco nichts anzufangen.

An der gegenüberliegenden Seite schien der Klassiker zu stehen, auf den er es abgesehen hatte. Der Tisch für französisches Roulette. Jede Wette, dass die etwas älteren Herrschaften sich hier aufhalten würden.

Der junge Mann, wahrscheinlich ein Croupier, stand noch immer am Rand des Saales. Francesco lief nach einer Weile auf ihn zu. »Wo bekommt man denn das Spielgeld?«, fragte er.

»Die Kasse befindet sich gleich neben der Bar, der Herr, da können Sie sich die Jetons abholen, bitte hier durch die

Glastür. Aber es ist noch etwas Zeit, vielleicht gönnen Sie sich einen kleinen Drink an der Bar.«

Bar war ein gutes Schlagwort. Er würde sich einen Gin Tonic bestellen.

Er betrat den Barbereich, der gleichzeitig das Raucherabteil der Spielbank zu sein schien. Wandte man seinen Blick nach links, so fanden sich in dem Bereich ebenfalls Spieltische, an denen geraucht werden durfte, wie er an den Aschenbechern unschwer erkannte. Durch eine weitere Glastür gelangte man auf die Terrasse und durch eine andere in das Restaurant, von dem er bereits gelesen hatte. Für ein Drei-Gänge-Menü fehlte ihm jedoch das nötige Kleingeld. Der Barbereich war trotz der frühen Stunde erstaunlich gut besucht, damit hatte er nicht gerechnet. Die meisten Besucher schienen sich zu kennen und waren in muntere Gespräche verwickelt. Die kleinen Tische um den Tresen herum waren alle besetzt. Francesco fand gerade noch einen freien Barhocker und bestellte sich seinen Gin Tonic. Alle schienen sich an der Bar in Stimmung bringen zu wollen. Selbst die Damen tranken um diese Uhrzeit bereits einen Aperitif, jedenfalls jene, die sich in seiner Nähe befanden. Plötzlich entdeckte er sie, eine Dame genau nach seinem Geschmack. Sie saß allein an einem Tisch mit einem Glas Champagner in der Hand. Hin und wieder zog sie an einer Zigarette. Sie wirkte streng und unnahbar, gerade das faszinierte ihn. Ihre braun gefärbten Haare waren akkurat gewellt. Sie trug ein beigefarbenes Kostüm mit Strassverzierung am Jackenrevers. Ihr Schmuck war beeindruckend. Ein riesiger Brillantring zierte ihren linken Ringfinger, während am Ringfinger der rechten Hand ein ovaler Smaragdring steckte, ebenfalls von Brillanten umrahmt. Er schätzte sie auf Mitte 70, eher älter. Gerade überlegte er, wie er es anstellen könnte, ein Gespräch mit ihr anzufangen, da stand sie auf und ging an ihm vorbei, er roch schweres süßliches Parfum. Vor dem Schalter mit der Aufschrift »Kasse« blieb sie stehen. Ah, sie machte sich zum Spielen bereit. Wieder lief sie an ihm vorbei Richtung Nichtraucher-Spielhalle. Er winkte den Ober herbei, bezahlte und trank aus. Dann ging er selbst zur Kasse.

»Wie viele Jetons bekommt man für den Mindesteinsatz?«, fragte er den Herrn an der Kasse. »Ich bin zum ersten Mal da, muss mich erst zurechtfinden.«

»Einen, wenn Sie mir zwei Euro geben«, sagte der Kassierer und gab ihm eine Münze. »Viel Glück.«

Francesco lächelte und ging ebenfalls in den großen Saal mit den Spieltischen.

Er sah sich um und fand die Dame dort, wo er sie gemutmaßt hatte, am Tisch für französisches Roulette. Wie es der Zufall wollte, war neben ihr ein Platz frei.

»Entschuldigen Sie, darf ich?«, fragte er und zeigte auf den freien Platz.

Sie musterte ihn. »Nur zu, ich habe Sie hier noch nie gesehen, das erste Mal?«

»Ja, und wenn ich ehrlich bin, kenne ich mich recht wenig aus.«

»Ach und schon gleich aufs große Geld aus, was?« Sie lachte. »Spaß beiseite, Sie können sich die Spielregeln von einem Croupier erklären lassen«, sagte sie. Der Tisch füllte sich mit weiteren Damen, ausschließlich Damen übrigens, die sich alle zu kennen schienen.

»Der Herr ist neu hier, darf ich euch Herrn …, wen darf ich denn eigentlich vorstellen?« Sie sah ihn fragend an.

»Lione, Francesco Lione.«

»Dies sind meine Mitspielerinnen«, sie deutete in die Runde. »Marie Luise Radt, Leni Maier, manchmal ist auch ihr Mann mit von der Partie, und ich heiße Ingrid, Ingrid Golden.«

»Du hast mich vergessen«, sagte mit scharfem Unterton eine dralle Person mit toupierten blond gefärbten Haaren, etwas jünger als die Golden, wenn er sich nicht täuschte.

Die Golden lachte auf. Ihre Stimme klang scharf, als sie sagte: »Verzeih, wie konnte ich nur. Das ist Rosie Linzke.«

»Rosemarie!«, verbesserte die Dame, warf der Golden einen unmissverständlichen Blick zu und lächelte Francesco überaus freundlich an. »Hin und wieder scheint meine Mitspielerin ein wenig vergesslich zu sein, Herr Lione. Ich freue mich dennoch, Sie kennenzulernen.«

»Mit Vergesslichkeit hat das wenig zu tun«, konterte die Golden. »Aber lassen wir das, wir wollen uns die Laune nicht verderben lassen.«

»Viel Erfolg, Francesco«, sagte Marie Luise Radt.

»Es ist nur ein Versuch, ich habe bloß einen Glücksjeton.« Er hob lächelnd die Münze. Und drehte sie in der Hand.

»Einen Dummy«, sagte die Golden.

»Wie bitte?«

»Ihre Münze. Man nennt eine einzelne Münze einen Dummy.«

»A vous de jouer et de gagner!«, sagte da der Croupier.

»Was will er?«, flüsterte Francesco.

»Er sagt: Machen Sie Ihr Spiel.« Sie setzte mehrere Jetons: »Pair, Rouge.«

Francesco sah sie fragend an.

»Bedeutet: alle geraden Zahlen auf Rot.«

Auch die anderen Damen setzten. Francesco legte seinen Jeton auf die schwarze Sieben, seine Glückszahl.

»Rien ne va plus«, sagte der Croupier und drehte das Rad.

Sie war eine Strategin, wie Francesco erkannte, und sie gewann, während er seinen Einsatz verlor.

Auch bei den anderen Spielerinnen wurden Münzen eingesammelt und abgegeben.

»Oh«, sagte die Golden mitleidig und legte ihre Hand auf Francescos Arm. »Gleich beim ersten Mal Pech gehabt. Nicht jedem bringen Jetons auf Anhieb Glück. Ist völlig normal. Nur nicht den Mut verlieren, mein Lieber.«

»Darf ich Ihnen noch eine Weile zuschauen?«, flüsterte Francesco. »Es macht mir einfach Freude, Sie bewegen sich so anmutig, wenn Sie spielen.«

»Wie Sie mögen.« Ein Lächeln huschte über ihre harten Gesichtszüge. Er hatte sie beeindruckt.

Eine Stunde später saßen die beiden gemeinsam an einem kleinen Tisch an der Bar, während sich die anderen Damen ins Restaurant setzten, wie sie verkündet hatten.

»Ich halte Sie hoffentlich nicht vom Abendessen ab?«, fragte er.

Sie sah ihn verwirrt an. »Wie meinen Sie das, wenn ich Hunger hätte, dann würde ich mich ins Restaurant setzen.«

»Ich hatte schon Angst, Sie verzichten meinetwegen.«

»Ich bitte Sie!«

Sie winkte die Bedienung herbei. »Paul, einen Champagner für mich und – Francesco, was trinken Sie?«

»Gin Tonic.«

Sie nickte Paul zu.

»Nun erzählen Sie mal, Francesco. Leben Sie in Bad Homburg?«

»Eine reizvolle Stadt, Ingrid, aber nein, meine Leidenschaft galt immer der Großstadt. Ich lebe in Frankfurt.«

Sie sah ihn belustigt an. »Frankfurt, ja, das geht mir ähnlich. Wo genau leben Sie?«

»Nicht weit vom Opernplatz. Nichts Besonderes, aber ich bin gerade dabei, mir eine passende Wohnung zu suchen. Meine Ansprüche sind recht hoch, deshalb wird es wohl noch eine Weile dauern, bis ich das Richtige für mich gefunden habe.«

»Nun ja, nichts Besonderes? Die Stadtnähe ist kaum bezahlbar und äußerst begehrt. Für einen jungen Familienvater, wie Sie es sicher sind, ein guter Wohnort. Schulen in der Nähe und gute Infrastruktur.«

Er lachte. »Ich lebe allein. Familienleben hat mich nie recht gereizt. Das Leben ist zu kurz für Kompromisse.«

»Kompromisse?«

Er lächelte charmant. »Wenn ich mich auf eine feste Beziehung mit einer jungen Frau eingelassen hätte, wäre ich jetzt in der misslichen Lage, mich um meine Kinder kümmern zu müssen. Meine Frau wäre vermutlich im Moment nicht in der Lage, sich um ihre eigene Karriere zu kümmern, da die Kinder klein wären. Das hieße doppelte Belastung für mich. Nein, Ingrid, ich lebe gern allein.«

»Was machen Sie beruflich?«

»Ich entwickle Computersoftware.« Ein genialer Schachzug, wie er fand. Alte Frauen hatten gewiss nicht viel mit dem Internet zu schaffen.

»Ich gebe zu, ich kenne mich damit nicht sehr gut aus, kann man davon leben?« Sie sah ihn eindringlich an.

»Eine durchaus berechtigte Frage. Noch befinde ich

mich in den roten Zahlen, aber ich arbeite dran. Nun ja, hin und wieder nehme ich einen Modeljob an. Das tut meiner Geldbörse recht gut.«

»Darf ich fragen, wo Sie wohnen?«

»Sie dürfen.« Sie lachte keck. »Aber ob ich die Frage beantworte, das weiß ich noch nicht.«

Francesco machte ein kindlich beleidigtes Gesicht. »Da habe ich Ihnen nun so viel erzählt.«

Sie nahm sich eine Zigarette aus ihrer Handtasche und bot ihm eine an.

»Vielen Dank, aber nein. Man muss ja nicht bei allen Lastern Hier rufen.«

Sie schmunzelte. »Sie sind ein recht interessanter Mann, und das wissen Sie. Die jungen Damen werden Ihnen sicher zu Füßen liegen.« Sie zog ein Feuerzeug aus der Tasche und gab es ihm. Er zündete ihre Zigarette an und legte seinen Mund an ihr Ohr.

»Wenn Sie mir sagen, wo Sie wohnen, dann verrate ich Ihnen ein Geheimnis.«

»Sie sind schwul.«

»Nein, sehe ich etwa so aus?«

»Attraktive Männer sind oftmals schwul.«

»Jetzt bin ich aber beleidigt.«

»Nun gut, wenn es ein anderes Geheimnis gibt, muss ich es wissen. Ich wohne im Holzhausenviertel. Wir kommen alle aus Frankfurt, bis auf Leni Maier übrigens, ulkig, nicht? Ach nein, wir kennen uns alle schon recht lange. Unsere Männer waren bei den Rotariern.«

»Geht nichts über alte Freundschaften. Übrigens, eine wunderschöne Gegend, das Holzhausenviertel, mit sündhaft teuren Häusern, klasse.«

»Nun zu Ihrem Geheimnis, ich platze vor Neugierde.«

Sie zog an ihrer Zigarette, und er starrte auf den glitzernden Ring an ihrer faltigen Hand.

»Ich traue mich kaum, es auszusprechen. Was würde Ihr Mann von mir denken.«

»Ich bin Witwe.«

»Das tut mir leid, eine so außergewöhnlich gutaussehende Frau wie Sie und so allein.«

»Stellen Sie sich vor, wir Frauen sind zäh, Sie Schmeichler. Nun zu Ihrem Geheimnis.«

Wieder beugte er sich vor. »Ich stehe auf reife Damen!«

Sie lachte laut auf. »So, so. Das ist in der Tat eine Überraschung, junger Mann.«

»Nicht nur das.« Er wagte einen weiteren Schritt. »Sie sind genau mein Typ, verzeihen Sie, ich gehe zu weit.«

Sie zog nachdenklich an ihrer Zigarette und fixierte ihn. »Sie brauchen Geld?«

»Wie kommen Sie denn darauf.«

»Mein lieber Francesco, wenn ein gutaussehender Mann wie Sie so etwas sagt, dann denkt man darüber nach, was er wirklich möchte.«

»Das ist ja beinah eine Beleidigung. Wie ich bereits sagte, mein Geld erarbeite ich mir selbst.«

»Hm, ich wollte Sie nicht beleidigen, aber mir fehlt für Ihre Neigung ganz einfach die Vorstellungskraft.«

Gerade kam der Ober. »Noch einen Champagner, Frau Golden?«

»Aber natürlich, und geben Sie dem jungen Herrn noch mal das Gleiche.«

Der Champagner löste ihre Zunge, doch Francesco vermied diplomatisch weitere Annäherungsversuche.

»Schieben Sie Ihren Sessel etwas näher.« Sie blickte auf. »Hier ist es so laut, ich verstehe Sie ja kaum.«

Das tat er. »Sind Sie regelmäßig hier, ich meine im Casino, Ingrid?«

»Mindestens dreimal die Woche. Aber wir haben hier keine Fahrgemeinschaft, falls Sie das denken.« Sie lachte. »Spielen macht Spaß, und man hat was zu tun. Außerdem schätze ich gut situierte Menschen. Die trifft man hier im Allgemeinen, wie Sie sehen.«

In den nächsten zwei Stunden, die sie gemeinsam an der Bar verbrachten, erklärte die Golden ihm auf seine Bitte hin die Spielregeln vom klassischen Roulette, dann bestellte sie für sich ein Taxi. »Wenn Sie wollen, kann ich Sie ein Stück mitnehmen, ich meine, wo Sie doch auch in Frankfurt wohnen.«

»Nicht nötig«, winkte er ab. »Ich bleibe noch eine Weile.« Er wollte nicht, dass sie auf die Idee kam, er könne sie nach Hause fahren, denn über seinen Golf hätte sie sich gewiss gewundert.

Sie stand auf, was ihr wegen des Champagnergenusses und ihres Alters erst beim zweiten Anlauf gelang, doch sprang er hoch und half ihr.

Sie sah ihn nachdenklich an, schließlich griff sie in ihre Tasche und zog ein Visitenkartenetui daraus hervor. »Bitte öffnen Sie es und nehmen Sie sich eine Karte. Wenn Sie mögen, melden Sie sich bei Gelegenheit. War ein amüsanter Abend. Auf Wiedersehen.«

Er erhob sich, nahm ihre Hand und deutete einen Kuss an. »Das mache ich auf alle Fälle. Danke für Ihr Vertrauen.«

Wieder lachte sie. »Sie wissen, wie man alte Damen wie mich um den Finger wickelt, nicht wahr?«

»Sie sind mir einfach sympathisch, Ingrid.«

5

30. Juli 2016

Francesco betrachtete den beachtlichen Stapel unbezahlter Rechnungen. Kümmern konnte er sich vorläufig nur um den beinahe ebenso großen Stapel Mahnungen. Es wurde Zeit, dass er Geld in die Finger bekam. Die Visitenkarte der Ingrid Golden hatte er wie ein Mahnmal auf die Rechnungen gelegt. Zwei Tage waren vergangen, nun würde er sie anrufen. Er hatte ihr einen teuren Strauß roter Rosen zukommen lassen. Das war ihm finanziell verdammt schwergefallen, das Zeug verwelkte ja eh viel zu schnell. Er wählte ihre Nummer.

»Hallo?«, meldete sich Ingrid nach mehrmaligem Klingeln.

»Francesco Lione.«

»Francesco, ich habe mich über Ihre schönen Rosen gefreut. Nett, dass Sie sich melden.«

Er schmunzelte. »Für eine schöne Frau wie Sie sollten es auch schöne Rosen sein.«

Es entstand eine Pause.

»Ich wollte Sie …«, fuhr er fort.

»Mögen Sie heute Abend auf einen kleinen Aperitif vorbeikommen?«, fiel sie ihm ins Wort. »Was meinen Sie, haben Sie Lust oder etwas Besseres vor?« Sie lachte.

»Sie sind mir zuvorgekommen. Ich wollte Sie ähnliches

fragen und würde für Sie jeden Termin absagen. Wann dachten Sie denn, dass ich kommen soll?«

»Ich erwarte Sie gegen 20 Uhr. Die Adresse kennen Sie ja.«

»Danke Ingrid, ich freue mich sehr.«

Er schmunzelte, als er das Handy wegsteckte.

Francesco besaß nur ein paar abgenutzte Anzüge und jenen, den er im Spielcasino getragen hatte. Es half nichts. Er würde ihn noch einmal tragen müssen. Dieses Mal würde er ihn mit einem hellblau gestreiften Hemd statt mit dem Weißen von neulich kombinieren. Noch einmal hatte er Blumen besorgt, allerdings würde sie sich heute mit einem kleinen Biedermeiersträußchen zufriedengeben müssen.

Er kam bewusst zehn Minuten zu spät, hatte sein Auto in der Holzhausenstraße abgestellt, sehen musste sie es nicht. Er lief am Holzhausenschlösschen vorbei in die Annastraße. Das Haus der Golden befand sich direkt an der Ecke Annastraße, Lichtensteinstraße. Eine äußerst gepflegte Villa, die groß genug gewesen wäre, um einer sechsköpfigen Familie Platz zu bieten, wie er schätzte. Als er durch das offene Tor ging, bemerkte er den schwarzen Porsche Turbo, der in der Einfahrt stand. Zu einer alten Dame wie der Golden schien er nicht recht zu passen.

Eine etwa 60-jährige Frau mit einer weißen spitzenbesetzten Schürze öffnete sofort die Tür, nachdem er geklingelt hatte. »Guten Tag, Sie werden bereits erwartet«, sagte sie.

»Schon gut, Tilda.« Ingrid Golden trat neben sie.

»Entschuldigen Sie meine Unpünktlichkeit, aber ich kam mit der Bahn, wusste nicht, wo ich hätte parken sollen.«

»Sie hätten hier im Hof parken können.«

»Dann hätten mich Ihre Nachbarn vermutlich für den neuen Dienstboten gehalten.« Er lachte.

»Meine Nachbarn sind mir egal, wir haben keinen Kontakt. Ziemlich laute Menschen mit ungezogenen Kindern. Ja, wir Alten sterben langsam alle weg, und was nachkommt, ist nicht immer gut. Die Erziehungsmethoden von heute, ich weiß ja nicht.«

»Aber nun kommen Sie erst mal rein.«

Er trat ein, sah sich beeindruckt um. »Ein schönes Haus haben Sie, Platz für viele Kinder. Hatten Sie welche?«

»Es war mir nicht vergönnt, oder wie soll ich sagen, zum Glück hat es nicht geklappt. Ich müsste mich vermutlich heute mit unerzogenen Enkeln herumschlagen.«

»Sind die Blumen für mich?«

»Ach, ach ja, natürlich.« Er überreichte ihr das Sträußchen, das er die ganze Zeit in der Hand gehalten hatte. Sie legte es achtlos auf einen kleinen Tisch in der Diele.

»Die Rosen stehen noch in voller Blüte«, sagte sie, ohne sich zu bedanken.

Sie führte ihn in einen überladenen großen Wohnraum, der modrig roch. Hier wurde nicht häufig gelüftet. Die Einrichtung der Ingrid Golden war schwülstig und altbacken. Viel Gold, viel Messing, ein paar alte Schinken an der Wand, schwere geraffte Vorhänge mit floralen Motiven im Laura Ashley Style, rustikale dunkle Möbel, gemischt mit ein paar sicher sehr wertvollen Antiquitäten. Eine Ecke des Raums nahm ein Steinway-Flügel ein, auf dem rote Rosen in einer großen Kristallvase platziert waren. Seine Rosen, nahm er an.

»Sie spielen Klavier? Bewundernswert.«

Sie lachte. »Nein, weder ich noch tat es mein Mann, aber der Flügel macht sich hier so gut, finden Sie nicht?«

Der Klavierdeckel war offen und auf dem Pult standen aufgeschlagene Noten.

»Chopin«, sagte sie, als sie bemerkte, dass er auf die Noten schaute.

Die Golden selbst war teuer, aber geschmacklos angezogen. Ein cremefarbener Kaschmirpullover, mit einem großen Herz aus goldenen Pailletten vor der Brust, dazu ein glockenförmiger Rock in derselben Farbe, ebenfalls von Pailletten umsäumt. Der große Brillantring, den sie auch dieses Mal trug, funkelte bei jeder ihrer Handbewegungen.

»Gemütlich«, log er, nachdem er seinen Blick lange genug in alle Richtungen hatte schweifen lassen.

»Ich weiß«, sagte sie selbstbewusst. »Kommen Sie mit, setzen Sie sich, wir nehmen im kleinen Salon erst mal einen Aperitif.«

Wie viel Geld hätte die Frau sparen können, wenn sie sich etwas reduzierter eingerichtet hätte. Er musste an seine Großmutter denken, sie hätte kein Verständnis für diesen Protz gehabt. Der sogenannte kleine Salon glich in gewisser Weise der Bar eines großen Hotels oder auch ein wenig dem Barbereich der Spielbank in Bad Homburg. Mehrere Sitzgruppen waren um einen großen offenen Kamin gruppiert, die Plexiglastische mit den goldenen Messingfüßen hatten es ihr offenbar besonders angetan.

Die Angestellte erschien. Sie trug ein kleines Tablett aus Silber, darauf standen zwei edle Champagnergläser.

»Und stell die Blumen in die Vase, ich hab sie in die Diele gelegt.«

Tilda nickte, stellte wortlos die Gläser ab. Einen kleinen goldenen Aschenbecher platzierte sie vor der Dame des Hauses.

»Du kannst das Essen in einer Viertelstunde auftragen. Bitte pünktlich«, sagte sie stringent.

Tilda nickte wieder.

»Das ist mir aber unangenehm, dass Sie sich meinetwegen solche Mühe machen.«

Ingrid lachte. »Mühe? Ich muss doch auch etwas essen, was denken Sie nur.« Sie hatte sich neben Francesco gesetzt und legte ihre faltige Hand auf sein Knie. »Und in angenehmer Gesellschaft schmeckt es doch meistens besser.«

Sie erhob ihr Glas. »Auf die Freundschaft oder das, was man dafür hält!«

Auch er hob seines, sie stießen an, nippten an dem edlen Getränk und stellten die Gläser auf einen der Plexiglastische.

Sie nahm sich eine Zigarette aus einem Etui mit Strasssteinen.

Er beeilte sich, ihr die Zigarette mit dem goldenen Dupont-Feuerzeug anzuzünden, das auf dem Tisch lag.

Sie inhalierte tief und blies den Rauch beim Sprechen aus. »Nun erklären Sie mir doch mal, wie Sie an Ihren wohlklingenden Namen geraten sind. Zumal Sie keinerlei Akzent haben.«

»Ich habe italienische Vorfahren.«

»Ich zweifle nicht daran, ich finde den Namen nur einfach gelungen, er passt zu Ihnen, weiter nichts.«

»Das Essen wäre angerichtet.« Tilda steckte den Kopf zur Tür rein.

»Helfen Sie mir hoch?« Sie streckte ihm beide Hände entgegen.

Er half ihr, zog sie dabei nah an sich, sie verharrten einen Moment in dieser Position und sahen sich dabei in die Augen. Er wusste, er hatte sie längst um den Finger gewickelt.

Eine Dreiviertelstunde später tupfte er sich zufrieden den Mund mit der Seidenserviette ab. Das pompöse Esszimmer erinnerte ihn an einen Raum in einem barocken Schloss.

»Ich habe lange nicht mehr so gut gegessen«, sagte er. »Das Lachs Carpaccio war sehr fein geschnitten und die Marinade dazu einzigartig. Und der Steinbutt: Passen Sie gut auf Ihre Tilda auf, damit sie Ihnen nicht abgeworben wird. Sie kocht ganz großartig.«

»Das war noch nicht alles, jetzt kommt das Dessert! Ein warmes Schokoküchlein mit flüssigem Kern.«

»Hören Sie, liebe Ingrid, Sie sollten mich nicht mästen. Das steht mir nicht.«

»Ach, kommen Sie«, sie sah ihn wohlwollend an. »Sie haben doch eine fantastische Figur. Würde mich interessieren, wie Sie in Boxershorts aussehen, oder tragen Sie so etwas nicht?« Sie lachte anzüglich. »Noch etwas Wein?«

»Wein geht immer«, antwortete er und war im Begriff, die Weinflasche aus dem Kühler zu nehmen.

»Lassen Sie nur. Tilda?«

»Ja, Frau Golden?«, das Hausmädchen eilte herbei.

»Schenk uns bitte nach, dann kannst du nach Hause gehen.«

»Ist recht, Frau Golden. Morgen wie immer um 9 Uhr?«

»Ich brauch dich morgen erst nachmittags.«

Tilda blickte die Golden verwirrt an. »Wie Sie wünschen, Frau Golden.« Sie schenkte nach und ging wortlos davon.

»Wann haben Sie eigentlich Ihren Mann verloren?«, fragte Francesco, nachdem Tilda den Raum verlassen hatte.

»Vor vier Jahren. Er starb an einem Hirnschlag. Ging alles sehr schnell.«

»Das tut mir wirklich leid.«

Sie lächelte und schüttelte den Kopf. »Das muss es nicht, ich bin längst drüber weg. Ich komme recht gut allein zurecht. Wissen Sie, er war Banker und bis zum Schluss ein Hektiker. Seit ich alleine bin, ist das Leben deutlich entspannter. Er hat mir eine recht moderne Wohnung am Main hinterlassen. Mit einem Bootsanlegeplatz. Ich weiß nicht recht, was ich allein dort tun soll, zumal ich mit der puristischen Einrichtung dieser Wohnung so meine Probleme habe. Er hat sich oftmals dorthin mit seinen Affären zurückgezogen, müssen Sie wissen.«

Francesco machte große Augen. »Mit seinen Affären? Das klingt ja nicht besonders nett.«

»Ja, er hatte an jeder Ecke eine. Nicht nur das, eine kannte ich sogar recht gut. Eine Schlange kann ich Ihnen sagen. Er hat sie erst durch mich kennengelernt, das müssen Sie sich mal vorstellen. Andererseits waren mir seine Affären nicht unrecht. Ich hatte dann meine Ruhe. Nur die Wohnung, die mag ich nicht.« Sie blickte ihm in die Augen. »Ich könnte mir allerdings vorstellen, Sie hätten jede Menge Spaß an dem Ambiente. Es passt zu jungen Leuten. Was meinen Sie, soll ich Ihnen die Wohnung mal zeigen? Man hat von dort einen schönen Blick aufs Wasser. Man könnte sogar eine kleine Bootstour machen. Ich besitze dort ein Boot.«

Er machte große Augen. »Das wäre ganz wunderbar«, sagte er aufrichtig. »Ich habe mich schon oft gefragt, wie diese schönen Wohnungen wohl von innen aussehen.«

»Na, dann sollten wir die Tage mal hinfahren. Wissen Sie, es ist merkwürdig, mir ist im Augenblick ein wenig nach Gesellschaft zumute. Darauf dürfen Sie sich gerne etwas einbilden. Die meisten Menschen langweilen mich nur.« Sie sah ihm direkt in die Augen.

Er lächelte. »Ich glaube, es war Schicksal, dass wir uns begegnet sind.«

»Ich könnte Ihre Großmutter sein, Francesco.« Sie machte eine Pause und sah ihn unverwandt an. »Andererseits, auch ältere Damen haben durchaus ihre Vorzüge und eine Menge Lebenserfahrung.«

Er berührte mit seiner Hand zärtlich ihr Kinn: »Ich liebe kultivierte reife Menschen. Und …« Er machte eine unentschlossene Miene. »Darf ich mich trauen, ehrlich zu sein?«

Sie sah ihn neugierig an.

»Ich glaube, ich bin dabei, mich in Sie zu verlieben.« Unvermittelt beugte er sich vor und küsste sie zart auf den Mund.

»Du gehst aber ran, Francesco. Aber keine Sorge, ich kann das vertragen.«

»So? Das werde ich gleich noch mal ausprobieren.« Noch einmal küsste er sie, dieses Mal intensiver. »Ich werde dann wohl jetzt besser gehen.«

»Du bleibst«, hauchte sie.

*

Sie lag mit offenem Mund neben ihm und schnarchte. So ganz ohne Schminke fragte er sich, ob sie vor Jahren aufgehört hatte, ihre Geburtstage zu zählen. Möglichst geräuschlos stand er auf. Das geräumige Bad war durch den Ankleideraum erreichbar. Die große bodentiefe Dusche hatte ihn schon gestern Nacht beeindruckt. Er wollte sich nur schnell frisch machen, nach Hause fahren und sich erholen. Kaum hatte er die Badezimmertür geschlossen, da hörte er sie. »Komm her!«

Nicht schon wieder, dachte er und verzog das Gesicht. »Ja, Liebes?«

»Komm her, ich muss mit dir reden, jetzt gleich.«

Er schlang ein Handtuch um seine Lenden, ging zu ihr und setzte sich auf den Bettrand.

»Ganz schön fordernd, meine Liebe.« Er lachte, nahm ihre Hand und küsste sie.

»Ich kann es mir leisten, findest du nicht? Geld macht sexy, stimmt's?«

»Schatz, mit Geld allein kannst du mich nicht hinter dem Ofen vorlocken, darüber sprachen wir doch bereits.«

Sie streckte die Hand nach ihm aus und strich über das Tattoo auf seiner rechten Schulter. »Ein hässliches Ding. Was hat es zu bedeuten, das rote Herz mit dem schwarzen Pfeil? Eine alte Liebe?«

Er lachte. »Eine Jugendsünde. Ich würde mir heute keins mehr stechen lassen. Mit 20 habe ich das anders gesehen.«

»Hast du gut geschlafen?«

»Prächtig.« Er beugte sich über sie und küsste sie auf die Stirn. Schließlich lächelte er und fügte hinzu: »So gut wie lange nicht mehr.«

Sie lachte breit und entblößte ihre viel zu hellen Jacketkronen. »Ich habe gehofft, dass du das sagen würdest. Was hast du jetzt vor?«

»Ich wollte gerade duschen, Liebes. Dann muss ich nach Hause und mich mal wieder um meinen Job kümmern.« Er hob entschuldigend die Arme.

Sie nickte. »Ich schätze fleißige und zielorientiert denkende Menschen. Sag mal, wollen wir vielleicht nächstes

Wochenende unsere kleine Bootstour auf dem Main unternehmen, danach essen gehen in der ›Gerbermühle‹ und dann in meinem Apartment schlafen? Was meinst du?«

»Das klingt großartig, Liebes.«

»Na, wunderbar. Hör mal, was hältst du davon, wenn du den Porsche heute mitnimmst? Zum einen will er bewegt werden und zum anderen weiß ich, dass du dann wiederkommst. Besser als mit der Straßenbahn zu fahren, oder?«

»Bist du wirklich sicher?«

»Er passt besser zu dir als zu mir. Besser gesagt, mir ist er zu anstrengend.«

»Ich werde ihn mit Samthandschuhen anfassen.«

»Das weiß ich, und nun geh duschen.«

»Du bist eine wunderbare Frau. Ich kann mich glücklich schätzen, dich kennengelernt zu haben.«

*

Es war ein tolles Gefühl, den Porsche Turbo zu fahren. Er hatte sich vorgenommen, eine Spritztour zu machen. Um den Wagen kennenzulernen, fuhr er auf die A66 am Hessencenter, bis Hanau oder weiter. Die Strecke war meistens so leer, dass man Full Speed geben konnte. Kein Wunder, dass die alte Frau den Wagen nicht mehr fuhr, man musste die geballte Ladung PS schon im Griff haben. Der Tacho beschleunigte von null auf 180 Stundenkilometer in nur wenigen Sekunden. Zwar bemerkte er, als er in die Auffahrt der Autobahn bog, einige Regentropfen auf der Frontscheibe, doch bis zu dem großen, für heute angesagten Gewitter wäre er längst wieder abgefahren. Ebenso schnell jedoch, wie er Fahrt aufgenommen hatte, setzte der Platzregen ein. Verdammt, er sah die Hand vor Augen nicht. Vorsichtig trat er auf die Bremse, jedoch nicht vorsichtig genug, um dem Aquaplaning zu entgehen. Das Auto schlingerte, begann zu schleudern und drehte sich schließlich um die eigene Achse. Er schrie, das würde er nicht überleben. Er steuerte gegen, der Wagen kam in die richtige Position, schlingerte aber hin und her, die Leitplanke kam nah, zu nah. Der Wagen touchierte mit einem kratzenden Geräusch die Planke, er lenkte gegen und ging runter vom Gas. Schließlich gewann er die Oberhand über das Fahrzeug. Der Wagen hatte sich wieder gefangen. Francesco überquerte die beiden rechten Spuren, bis er schließlich auf dem Seitenstreifen stehen blieb. Er war nassgeschwitzt, zitterte am ganzen Leib und umklammerte mit beiden Händen seinen Kopf. Diese Geräusche in seinem Kopf. »Aufhören«, schrie er. Er atmete tief ein und aus, bis der Lärm in seinem Kopf nachließ. Zum Glück war die Autobahn so gut wie leer gewesen, sonst hätte es eine Katastrophe gegeben. Sein Herz klopfte wild, und er musste tief durchatmen, um sich zu beruhigen. Schließlich stieg er aus, begutachtete den Kotflügel. Wie durch ein Wunder war der Kratzer weder lang noch besonders tief, und eine Beule war nicht entstanden. Das war beinahe nicht zu glauben. Er setzte sich in den Wagen, schloss für einen Moment die Augen, bis sich sein Herzschlag langsam normalisierte. Nach wenigen Minuten war er wieder fit und startete den Motor, da klingelte das Handy.

»Hallo?«, meldete er sich.
»Schatz?«
»Wer ist …?«
»Ingrid, wer sonst?«
»Ach du …« Er lachte.

»Ja, Francesco, nennen dich noch andere Frauen Schatz?«

»Nein, nein, natürlich nicht. Entschuldige, hier waren Nebengeräusche, da habe ich einfach deine Stimme nicht erkannt.«

»Ich wollte nur hören, wo du bist, es hat hier eben einen Wolkenbruch gegeben. Da hatte ich Angst, du könntest im Auto sitzen, der Porsche kann zur echten Gefahr werden, wenn man ihn nicht kennt.«

»Keine Sorge, bin zu Hause und arbeite, wann sitze ich schon mal im Auto. Ich bring ihn dir unversehrt zurück.«

»Ja, wäre ein echter Wertverlust.« Sie lachte. »Späßchen, ich will dich nicht verlieren, wo ich dich gerade gewonnen habe. Du machst dich einfach zu gut neben mir. So etwas kann ich doch nicht wieder hergeben.«

»Natürlich, das wirst du so schnell auch nicht müssen.«

»Wenn du heute Abend kommst, dann will ich etwas mit dir besprechen, Francesco.«

»Da bin ich gespannt.«

*

Als er sie auf den Mund küsste, roch er ihren schalen Atem. Er hasste Zigaretten. Und er hasste schlechten Atem. Sie zog ihn mit sich in den kleinen Salon.

»Nimm Platz. Tilda?«, rief sie. »Bring uns den Champagner.«

Das Hausmädchen schien direkt neben der Tür gestanden zu haben, so schnell, wie sie herbeieilte.

»Lassen Sie ruhig, ich kann die Flasche öffnen«, bot Francesco an.

»Du wirst dich hüten. Ich brauche deine Hände unversehrt und für anderes«, sagte Ingrid. »Das war's vorläufig, lass uns allein«, sagte sie, nachdem Tilda eingeschenkt hatte. Sie setzte sich neben Francesco. »Komm, stoß mit mir an.«

Sie erhoben ihre Gläser.

»Hör mal, Schatz, ich habe mir da etwas durch den Kopf gehen lassen. Du sagtest, du suchst nach einer neuen Bleibe, nicht?«

Francesco sah Ingrid mit großen Augen an.

»Natürlich könnte ich sagen, du kannst hier bei mir wohnen. Aber zum einen habe ich gern meine Ruhe, und zum anderen müssen wir uns erst einmal richtig aneinander gewöhnen, stimmt's?«

Er nickte.

»Ich dachte, du könntest zumindest vorübergehend in die Wohnung im Karpfenweg einziehen. Ich sagte ja bereits, sie wird dir sicher gefallen, und da sie nun einmal leer steht«, sie sah ihn neugierig an. »Im Gegenzug verlange ich, dass du sie pflegst und dich um mich kümmerst. Schau sie dir einfach mal an.«

»Ich kann mir die Miete, die du verlangen wirst, sicher nicht leisten, es tut mir leid, Ingrid.«

»Schon gut, Francesco, du darfst fürs Erste mietfrei wohnen, ich halte dich nicht aus, Francesco. Geld bekommst du von mir nicht. Das kannst du ja schließlich selbst verdienen. Aber du könntest dort komfortabel wohnen, bis wir entscheiden, ob mehr aus uns wird. Wir fahren ja morgen hin, das hatten wir eh besprochen, nicht?«

※

Francesco war, seit die Häuserreihen vor einigen Jahren entstanden waren, schon mehrfach staunend am Main entlang gelaufen und hatte sich gefragt, wie die Wohnungen wohl von innen aussehen mochten. Natürlich interessierte ihn nur die der ersten Reihe, deren Balkone zum Main hinausgingen. Hinter der vorderen Häuserreihe erstreckte sich eine Mole, in der die reichen Bewohner so einige Luxusboote verankert hatten, dahinter befand sich die nächste Hausreihe, sicher deutlich günstiger, da der Mainblick durch die vorderen Apartments versperrt war. Ihnen blieb lediglich der Blick auf die Mole. Ingrids Wohnung lag in der dritten Etage des Eckhauses der ersten Reihe. Sie hatten den Fahrstuhl benutzt, Ingrid schloss die Wohnungstür auf. »Bitte tritt ein«, sagte sie und beobachtete ihn. In der großzügigen Diele blieb Francesco stehen, der riesige Spiegel gab sein verdutztes Gesicht wieder, die Wohnung war traumhaft schön. Ganz anders eingerichtet als das Haus in der Lichtensteinstraße. Von der Diele aus schaute man in einen großzügigen Wohnraum mit bodentiefen Fenstern. »Fantastisch«, sagte er.

»Dann geh rein, na, mach schon, ist das Wohnzimmer.« Der Raum war modern, geschmackvoll und reduziert eingerichtet mit hellen schlichten Designermöbeln. Eine riesige cremefarbene Eckcouch stand mitten im Raum, davor ein dunkler, kastenförmiger Couchtisch, daneben ein dazu passender cremefarbener Sessel. Die offene Küche war nur durch einen Bartresen vom Raum abgegrenzt. Auch hier hatten die Goldens nicht gespart. Die Arbeitsfläche war in dunklem Granit gehalten, die Schrankflächen bestanden aus hochglänzendem, cremefarbenen Holz.

»Willst du mal raus?«, Ingrid öffnete die große Balkontür. Francesco trat ins Freie.

»Was sagst du?«, fragte Ingrid.

»Ich bin sprachlos. Ist einzigartig, wie im Urlaub. Es ist

unglaublich schön, dem Wasser so nah zu sein.« Er beugte sich weit über die Brüstung und sah auf den Fluß hinunter.

»Wenngleich man auf der gegenüberliegenden Seite auf das Gelände der Uniklinik blickt. Nicht ganz so schön.«

»Man muss sich aber nach rechts beugen. Ich finde es hier trotzdem berauschend.«

»Dann sieh dir das Schlafzimmer an. Ist ja auch ein wichtiger Raum, nicht wahr?« Sie griff ihm beherzt an den Po.

Das Schlafzimmer bestand aus einem einzigen Möbelstück, wie es ihm schien, einem riesigen Designerbett. Auch von hier aus konnte man auf den Balkon treten.

»Einzigartig. Aber gibt es hier keine Schränke?«

Ingrid lachte. Und öffnete eine unscheinbare Tür in der Wand. »Bitte sehr, ist begehbar.« Francesco betrat den Raum, der an einer Regalseite mit Damengarderobe bestückt war.

»Damit musst du dich abfinden, sind ein paar Kleider von mir drin, falls ich dich hier besuche, mein Schatz. Na, was meinst du? Möchtest du eine Zeit lang hier wohnen?«

»Ich weiß gar nicht, was ich dazu sagen soll, Ingrid. Ja, das würde ich sicher zu gern.«

»Gut, dann zeige ich dir das Bad. In die Dusche passen wir gemeinsam rein.«

Das Bad hatte eine wunderschöne bodentiefe Dusche. Designer-Waschbecken, indirekte Beleuchtung und die Fliesen aus schwarzem Schiefer. Dieses Bad war eine einzige Wellnessoase. Ingrid beobachtete Francesco genau. »Na, was sagst du, nimmst du die Wohnung?«

»Sofort!«, antwortete er und umarmte Ingrid.

»Gut, deine persönlichen Sachen kannst du ja Montag holen.«

✻

Sie hatte ihn gegen 7 Uhr geweckt. »Schatz, bring mir einen Kaffee ans Bett«, hatte sie gesagt.

Er räkelte sich und stöhnte.

»Du warst großartig heute Nacht, Francesco, habe ich das der Wohnung zu verdanken?«

Er lachte. »Ich habe mich in dich verliebt, Ingrid, das hat nichts mit der Wohnung zu tun.« Er stand auf und kam nach einer Weile mit einer Tasse Kaffee für Ingrid und sich zurück. Er reichte ihr das heiße Getränk.

Sie lehnte ihren Kopf an seine Schulter und trank einen Schluck. »Na, prima, die Maschine bedienen kannst du schon mal. Kannst du eigentlich auch Boot fahren?«

»Ich habe vor ein paar Jahren einmal einen Schein gemacht, ja. Da war ich mit einer guten Freundin am Chiemsee.«

»Wir wollten doch mit meinem Boot fahren. Es liegt unten in der Mole. Vielleicht hast du ja Spaß dran, es dir mal anzusehen.«

Etwa eine Stunde später hatten sich die beiden fertig gemacht und standen an der Mole.

Francesco sah umher und bestaunte die Jachten. »Sagtest du nicht, du hättest ein Boot, ich sehe hier nur Schiffe.«

Sie zeigte nach links. »Da steht es doch, da ganz hinten.«

Sie liefen den Steg entlang. »Du meinst nicht etwa dieses hier?« Vor ihm stand eine hochseetaugliche blaue Luxusjacht, wie man sie eher in Monte Carlo vermutet hätte.

»Das meine ich, ich weiß nicht recht, was ich damit machen soll. Ich werde gewiss nicht mehr allein damit fahren. Wenn du Spaß daran hast, dann darfst du es gerne hin und wieder benutzen.«

Francesco hatte staunend den Mund geöffnet. »Du, du willst es mir schenken?«

Sie lachte. »Das nicht gleich, vielleicht irgendwann mal, wenn wir uns länger kennen. Es ist eine DaVinci 35E. Lass mich überlegen. Sie hat circa zehn Meter Länge, besten Komfort, weiße Ledersitze, eine Kabine mit allem Drum und Dran, und man kann dort sogar kochen. Ist wirklich alles drin, was man braucht.«

»Sie muss ein Vermögen wert sein.«

»Circa 300.000 Euro.«

»Das ist ja der reinste Wahnsinn. Warum verkaufst du sie nicht?«

Sie winkte ab. »Ist mir die Mühe nicht wert, all die neugierigen Interessenten, ich hasse Verkaufsgespräche und Menschen, die viele Fragen stellen.« Sie öffnete die Handtasche und holte einen Schlüssel hervor. »Wenn du dir zutraust, sie hier rauszufahren, dann darfst du sie fahren.«

»Ich habe meinen Bootsführerschein doch gar nicht bei mir.«

»Ich habe meinen aber dabei. Ich verantworte das.«

Er half ihr an Bord. Natürlich hatte das Boot ganz andere Ausmaße als das kleine Motorboot von damals, auf dem er seinen Führerschein gemacht hatte, doch war in der Mole kaum Wellengang, das würde das Manövrieren erleichtern, und da es das letzte Boot der Reihe war, ließ es sich sicher recht einfach rausfahren. Er setzte sich ans Steuer, sie steckte den Schlüssel ins Zündschloss und gab ihm einen Kuss. »Bereit?«

»Ich gebe mein Bestes.« Er drehte den Schlüssel, und der Motor sprang mit einem tiefen Brummton an. »Setzen, sonst starte ich nicht.«

Sie lachte und setzte sich neben ihn. »Aye, aye Captain.«

Sehr langsam und mit einem flauen Gefühl in der Magengrube steuerte er das Boot geschickt aus der Ankerbucht. In seinem Kopf hörte er ein leises Flüstern, das er zu ignorieren versuchte. Er manövrierte das Schiff aus der Mole und steuerte es mainabwärts.

Im Nachhinein dachte Francesco, dass diese Tage die nettesten waren in der Zeit mit Ingrid, wenn man es denn so ausdrücken wollte.

6

18. August 2016

Francesco hatte lange warten müssen, bis Ingrid schlief. Sie waren den ganzen Tag zusammen gewesen, mittags zur Spielbank und anschließend in die Lichtensteinstraße gefahren. Er hatte ihr einen Zettel hinterlassen, dass er noch arbeiten müsse, als er ging.

Am Nachmittag war eine SMS vom Begleitservice gekommen, er war nach längerer Zeit mal wieder gebucht worden für einen Abend in Frankfurt. Den Job konnte er keinesfalls ausschlagen, denn er brauchte unbedingt Geld. Sein Konto hatte er so stark überzogen, dass er keinen Cent mehr abheben konnte. Er entschied, mit dem Porsche zu fahren, den er wie immer im Hof abgestellt hatte. Seinen Golf hatte er bereits vor Tagen aus der Holzhausenstraße abgeholt und zu seiner Wohnung zurückgebracht.

*

Nachdem er viel zu schnell durch die Stadt gefahren war, parkte er den Porsche direkt vor dem Eingang des Hotels »Hessischer Hof«, warf dem Portier den Porscheschlüssel zu, man kannte ihn hier, und wandte sich zum Treppenabgang von Jimmys Bar, direkt neben dem

Haupteingang des Hotels. Der Türsteher öffnete mit den Worten: »Länger nicht gesehen, Sie werden schon erwartet.«

Es war bereits kurz vor 22.30 Uhr. Beinah ein Wunder, dass die Dame noch nicht gegangen war. Sie saß an der Bar, besser gesagt, es war die einzige Frau, die infrage kam. Alle anderen waren in Begleitung. Sie war drall, und das knappe Cocktailkleid hätte gut eine Nummer mehr vertragen können. Die hochtoupierten Haare erinnerten an einen 60er-Jahre-Look. Der pralle Hintern passte kaum auf den Barhocker. Sie drehte sich um, als er auf sie zuging.

Ihre gebogene Nase erinnerte ihn an eine Krähe. Die hochgetürmten Haare sollten vermutlich von dem Makel ablenken. Sie hielt eine Zigarette in der Hand. Ihr Alter schätzte er auf Mitte 50.

Er reichte ihr die Hand.

»Du bist Heide?«

Sie nickte. »Normalerweise bin ich Unpünktlichkeit nicht gewohnt, Francesco. Das ist doch dein Name?«

»Ja. Es tut mir unendlich leid, aber ich bin in einen Stau geraten, anrufen konnte ich ja leider nicht. Ich kenne deine Handynummer nicht.« Er nahm auf dem Barhocker neben ihr Platz.

Na, komm, setz dich zu mir, Francesco, du gefällst mir. Was darf ich dir bestellen?«

»Einen Gin Tonic bitte.«

Sie musterte ihn von oben bis unten, ihr Blick ruhte einen Moment zu lange auf seiner unteren Körperhälfte. Sie sah ihm erneut ins Gesicht und grinste breit.

Der Barkeeper brachte das Getränk.

»Wollen wir anstoßen?«, fragte sie, und es klang irgendwie zweideutig. Ihre Stimme war fordernd und selbstbewusst.

Er hob sein Glas, sie tranken und stellten die Gläser zurück auf den Tresen. »Wohnst du in Frankfurt?«

»Nein.«

»Was machst du hier?«

»Ich leite die Cosmetica Fachmesse, deshalb bin ich gerade hier.«

Er nickte. »Dann wohnst du hier im Hotel, nehme ich an, brauchst ja zur Messe nur über die Straße zu gehen.«

»So ist es.« Das konnte ihm nur recht sein, ersparte Zeit und das Hotel war komfortabel. Außerdem war es ungefährlich, denn Ingrid verkehrte hier nicht.

Gerade erklang »Strangers in the Night« auf dem Piano, sie zog sein Kinn zu sich heran und hauchte: »Hast du die ganze Nacht für mich Zeit?«

»Für schöne Frauen wie dich habe ich viel Zeit.«

Sein Handy vibrierte schon zum dritten Mal in seinem Jackett.

»Dein Typ wird verlangt«, sagte sie und lachte.

»Hast du gute Ohren.«

Sie schüttelte den Kopf. »Ich spüre jede Vibration, musst du wissen.«

Er zog das Handy aus der Jacke und sah aufs Display, Ingrid, das hätte er sich denken können. Jetzt folgte eine WhatsApp: »Wo bist du, warum hast du mich verlassen? Das nächste Mal weckst du mich, bevor du verschwindest. Auf deine Zettel lege ich keinen Wert.«

»Oje, schlechte Nachrichten?«

»Entschuldige mich kurz, meiner Tante, es geht ihr nicht gut«, er stand auf. »Ich geh schnell raus, hier drin ist es zu laut.«

»Gut, aber beeil dich«, sagte sie und zog ihn noch einmal zu sich heran, um ihm einen Kuss auf die Lippen zu hauchen.

Ingrid nahm das Gespräch sofort an. »Ich bin gespannt, was du mir zu sagen hast!«
»Ingrid, ich habe zu arbeiten.«
»Ach, und deshalb lässt du es ewig läuten?«
»Ich habe es leise gestellt.«
»Können Sie mir mein Auto holen?«, rief ein Mann neben ihm.
»Auto holen, wem sollst du ein Auto holen?«
»Ach Ingrid, ich habe mir kurz die Beine vertreten, stehe an der Mole, hier steht ein älterer Herr und bittet einen jüngeren Mann, sein Auto zu holen, ist das etwa ein Problem?«
»Francesco, dein Ton gefällt mir ganz und gar nicht. Ich erwarte, dass du zu mir kommst, jetzt gleich, sonst ist es aus zwischen uns, verstanden? Du hast dir außerdem ganz selbstverständlich meinen Porsche genommen. Ich möchte gefragt werden, verstehst du das?«
»Ingrid, es tut mir leid, ich dachte ...«
»Was du dachtest, interessiert mich nicht, tu, was ich dir sage, sonst ist es vorbei. Du möchtest doch nicht, dass ich die Polizei rufe und einen gestohlenen Porsche melde, oder?«
»Ingrid, wieso denn die Polizei? Bitte gib mir eine Viertelstunde, ich muss mir erst etwas überziehen, ich trage einen Jogginganzug.«

Er stürzte die Stufen zur Bar hinunter. Heide sah ihn neugierig an.

»Es tut mir leid, Heide, ich muss leider gehen, meine

Tante muss ins Krankenhaus. Ein Herzanfall oder etwas Ähnliches.«

Heides Gesicht verfärbte sich. »Erst kommst du zu spät und jetzt das. Ich werde mich bei der Agentur beschweren.«

»Tut mir wirklich leid, ich muss gehen.« Er wollte ihr die Hand reichen.

»Moment, erst musst du noch bezahlen, ich betrachte mich als eingeladen, das ist ja wohl das Mindeste.«

Verdammter Mist, wenn's dicke kam, dann richtig. Der Barkeeper stand am anderen Ende der Theke. Francesco lief zu ihm, besser sie würde nicht auch noch das mitbekommen. »Hör mal, du kennst mich doch. Ich muss anschreiben lassen, hatte vorhin solchen Stress, dass ich mein Geld zu Hause liegen gelassen habe. Ich komme morgen vorbei, was habe ich zu zahlen?«

»Francesco, aber wirklich nur, weil wir uns schon ewig kennen. Aber morgen bringst du das Geld.«

»Danke, du rettest mich gerade. Ich muss schnell weg. Was habe ich mitzubringen?«

»80 Euro!«

»80?« Francesco fielen beinah die Augen aus dem Kopf.

»Die Dame trinkt gern und gut Champagner.«

»Bis morgen«, Francesco nickte resigniert und winkte Heide im Vorbeigehen zu, sie blickte ihn missachtend an. Welch unsäglicher Reinfall. Er brauchte Geld, noch heute Abend.

※

Ingrid öffnete selbst, Tilda war längst nach Hause gegangen. »Ich fange an zu bereuen, Francesco.« Sie stand steif im Eingang und funkelte ihn böse an. »Nutze niemals meine Großzügigkeit aus. Meine Gunst musst du dir erarbeiten. Ich hätte dich für intelligenter gehalten!«

»Ingrid, ich weiß gar nicht, was ich sagen soll. Ich hatte das Handy lautlos gestellt, das ist alles. Wirklich Ingrid, so glaube mir. Wir waren doch so glücklich. Oder denkst du, ich würde sonst deine Nähe suchen? Willst du mich nicht vielleicht reinlassen?«

Sie machte die Tür frei, und sie standen in der Diele.

»Weißt du, Ingrid, es ist mir peinlich, das sagen zu müssen. Und ich wollte es aus dem Grund vor dir geheim halten. Ich bin nach Hause gefahren, weil mich ein Kunde gebeten hat, mich noch heute Nacht in seinen Computer wegen eines Softwarefehlers einzuloggen.«

Sie sah ihn verständnislos an. »Aber das ist doch dein Beruf, wieso kannst du mir das nicht sagen?«

»Na ja, ich habe das sozusagen schwarz gemacht, ich meine, es war kein Firmenauftrag. Ach Ingrid, ich bin auch nicht besonders stolz darauf, aber ich brauche das Geld. Er hat mir viel Geld geboten, wenn ich den Fehler noch heute Nacht behebe. Wahrscheinlich ist das, was er da macht, nicht ganz seriös, aber ich bin verschwiegen. Ich habe wichtige Rechnungen zu begleichen, und dann riefst du an und ich bin einfach losgefahren. Nun ist der Job geplatzt.« Er machte ein verzweifeltes Gesicht.

Sie schob ihn sanft in den Salon und nahm seine Hand. Sie zog ihn zu sich auf ein Sofa. »Warum sagst du mir das nicht gleich?«

Er machte ein zutiefst zerknirschtes Gesicht. »Damit du nicht denkst, ich wäre an etwas anderem interessiert, als an dir selbst. Ich will doch nur dich« Er blickte ihr tief in die Augen, nahm ihre Hände und küsste sie. Schließlich ließ er sie los und sagte zerknirscht: »Ich habe alles vermasselt. Ich denke, es wird das Beste für uns sein, wenn wir unsere kurze Beziehung beenden. Es hätte etwas Großes daraus werden können, aber ich kann mit deinem Misstrauen nicht leben. Das ist eine meiner wenigen Macken, ich verabscheue misstrauische Menschen, tut mir so leid. Ich hole morgen meine paar Habseligkeiten aus deiner schönen Wohnung raus.«

»Francesco! Ich bitte dich, sei nicht kindisch, verzeih mir und gib mir eine Chance. Das musst du wirklich tun, ich weiß nicht, wann ich mich je in meinem Leben bei einem Menschen entschuldigt habe. Bitte, ich werde es wiedergutmachen. Und vor allem werde ich versuchen, dir von nun an zu vertrauen. Aber bitte sage mir doch, wenn du in Geldsorgen bist. Ich helfe dir da raus, Schatz. Ich verstehe das doch. Du bist ein fleißiger Mann und es ehrt dich, dass du mir das verheimlichen wolltest. Aber du sollst keine merkwürdigen Geschäfte mehr machen müssen. Ich hab doch genug.«

Sie drückte sich an ihn und fuhr mit ihren Händen über seine Brust. »Was hast du denn da in der Tasche?«, sie fühlte zwei Münzen in seiner Hemdtasche.

Er lächelte und zog zwei Plastikmünzen daraus hervor.

»Zwei Jetons?« Sie lachte.

»Sie bringen mir Glück.«

In Wahrheit hatte er noch ein paar mehr gesammelt. Jedes Mal, wenn er für Ingrid Geld eintauschte, ließ er heimlich einen in seine Tasche gleiten. Die Alte merkte es nicht mal, erstickte sowieso im Geld. Er brauchte jeden Pfennig, umso schneller konnte er sich um seine Großmutter kümmern.

»Ich helfe deinem Glück ein wenig nach. Wie viel Geld brauchst du?«, fragte sie gerührt.

*

Francesco hatte seine Schulden in Jimmys Bar beglichen, Ingrid hatte ihm 2.000 Euro gegeben, mehr als er im »Hessischen Hof« verdient hätte, wäre er dort geblieben. Allerdings war mit weiteren Summen von ihr vorerst nicht zu rechnen. Dafür hatte sie Spaß daran, ihm hin und wieder teure Garderobe zu schenken, die er sich aussuchen durfte. Nun saß er auf seinem Balkon und schaute gedankenverloren auf die untergehende Sonne, die sich im Mainwasser spiegelte. Das Wasser beruhigte ihn, er hatte momentan kaum Kopfschmerzen. Manchmal fühlte es sich für ihn so an, als lebe er irgendwo in Südfrankreich. Die Sonne ging jetzt im Spätsommer deutlich früher unter, doch genoss er diese Stimmung ganz besonders. Zumal ihm klar war, er konnte hier nicht ewig bleiben.

Die Wohnung im Westend war weiterhin sein Geheimnis, Ingrid sollte sie nie kennenlernen. Anfänglich hatte sie immer wieder danach gefragt, doch nach ihrem Disput neulich traute sie sich nicht mehr. So blieb ihm ein Loch, in das er schlüpfen konnte, falls er spontan untertauchen müsste. Mindestens zweimal in der Woche ging er mit Ingrid zur Spielbank in Bad Homburg, er war immer noch kein Stratege, doch hin und wieder strich er ein paar kleinere Gewinne ein. Sie hatten sich mittlerweile an ihn gewöhnt, die Damen am Roulettetisch, und sie himmelten ihn an, alle. Ihre Eifersucht aufeinander bereitete ihm Freude und erregte ihn beinah, ein erhabenes Gefühl. Er liebte es, im Fokus zu stehen.

In der letzten Zeit hatte er angefangen, sich mit Marie Luise Radt zu unterhalten. Sie war deutlich jünger als Ingrid, etwa 60, und sie lebte im Frankfurter Diplomatenviertel, wie sie ihm erzählte. Tolle Wohngegend, die hatte Geld, dachte er. Ein paar Mal hatten sie sich im Barbereich der Spielbank ausgetauscht, natürlich nur, wenn Ingrid nicht in der Nähe war. Irgendwann hatte auch Marie Luise ihm ihre Visitenkarte gegeben, wie damals Ingrid.

Wozu jemals wieder als Callboy arbeiten, er hatte nicht kündigen müssen, sie hatten ihn rausgeworfen, nach dem missglückten Abend mit Heide. Bei diesen Damen würde er sozusagen als Freund landen, ein paar kleine Zuwendungen wären allerdings vorausgesetzt. Er war sich beinah sicher, nicht nur Marie Luise würde ihn gerne näher kennenlernen. Wenn er nun auf diese Weise ein wenig Bargeld beisammen hatte, würde er den smarten Francesco in die ewigen Jagdgründe befördern können. Manchmal wusste er nicht, ob er sich selbst diese Gedanken machte, oder ob ihm die Stimme in seinem Kopf die erforderlichen Instruktionen gab.

*

»Wollen wir uns heute Abend noch sehen, schöne Frau? Ich brenne darauf, mehr von dir zu erfahren«, schrieb er per WhatsApp.

Die Antwort ließ nicht lange auf sich warten.

»Komm zu mir. Du kennst ja meine Adresse.«

Die Villa lag in der Zeppelinallee, eine der schönsten Straßen im Diplomatenviertel, ganz in der Nähe des Palmengartens. Das Haus war efeubewachsen und wirkte auf ihn beinah verwunschen. Ein wunderschönes Haus, war sicher 2 Millionen wert. Warum sollte er nicht ein kleines Stückchen vom Kuchen abbekommen? Einen Kerl wie ihn bekam man nun einmal nicht geschenkt. Marie Luise war zwar keine Witwe, aber geschieden. Ihr Vermögen beachtlich, denn sie selbst hatte von Seiten des Vaters, einem bekannten Frankfurter Bauunternehmer, reich geerbt, erzählte ihm Ingrid kürzlich.

»Sie ist eine Langweilerin, deshalb hat sie ihren Mann nicht halten können«, hatte Ingrid ihm erklärt. »Sie hat ganz einfach Glück, dass ihr Vater sie gut versorgt hat.«

Davon abgesehen wirkte Marie Luise deutlich vorteilhafter als Ingrid. Sie hatte die entspannteren Gesichtszüge und nicht den verhärmten Gesichtsausdruck der verknöcherten Ingrid.

Das Diplomatenviertel war eines der wenigen Gebiete Frankfurts ohne Parkplatzprobleme. Die Straßen breit, und die Gegend bestand zum größten Teil aus Einfamilienhäusern. Francesco konnte den Porsche direkt vor der Tür ihrer beachtlichen Villa parken.

Er hatte sich wie immer sorgfältig gekleidet. Teure englische Schuhe, ein Blazer von Armani und Designerjeans. All das hatte ihm Ingrid vor Kurzem geschenkt. »Damit du einen guten Eindruck machst, wenn wir zusammen unterwegs sind«, war die Begründung.

Kaum hatte er auf den Klingelknopf der noblen Villa gedrückt, sprang das Tor mit lautem Summen auf.

Marie Luise stand im Eingang. Sie sah adrett aus in ihrem roten Cocktailkleid.

»Ich freu mich, dass du gekommen bist, Francesco.« Sie wirkte ein wenig verlegen und stand unschlüssig in der Tür.

»Darf ich reinkommen?« Den Strauß dunkelroter Rosen hatte er bereits ausgepackt. Sie nahm ihm das zerknüllte Papier und den Strauß ab, dann kicherte sie. »Aber natürlich. Ich hab' schon ewig keinen Herrenbesuch mehr bekommen und Rosen auch nicht.«

Marie Luises Heim war im Landhausstil eingerichtet. Sie hatte in ihrer großen gemütlichen Küche eingedeckt. Man sah weder ihr noch dem Haus an, wie wohlhabend sie war.

Das Essen, welches sie selbst gekocht hatte, war eher unspektakulär. Vorweg Feldsalat mit Steinpilzen und hinterher Pasta mit Scampi, dazu gut gekühlten Lugana.

Nach der Mahlzeit tupfte sich Francesco mit der Serviette die Lippen. »Du liebst Italien?«

Sie lachte. »Du meinst wegen des Essens?«

»Genau.«

»Ich liebe die Toskana, ja. Es gibt in Fechenheim einen toskanischen Großmarkt, die Fattoria La Vialla«. Alles aus biologischem Anbau. Seitdem koche ich überwiegend italienisch. Ich bin so ein wenig eine Bio-Maus.« Wieder kicherte sie.

»Komm, wir lassen alles stehen und machen es uns im Wintergarten gemütlich.« Sie reichte ihm Weinflasche und Gläser und ging voraus.

Sie öffnete die Tür zum Wintergarten. Von hier aus hatte man einen herrlichen Blick in den dicht bewachsenen und uneinsehbaren Garten.

»Nimm doch bitte Platz.« Sie wies auf eine Gruppe von Korbsesseln und setzte sich ebenfalls.

»Ein wunderschöner Garten«, sagte Francesco, der seinen Blick ins Grüne schweifen ließ.

»Na ja, alle zehn Minuten hört man die Straßenbahn, Linie 16.

»Dafür wohnst du mitten in der Stadt. Unbezahlbar.

Aber sag mal, hast du keine Angst, dass man dich hier überfallen könnte?«

Sie machte große Augen und lachte. »Mich? Nein. Weißt du, ich hatte einen sehr bedachten Vater. Der hat hier einen Safe eingebaut, der ist sicherer als jede Bank. Den kann man nur über meine Leiche knacken. Nein, Angst habe ich hier keine. Wo wohnst du eigentlich?«

»Karpfenweg.« Er schenkte ihnen beiden Wein ein.

»Sagt mir nichts.«

»Unten am Main, im Westhafen.«

»Ach, da hat Ingrid Golden auch eine Wohnung, schön dort.«

Er kommentierte das nicht.

»Was machst du beruflich?«

»Ich bin Computerfachmann.«

»Aha.« Sie sah ihn eine Zeit lang an. »Darf ich neugierig sein?«

Er lächelte ungezwungen. »Aber ja, ich habe keine Geheimnisse.«

»Was hat es mit Ingrid Golden und dir auf sich, ich meine, wie ist dein Verhältnis zu ihr? Man hört ja so dies und jenes.« Sie sah beschämt zu Boden. »Ich meine damit, hast du ein Verhältnis mit ihr? Ich meine, es geht mich natürlich nichts an, aber …?«

Er war froh, dass Ingrid und er sich geeinigt hatten, in der Öffentlichkeit nicht als Paar aufzutreten, wenngleich Ingrid sich anfänglich daran gestört hatte. Doch hatte er ihr glaubhaft erklären können, dass es wegen des Altersunterschiedes nur dummes Gerede geben würde. Seit ihrer Auseinandersetzung hatte sich Ingrid davor gehütet, ihm weitere Szenen zu machen, und seinen Wunsch wohl oder übel respektiert.

»Gut, dass du fragst. Das Thema sollte nicht zwischen uns stehen. Ich leiste der alten Dame manchmal Gesellschaft, außerdem fahre ich sie zur Spielbank, weiter nichts. Wenngleich sie nicht gerade unkompliziert ist, das brauche ich dir sicher nicht zu sagen.«

Marie Luise lachte. »Nein. Wir kennen uns beinah seit 20 Jahren, ich weiß um sie und ihre Art.« Sie lachte. »Und ich kenne ihren Porsche, mit dem du vorhin gekommen bist.«

»Ja, ich soll ihn hin und wieder bewegen, wegen der Batterie, du verstehst«, er lächelte. »Ach Marie Luise, ich denke immer daran, wie traurig es ist, wenn man einsam ist. Wenn jeder von uns hin und wieder Gutes tun würde, dann wäre die Welt ein wenig reicher. Und einmal abgesehen von dem allen, sie gibt mir wertvolle Tipps beim Roulette«, fuhr er fort.

Sie schien ihm zu glauben. »Ich verstehe, und dass du dich um sie kümmerst, finde ich selbstlos, besonders bei einer so, wie soll ich sagen, einer so prätentiösen Persönlichkeit, aber ich würde sagen, sie hat sich zu ihrem Vorteil verändert, seitdem du ihr regelmäßig Gesellschaft leistest, sie ist uns gegenüber weniger biestig, hat einen entspannteren Gesichtsausdruck, vermutlich will sie mehr von dir.«

Er sah sie mit unschuldigem Blick an. »Ich könnte ihr Enkel sein. Und eine Großmutter habe ich selbst, noch dazu eine wunderbare. Nein, mit einer so alten Frau wie Ingrid könnte ich nichts anfangen.«

Sie presste die aufgespritzten Lippen zusammen.

»Mein Lieber, ich könnte auch deine Mutter sein.«

Er nahm ihre Hand und küsste sie. »Du? Im Leben nicht. Du bist doch maximal 50.«

Sie errötete und senkte den Blick. »Ich bin über 60.«

Er spielte den Überraschten. »Was? Das ist nicht dein Ernst. Nein, das hätte ich wirklich niemals gedacht, über 60? Du hast dich unglaublich gut gehalten!«

Sie trank zügig aus ihrem Glas, er nahm die Weinflasche und schenkte ihr nach.

Schließlich nahm er ihre Hand. »Ich mag dich sehr, musst du wissen. Ich, ich weiß nicht, ob ich das sagen darf, ich tue es auch nur, weil ich etwas getrunken habe. Danach darfst du mich gleich rauswerfen. Ich begehre dich, Marie Luise.«

»Was?« Sie lächelte irritiert und strich sich mit einer unsicheren Geste die Haare aus dem Gesicht. Er blickte ihr intensiv in die Augen, schließlich beugte er sich vor und küsste sie zärtlich auf den Mund, sie ließ es geschehen. In diesem Moment wusste er, dass es nicht mal der Teufel mit ihm aufnehmen würde.

Eine Stunde später zog er das Handy aus seiner Brusttasche. Ein Anruf von Ingrid in Abwesenheit. Sie wollte ihm sicher bloß gute Nacht wünschen. Er wusste, sie war in heller Aufregung, wenn sie ihn nicht erreichte, versuchte aber, Contenance zu bewahren. Hatte auch nicht erneut angerufen. Gleich, wenn er im Auto saß, würde er sich melden.

»Du hast mich sehr glücklich gemacht, Francesco, werden wir uns wiedersehen?«, sagte Marie Luise, als er ihr zärtlich mit der Hand über die Wange fuhr.

»Spätestens in der Spielbank«, sagte er und zwinkerte ihr zu.

Ihr Mund verzog sich beleidigt. »Das war ein Scherz, natürlich sehen wir uns wieder, ich bin dir ja jetzt schon verfallen. Ich bin nur die nächsten Tage beruflich sehr eingespannt. Lass es uns so machen, dass ich mich melde. Ist das für dich okay?«

Sie nickte. »Wenn du das sagst.«

»Und kein Wort in der Spielbank oder vor Ingrid. Ihren Spott können wir uns sparen, nicht? Lass uns erst einmal richtig kennenlernen.«

Sie machte mit den Fingern eine Bewegung über ihren Mund, als ob sie einen Reißverschluss zuzöge.

»Bis bald, meine schöne Geliebte.«

Kaum hatte er die Autotür geschlossen, wählte er Ingrids Nummer. Sie ging, wie erwartet, sofort dran, ersparte sich allerdings das *wo warst du*. »Hallo, Francesco, viel zu tun gehabt?«, fragte sie stattdessen betont ungezwungen.

»Liebling, ja.« Er gähnte. »Ich war bis eben noch bei einem Kunden und bin jetzt völlig erschlagen. Möchte einfach nur ins Bett, ich mache das morgen alles wieder gut, okay?«

»Natürlich, Vorfreude ist die schönste Freude, mein Schatz. Komm, wann du willst, du hast ja einen Schlüssel, und nun fahr vorsichtig und schlaf nachher gut.«

»Ich liebe dich«, sagte er. »Gute Nacht«, er schaltete das Handy aus.

»Tja meine Liebe, würdest du mich nicht so einschränken, müsste ich mich nicht mit Marie Luise abgeben«, murmelte er.

Bei Marie Luise jedenfalls würde er bald zur Sache kommen, ein paar kleine Beträge, und sie war ihn los, besser gesagt, er würde sie loswerden.

Dann konnte er Ingrid glaubhaft erklären, dass seine Geschäfte langsam zu laufen begannen.

»Ach Großmutter, du wärst so stolz auf mich«, murmelte er.

7

26. September 2017, Marie Luise Radt

Sie konnte ihr Glück nicht fassen. Gleich morgens um 7 Uhr hatte ihr Francesco eine WhatsApp geschickt, darin stand: »Ich habe mich ernsthaft in dich verliebt.« Sie hatte die Nachricht gespeichert und überlegte, wem sie den Text zeigen könnte, so als würde der Inhalt der Nachricht erst dadurch wahr. Ihr fiel nur ihre beste Freundin Rosemarie ein. Wobei sie sich seit Längerem fragte, ob diese Freundschaft wirklich eine so gute war. Sie kannte Francesco ebenfalls vom Roulettetisch und hatte Marie Luise kürzlich erst gesagt: »Einen wie diesen würden wir zwei nie bekommen.« Hatte die eine Ahnung. Natürlich, er wollte, dass sie ihre Beziehung zu ihm für sich behielt. Aber was konnte es schaden, wenn man wenigstens mit der Freundin darüber sprach. Sie würde es einfach nicht für sich behalten können, sonst würde sie platzen. Sie hatte in ihrem Leben nie wirklich Glück mit Männern gehabt, ihr Mann hatte sie wegen einer deutlich Jüngeren verlassen. Und nun, im Alter von 63 Jahren traf sie einen so begehrenswerten Mann, es kam ihr vor wie ein Traum. Sie ging zum Spiegel im Bad, drehte sich, sah sich von allen Seiten an. Wahrscheinlich war sie all die Jahre zu kritisch mit sich gewesen. Natürlich, sie war in die Jahre gekommen, doch Rotwein wurde ja auch besser, je älter er wurde. Warum sollte nicht auch sie einmal im Leben echtes Glück haben? Wozu hatte sie Schönheitsoperationen hinter sich gebracht, wenn sie nicht darauf spekulierte, doch noch mal einen Mann zu finden? Dass er sie attraktiv fand, das hatte sie deutlich zu spüren bekommen. Er hatte doch eh nichts mit der alten Frau, sollte sie es doch herausbekommen, über kurz oder lang. Rosemarie aber musste es schon deswegen erfahren, weil sie sich immer für was Besseres gehalten hatte. Marie Luise fühlte sich manchmal regelrecht klein neben ihr. All die Jahre hatte Rosemarie sie in die Schranken gewiesen, ihr zu verstehen gegeben, dass sie nichts Besonderes war. Endlich würde Marie Luise auftrumpfen können. Francesco hatte alles verändert, mit einem Schlag fühlte sie sich jung und unangreifbar. Rosemarie mit ihrem Lerchesberg, das war doch zum Lachen. War das etwa ein Privileg, auf diesem Berg zu wohnen? Die alteingesessene Frankfurter Gesellschaft wohnte durchaus auch im Diplomaten-, Holzhausen- oder Dichterviertel. Für Marie Luise hatte der Lerchesberg was Amerikanisches. Und noch dazu lag die Gegend mitten in der Einflugschneise, seit die Startbahn West in Betrieb genommen war. Wenn man bei Rosemarie im Garten saß, dann musste man alle zwei Minuten das Gespräch unterbrechen, wenn eine Maschine über den Garten flog. Noch dazu klebte ewig ein Kerosinfilm auf den Gartenmöbeln, da Flugzeuge bei der Landung überschüssiges Kerosin ablassen. Nein, worauf sich Rosemarie etwas einbildete, das wusste Marie Luise wirklich nicht. Entschlossen tippte sie die Nummer der Freundin ins Handy.

»Hallo?«

»Rosie, ich bin's, Marie Luise, wie geht's? Was meinst du, wollen wir uns nicht mal wieder zum Kaffee treffen? Wir haben schon länger keine Gelegenheit mehr dazu gefunden, oder bist du etwa sauer auf mich, weil du dich seit Tagen nicht mehr bei mir meldest?«

»Wieso sollte ich das sein? Ach Schatzi, im Moment sieht's schlecht aus. Ich habe einfach zu viele Termine, Friseur, Kosmetikerin, Schneiderin, dann kommt auch noch der Gärtner wegen des Laubs.«

»Ach komm, gib dir einen Ruck. Ich muss dir etwas im Vertrauen erzählen, Rosie.«

»Was Schlimmes?«

Marie Luise gluckste wie ein Teenager. »Eher was ganz Besonderes, Rosie, du wirst es nicht glauben, ich habe mich verliebt.«

Rosie antwortete nicht sofort, schließlich stöhnte sie und sagte: »Lass mich raten, irgend so ein dementer 80-Jähriger?«

Marie Luises Herz schlug schneller. Wieder ein Schlag direkt in die Magengrube.

»Er ist weder dement noch alt.«

»Hm, Glückwunsch, aber wir sind ja auch nicht mehr jung, leider Schatzi, das dürfen wir nicht vergessen.«

Wie sie dieses herablassende »Schatzi« hasste. Noch dazu war Rosemarie zwei Jahre älter als sie.

»Ich fühle mich aber deutlich jünger, um nicht zu sagen, so jung wie nie zuvor.«

»Na, dann schieß mal los und rede nicht um den heißen Brei.«

»Du kennst ihn, Rosie.«

»Woher denn? Was tun wir denn gemeinsam außer Roulette spielen?«

»Wärmer.« Marie Luise kicherte.

»Hm, die Herren an der Bar? Da fallen mir aber keine Herausragenden ein.«

»Denk mal an den Roulettetisch.«

Sie dachte offensichtlich nach. »Da sind doch nur die üblichen Verdächtigen und dieser junge Chauffeur von der Ingrid. Was man halt so Chauffeur nennt, ha, ha, ha.«

»Hm.«

»Hm, was heißt hm? Schatzi, nicht dein Ernst. Der würde dich doch mit dem Hintern nicht angucken.« Rosie begann schallend zu lachen. »Der Typ? Niemals will der was von uns alten Frauen.«

»Erstens, was heißt von uns? Zweitens, manchmal möchte ich glauben, du gönnst mir mein Glück nicht. Er ist in mich verliebt.«

»Nicht dein Ernst, Liebes, ich gönne es dir von Herzen. Aber Vorsicht vor jungen Männern. Lass dir das von mir mit meiner Lebenserfahrung sagen.«

8

1. Oktober 2017

Francesco hatte eine Glückssträhne und damit die Blicke aller Mitspielerinnen auf sich gezogen. Sie hatten heute Zuwachs von der adretten Anna Rinaldi bekommen, einer rassigen Italienerin, sicher die jüngste der Damen an diesem Tisch. Eine Freundin von Rosemarie Linzke und Marie Luise. Sie kam, wie sie sagte, selten nach Bad Homburg, da sie Golftrainerin in Frankfurt war und oft lange arbeiten musste.

»Golf interessiert mich brennend«, hatte er gesagt.

»Jetzt muss er sich erst mal am Roulettetisch beweisen. Der arme Mann kann ja nicht auf allen Hochzeiten tanzen, nicht wahr?«, intervenierte Marie Luise.

Ingrid blickte auf und warf Marie Luise einen kritischen Blick zu. An Francesco gewandt, sagte sie: »Du machst dich, Francesco, alle Achtung. Allerdings bin ich ziemlich müde und möchte nach Hause. Es wird jetzt schon so früh dunkel, da scheint sich mein Tagesrhythmus zu ändern.« Sie hob entschuldigend die Hände und schaute in die Runde.

»A vous de jouer et de gagner«, sagte der Croupier gerade.

Ingrid hielt den Finger an die Lippen, stand auf und hob zum Abschied die Hand.

»Ich warte im Auto auf dich, Francesco, beeil dich.«

Er nickte und klaubte seine Jetons zusammen. »Ich löse sie nur schnell ein.«

Als er gerade das Bargeld eingesteckt hatte, stand Marie Luise plötzlich hinter ihm. »Besuchst du mich heute Nacht, Francesco, oder hast du es schon wieder auf die Nächste abgesehen? Ich hab' doch schließlich Augen im Kopf, vergiss das nicht, hörst du?«

»Was redest du denn da, ich bitte dich, ich habe dir gesagt, dass ich mich in dich verliebt habe, mach es nicht kaputt mit deiner Eifersucht.«

»Die Golden erwartet dich am Auto, die Rosemarie glotzt sich die Augen aus dem Kopf und die Rinaldi gefällt dir, weil sie auch Italienerin ist, nicht? Da soll ich nicht eifersüchtig sein?«, sagte sie spitz.

»So ein Unsinn.« Er sah sie eine Weile an, schließlich entspannten sich seine Züge. Er nahm ihr Kinn mit den Fingerspitzen und hauchte ihr schnell einen Kuss auf die Lippen.

»Wir sehen uns, sobald ich kann.«

9

15. Oktober 2017

»Francesco, endlich, ich hab mir schon solche Gedanken gemacht, warum bist du nicht ans Handy gegangen?«

»Marie Luise, ich muss mich bei dir entschuldigen. Ich hab' momentan einfach den Kopf nicht frei, zu viele Sorgen, entschuldige.«

»Bist du krank?«

»Das ist es nicht, ich habe Geldsorgen. Mein Computerprogramm macht große Schwierigkeiten. Ich bräuchte dringend einen vernünftigen Laptop für meine Softwareprogramme, ich habe mir einen Computervirus eingefangen, musst du wissen. Seit Tagen komme ich kaum aus dem Haus, hatte allerdings eine Menge Rechnungen zu bezahlen. Sorry, aber du wolltest es wissen. Das hat alles nichts mit dir zu tun. Ich habe mich nicht gemeldet, weil es mir unangenehm ist. Marie Luise, ich kann dich momentan nicht besuchen, mir steht der Kopf nicht danach.

Sie lachte in den Hörer. »Und ich dachte schon, du hast eine andere Frau, oder bist am Ende doch mit Ingrid Golden liiert, oder die Rosemarie hat sich an dich rangemacht und dann so was Banales.«

Francesco schnaufte. »Banal nennst du das? Ich nenne es Existenz bedrohend, verdammt noch mal, banal. Was interessieren mich deine Eifersüchteleien und Unterstellungen.«

»Ach komm, hör schon auf. Komm vorbei, ein paar 100 Euro geb' ich dir gern.«

»Danke, Marie Luise«, sagte er, obwohl er innerlich über das mickrige Angebot vor Wut bebte. Ich freue mich schon auf dich.« Er beendete das Gespräch und griff sich mit beiden Händen an die Schläfen, kniff die Augen zusammen. Dieser Lärm in seinem Kopf.

»Ein paar 100 Euro, was für eine Schnepfe. Was glaubt die dämliche Kuh eigentlich. Ein paar 100 Euro. Ich sollte dich umbringen, du hässliche Ratte.«

Aus dem Lärm in seinem Kopf wurde eine Stimme. Lange war sie stumm geblieben. »Töte sie. Töte sie alle. Und nimm dir, was du brauchst.«

10

17. Oktober 2017

Marie Luise und Rosemarie saßen bei einem Glas Champagner im Operncafé.

Rosemarie nahm einen Schluck und sah ihre Freundin mitleidig an. »Er ist ein hübscher Kerl, aber glaubst du, du könntest ihn auf Dauer halten? Menschenskinder, er kann jede haben. Und außerdem: Warum zeigt er nicht, dass ihr zusammen seid, wenn das tatsächlich stimmen sollte?«

Marie Luise hätte platzen können, doch beherrschte sie sich. »Das macht er nur wegen Ingrid, kennst sie doch. Sie ist schwierig, das muss ich dir kaum sagen. Ihr redet ja nicht mal miteinander. Ich finde es toll, dass er sie bei Laune hält.«

Rosemarie schüttelte den Kopf und lächelte. »Marie Luise, du warst schon immer eine naive Träumerin. Wenn er sich an dich ranmacht, warum sollte er nicht auch etwas mit Ingrid haben. Du bist mit Verlaub doch auch eine alte Schachtel.«

Marie Luise sperrte den Mund auf. »Das ist ja ganz besonders nett von meiner Freundin. Ich bin wesentlich jünger als die Golden und du willst uns doch nicht ernsthaft vergleichen wollen.«

»Ich mach mit dir 'ne Wette, ich könnte ihn auch haben. Wollen wir es ausprobieren?«

Marie Luise fehlten die Worte. »Das willst du also, was? Du willst ihn für dich, wie du immer alles für dich wolltest, stimmt doch, oder? Du hast mir nie die Butter auf dem Brot gegönnt, nicht?«

»Aber meine Liebe, ich meine es doch nur gut, ich habe einfach Angst, dass du dich da in eine Sache verrennst, die dich verletzen könnte.«

»Du hast schon immer geglaubt, du seist was Besseres, stimmt's? Und du hättest nie erwartet, dass sich ein solcher Mann in mich verlieben könnte. Na, habe ich den Nagel auf den Kopf getroffen, oder?« Marie Luises Gesicht war rot angelaufen. »Ich habe dich für meine beste Freundin gehalten. Aber weißt du was? Ich bin dir dankbar für deine Worte, denn jetzt bin ich wach geworden, du bezeichnest mich als naiv, ich würde mich eher als gutmütig sehen. Solltest du einmal dein Glück finden, was ich nicht glaube, ich würde es dir von Herzen gönnen!«

Rosemaries Ton klang scharf. »Deswegen musste ich also in die Stadt kommen, ja? Um mir von dir eine Standpauke anzuhören? Ja? Noch dazu völlig an den Haaren herbeigezogen. Ich habe dich aus reiner Freundschaft gewarnt, so wie das Freundinnen untereinander tun sollten.« Sie winkte der Bedienung zu, zerrte ihre Geldbörse aus der Tasche, knallte Geld auf den Tisch und stand auf. »Und glaube ja nicht, dass ich deinetwegen nicht zur Spielbank komme. Über dich kann ich locker hinwegsehen, wenn du es denn so willst.« Sie wollte schon gehen, kam aber zurück, beugte sich zu ihr runter. Tränen blitzten in ihren Augen. »Glaube mir, meine Liebe, den bekomme ich mit Kusshand, wenn ich ihn will, ich brauche nur mit den Fingern zu schnipsen.« Sie schnipste mit den Fingern vor Marie Luises Nase und schnappte hörbar nach Luft.

»Achte lieber darauf, dass du immer dein Asthmaspray bei dir hast, Rosemarie. Sonst kann's mal ganz schnell eng werden.«

Rosemarie bebte vor Wut, stampfte auf und ging davon.

Marie Luise zitterte am ganzen Leib. Wieso hatte sie sich dieser Person nur offenbart? Diese unerträgliche Selbstherrlichkeit. Tränen stiegen ihr in die Augen. Sie nahm ihr Handy, wählte die Nummer von Francesco. Die Mailbox sprang an. »Hallo, Francesco, kannst du heute ausnahmsweise eine halbe Stunde früher bei mir sein? Ich brauch dich, bin gerade sehr traurig. Bis nachher.«

*

Sie war schon seit einer Stunde wieder zu Hause, hatte sich eine Flasche Wein aufgemacht. Auf der Fressgasse hatte sie noch einen Hummersalat gekauft, den aß Francesco gern. Viermal hatte sie versucht, ihn zu erreichen. Eigentlich waren sie bereits vor einer halben Stunde verabredet gewesen. Er hatte gesagt, sie wollten sich heute einen besonders schönen Abend am Kamin machen. Sie würde ihm alles erzählen, und er würde sie trösten, würde sie beruhigen, ihr sagen, dass er nur Augen für sie hatte. Doch die Zeit verstrich, und sie begann, sich Sorgen zu machen. Unweigerlich musste sie an diese Schlampe denken, diese Rosemarie. Ihr traute sie alles zu. Würde sie ihn aus Rache anrufen und ihm dumme Geschichten über sie erzählen? Sich gar mit ihm treffen?

»Fang nicht schon wieder an«, schalt sie sich. Sicher war er bloß beruflich aufgehalten worden, sein Akku war leer, deshalb rief er nicht an. Wo fand man heute schon noch eine Telefonzelle. Alles würde sich aufklären, sich als völlig harmlos herausstellen.

11

17. Oktober 2017, abends, Rosemarie Linzke

Rosemarie hatte sich in ihr raffiniertestes Etuikleid gezwängt. Schwarz, tiefer Ausschnitt und ein Schlitz hinten, der das Bücken beinah unmöglich machte. Nachdem sie sich von ihrer Freundin getrennt hatte, war ihr eingefallen, dass sie Francescos Telefonnummer bei sich trug. Er hatte ihr kürzlich seine Visitenkarte gegeben, hatte sie an alle verteilt. Wär doch gelacht, wenn sie ihn nicht auch bekommen konnte. Diese langweilige Marie Luise, das war ja lächerlich.

Sie wählte seine Nummer, er meldete sich sofort. »Francesco, wie geht es Ihnen? Hier ist Rosemarie. Ich würde Sie gerne sprechen, es geht um meine Freundin, Marie Luise. Ich mache mir große Sorgen um sie. Wissen Sie, was mit ihr los ist? Sie wirkt so fahrig. Und sie behauptet, na ja, sie sagt ...« Sie hüstelte. Wäre es Ihnen möglich, mich zu besuchen? Ich will Ihnen das nicht alles am Telefon sagen.«

»Jederzeit gerne«, hatte er geantwortet.

»Gut, dann gleich heute Abend.«

»Das dachte ich mir, klar kommst du her«, hatte sie gemurmelt, nachdem sie aufgelegt hatte. »Du packst überall an, nicht wahr?«

Sie sah auf die Uhr, sprühte sich ein wenig von ihrem Opium Parfum in den Ausschnitt. Er würde jeden Moment da sein. Etwas Asthmaspray hatte sie vorsorglich bereits inhaliert. Diese Krankheit würde ihr den Abend nicht ruinieren. Wenn alle Spaß mit ihm hatten, warum dann nicht auch sie. Gerade schaute sie erneut auf die Uhr, da läutete es an der Haustür. Sie sah noch einmal in den Spiegel im Eingangsbereich. Sie war zufrieden mit sich und öffnete. »Francesco.« Sie breitete die Arme aus.

Francesco trug ein Dinnerjacket mit gestärktem weißen Hemd und Fliege und sah umwerfend aus. Er küsste sie auf beide Wangen, reichte ihr die Champagnerflasche, die er in der Hand hielt und sah sich neugierig um. »Kein Hund, keine Überwachungskamera und das hier, in dieser Lage? Hier könnte sich doch jederzeit jemand unbemerkt hinter die Büsche schleichen.«

»Wer sollte mich klauen? Kommen Sie rein.«

Francesco war schon mehrfach auf dem Lerchesberg gewesen. Viele prunkvolle Villen waren im Laufe der Jahre entstanden. Das Haus der Rosemarie Linzke lag auf dem Lerchesbergring. Ein typischer 50er-Jahre-Bau, spießig und altbacken. Der nächste Käufer würde es vermutlich nicht einmal mehr umbauen, sondern gleich abreißen.

Sie hatte sich in Schale geworfen und einen schweren Duft aufgelegt, wie er bemerkte. Er hätte leichtes Spiel mit ihr, war zunächst jedoch neugierig, was sie ihm zu sagen hatte.

Sie führte ihn durch eine enge Diele in einen großen Wohnraum. Durch die Terrassenfenster sah man in einen großen beleuchteten Garten, der am Waldrand endete, wie er vermutete.

»Schön haben Sie es hier, ist Ihnen das Haus nicht zu

groß, so allein, oder ist mir da was entgangen und Sie leben gar nicht allein?«

»Doch, aber man hängt ja an seinem Haus, und bis vor einem Jahr war mein Mann ja noch hier.«

»Setzen Sie sich.« Sie wies auf eine in die Jahre gekommene Chesterfield Couch, setzte sich aber in einen schweren Ohrensessel ihm gegenüber.

»Ist er verstoben, Ihr Mann?«

»Ja, er starb letztes Jahr an einem Hinterwandinfarkt. Makaber, nicht? Er war Herzchirurg.«

»Oh, das tut mir leid. Ja, manchmal ist das Schicksal grausam.«

»Ich bin drüber weg. Wenn ich ehrlich bin, so haben wir uns schon vor vielen Jahren auseinandergelebt.«

Sie stand auf. »Wissen Sie was, Sie öffnen den Champagner, ich hole die Gläser.«

»Ich würde die Flasche lieber erst etwas kühlen, wenn Sie mich fragen.«

»Nicht nötig, wir trinken diesen.« Sie nahm einen Moët aus einem bereitgestellten Kühler.

Er lächelte anerkennend. »Sie haben mitgedacht, übrigens, ich hoffe, ich trete Ihnen nicht zu nahe, wenn ich Ihnen sage, dass Sie ganz bezaubernd aussehen.«

»Oh, das ist aber ein wirklich nettes Kompliment.«

Er stand auf, nahm die Flasche, machte sich am Etikett zu schaffen und öffnete sie mit einem kaum hörbaren Zischgeräusch.

»Sie haben schon oft Champagner geöffnet, wie man merkt.«

Er lächelte und schenkte ein wenig von dem perlenden Getränk in beide Gläser.

»Santé«, sagte sie und hob ihr Glas.

»Auf Ihr Wohl, Rosemarie«, auch er erhob seines. Sie sahen sich in die Augen, tranken und stellten die Gläser auf einen runden Korbtisch mit Glasplatte.

»Sie wollten mit mir über Marie Luise sprechen, nicht wahr?«

Sie nickte und verzog die Mundwinkel. »Es ist so. Ich habe mich heute Nachmittag mit ihr im Operncafé verabredet. Leider ist die Situation ein wenig eskaliert. Wir sind im Streit auseinandergegangen. Sie ist, wie soll ich das vorsichtig ausdrücken, schon immer eifersüchtig auf mich gewesen. Nun, mit Männern hatte sie leider nie Glück, ich meine, da kenne ich hübschere Frauen, aber das muss ich Ihnen nicht sagen, Sie haben ja auch Augen im Kopf, nicht?« Sie strich sich kokett eine Strähne aus dem Gesicht. Wissen Sie, Francesco, ich denke, sie hat mir alles erzählt von Ihnen beiden.«

»So, so. Na, so was.« Er war überrascht, das ging doch zu weit.

»Nicht, dass ich neugierig bin. Ich habe nie nachgefragt, es ist nur so, sie wollte es mir einfach sagen, verstehen Sie? Ich denke, es geht dabei am wenigsten um Sie, Francesco, es hat mit mir zu tun. Alte Wunden könnte man es nennen.« Betont tiefsinnig fügte sie hinzu. »Sie sagte mir einmal, sie hat nichts davon, hahaha, können Sie so was verstehen?« Sie legte ihre Hand auf seine. »Ich denke, ein Mann wie Sie weiß, was ich meine.«

»Wissen Sie, Rosemarie, sie klammert sich sehr an mich, nun habe ich nur selten Zeit, ich habe ja auch noch meinen Job und einige andere Verpflichtungen …«

»Zu denen Ingrid Golden zählt, nicht wahr?«

»Sie sagen das so verächtlich?«

»Ich hasse diese Frau, und sie hasst mich, wussten Sie das etwa nicht? Ein offenes Geheimnis in der Spielbank.

Es gibt da etwas sehr Persönliches, was einmal zwischen uns stand. Sie machte eine Pause. »Wissen Sie, wie soll ich sagen, es ist mein Los seit frühester Jugend, Frauen sind neidisch auf mich. Männer finden mich halt attraktiv, das mögen die Damen nicht. Sie hätten mich mal früher sehen sollen, da wäre die Monroe neidisch geworden. Das ist übrigens nicht überheblich, bloß eine Tatsache.« Wieder hüstelte sie. »Verzeihen Sie, mein Asthma macht mir zu schaffen. Der schwere Rauch der Kamine liegt um diese Jahreszeit in der Luft.« Sie nahm ein Spray, das auf einem Beistelltischchen lag. »Entschuldigen Sie einen Moment.« Sie stand auf und ging hinaus.

Francesco massierte seine Schläfen, was für eine Angeberin, kaum zum Aushalten. Das Geräusch in seinem Kopf, es war wieder da. Erst war es nur ein Flüstern, dann hörte er sie wieder, diese Stimme. »Sie hat Asthma, ein Wink des Schicksals. Nimm dir, was du kriegen kannst.« Er überlegte. Rosemarie hatte er nicht auf dem Schirm gehabt, doch machte nicht Gelegenheit Diebe?«

Rosemarie kam zurück und lächelte. »Alles wieder gut.«

»Macht Ihnen diese Atemnot keine Angst?«

»Nur, wenn ich mein Spray nicht bei mir habe, dann kann's schon mal gefährlich werden, aber keine Sorge. Es hat nichts mit meinem Alter zu tun. Ich hatte schon als junges Mädchen Probleme damit.«

»Darf ich Sie etwas sehr Privates fragen?«

Sie lachte kokett. »Kommt darauf an wie privat.«

»Warum hassen Sie Ingrid so sehr?«

»Das kann ich Ihnen sagen, weiß ohnehin jeder, ihr Mann und ich, wir haben uns geliebt.«

Francesco machte große Augen und stieß einen Pfiff aus. »Das erklärt vieles.«

»Der arme Mann, er hielt es nicht aus mit dieser Person. Er sagte damals oft, sie sei der Nagel zu seinem Sarg. Na, das war sie ja dann wohl auch. Schließlich hat«, sie tippte sich gegen die Stirn, »sein Kopf hat sich einfach ausgeschaltet. Kein Wunder kann ich nur sagen. Ja, wir hatten ein Verhältnis, Herbert und ich, na und?« Sie warf den Kopf zurück. »Er ist mit mir glücklich gewesen und ich mit ihm ebenso. Darf ich fragen, wie nah Sie Ingrid stehen? Sie müssen wissen, die Damen zerreißen sich die Mäuler drüber. Ich hoffe, ich darf so indiskret fragen?«

»Das ist nicht indiskret, da gibt es nichts Geheimnisvolles, ich leiste ihr hin und wieder Gesellschaft, fahre sie hin und her, weiter nichts. Sie hat mir bloß einen Gefallen getan, weil ich finanziell momentan einige Probleme habe. Meine Firmengründung und so weiter, das mache ich wieder gut.«

»Und so weiter, und so weiter«, sagte sie mit laszivem Lächeln.

»Was meinst du, wollen wir uns duzen?«

»Und wie erklären wir das Marie Luise?«

»Es stimmt also, was sie sagt. Machst du denn vor niemandem halt?«

»Ach Rosemarie, ich habe sie ein paar Mal besucht, ich wünschte, ich hätte es nicht getan, weiß auch nicht, was mir dabei eingefallen ist, sie wirkte so, so hilfebedürftig.«

Rosemarie lachte laut. »Entschuldige, aber das ist jetzt nicht dein Ernst.« Sie schwieg eine Weile, sah ihn an, dann legte sie ihre Hand auf seinen Oberschenkel. »Durchtrainierte Muskeln, wie ich spüre.«

»Du gefällst mir, weißt du das?«, sagte er und näherte sich ihren Lippen mit seinem Mund.

»Schenk uns bitte nach«, flüsterte sie. »Du kannst heute Nacht hierbleiben, wenn du magst.«
»Das Angebot kann ich keinesfalls ablehnen.«

12

3. November 2017, Ingrid Golden

Er stand an der Bar. »Bitte für Frau Golden und mich einen Gin Tonic. Sie sitzt dort drüben.« Er deutete auf einen Tisch im hinteren Barbereich.

Die Bedienung nickte. »Kommt sofort.«

Francesco ging zur Kasse, um Jetons einzulösen.

»Da bist du ja.«

Er drehte sich um, Marie Luise stand dort mit geröteten Augen. Er vergewisserte sich, dass sich niemand in der Nähe befand, bevor er antwortete.

»Schatz, ich hätte dich noch heute angerufen. Was ist los, geht es dir nicht gut, hast du etwa geweint?«

Tränen stiegen ihr in die Augen. »Geweint? Ich heule ununterbrochen. Ich versuche seit Tagen herauszufinden, wo du dich rumtreibst.« Sie begann zu schluchzen. »Wir waren verabredet, schon vergessen?«

»Ich bitte dich, reiß dich zusammen. Lass uns nach oben in den Loungebereich gehen, da erkläre ich dir das. Aber bitte nicht hier. Ingrid kann jederzeit kommen.«

»Ingrid, Ingrid, scheiß auf Ingrid.«

Er nahm sie am Arm, zog sie hinter sich her, vorbei an den Spielautomaten, die Treppe empor, oben befand sich, außer ihnen beiden, um diese Zeit niemand.

»Setz dich«, er drückte sie in einen Sessel unweit der

Treppe und setzte sich neben sie. »Hör zu, ich hab dich wirklich lieb, aber im Moment habe ich wahnsinnig viel um die Ohren, kannst du das verstehen? Ich bin Ingrid verpflichtet, du weißt, ich habe der alten Dame meine Dienste zugesichert.«

Marie Luise stieß einen spitzen Ton aus. »Pah, dieselben Dienste wie bei mir, stimmt's? Alle lachen mich aus, besonders Rosemarie.«

»Ich bitte dich, sei nicht kindisch. Ingrid mag sich gerne mit mir schmücken, aber mehr ist da nicht.«

»Meine Freundin Rosemarie, ich habe deinetwegen Streit mit ihr. Sie kommt auch heute Abend. Ich halte das alles nur aus, wenn ich weiß, dass du mich liebst. Sie gönnt mir dich nicht.«

»Ach, du hast über uns gesprochen? Hatte ich dir nicht gesagt, dass wir mit niemandem darüber sprechen wollen? »Sie ist meine Freundin. Ich konnte einfach nicht anders.«

Ein unruhiger Blick zur Treppe. »Du bringst uns in Teufels Küche mit deinem Geplauder. Vertraue mir, und hör auf mit deiner ewigen Eifersucht. Er zog ein Taschentuch aus seiner Jackettasche, gab es ihr. »Hier, wisch dir die Augen. Ich liebe dich, verstehst du? Freu dich auf nächste Woche. Ich werde Montag zu dir kommen und dich verwöhnen. Verlass dich darauf. So, jetzt gehe ich wieder runter, bevor unsere Abwesenheit bemerkt wird. Warte du noch einen Moment.« Er stand auf, ohne ein weiteres Wort zu sagen.

Während er die Treppe abwärts ging, wurde das Geräusch in seinem Kopf zu einem wütenden Schrei.

*

»Francesco, wo warst du denn? Dein Eis schmilzt schon im Glas.«

»Ingrid, du Liebe, entschuldige, ich musste geschäftlich telefonieren.«

»Hast du die Jetons?«

»Klar.« Er deutete auf seine gutgefüllten Jackentaschen.

Sie sah auf die Uhr. »Dann lass uns zum Spieltisch gehen.«

Rosemarie Linzke hatte bereits Platz genommen, so wie Leni Maier. »Ach, Sie sind ja auch da. Guten Abend, Frau Linzke, guten Abend, Frau Maier«, sagte Francesco. Wenige Minuten später tauchte Marie Luise auf. Wenigstens hatte sie sich frisch gepudert. Man sah nicht, dass sie geweint hatte.

»Hallo, guten Abend in die Runde.«

✳

»Hast du gesehen, wie die zwei sich angeblitzt haben? Mit der Linzke kommt halt niemand klar, nicht mal die Marie Luise«, sagte Ingrid auf der Rückfahrt. »Aber die ist sowieso ein Hühnchen. Ich hab gesehen, wie die dich anhimmelt. Zum Glück weiß ich, dass du so eine nie anrühren würdest. Übrigens scheint dich das Glück momentan ja geradezu zu verfolgen, zumindest finanziell, ich gratuliere dir zu deinem Gewinn, mein Liebster«, sagte Ingrid und gähnte, während sie zurück nach Frankfurt fuhren. »Heute Nacht bleibst du bei mir.«

13

1. Dezember 2017, abends, Marie Luise Radt

»Jetzt mach doch nicht schon wieder so ein bitteres Gesicht. Du weißt doch, ich habe im Moment finanzielle Probleme. Ich arbeite in letzter Zeit bis tief in die Nacht, wie oft soll ich dir das eigentlich noch sagen? Mit ein paar 100 Euro, wie du neulich sagtest, ist mir da nicht gedient, trotzdem, nett von dir, du musst ja auch sehen, wo du bleibst. Wenn ich finanziell besser aufgestellt wäre, müsste ich die Dienste für Ingrid Golden nicht tätigen.«

»Dienste für Ingrid, wenn ich so was höre, das klingt ja beinah pervers.«

»Schatz, meine geliebte Marie Luise, denk dir doch nicht gleich irgendwelche Hirngespinste aus.«

Sie zog ihn neben sich auf die Couch und sagte weinerlich: »Ich denke immer, du nutzt mich nur aus.«

Francesco setzte eine enttäuschte Miene auf. »Ich? Dich ausnutzen? Wie könnte ich nur.« Ruckartig presste er die Hände gegen die Schläfen und schloss die Augen.

»Was ist?«

»Nichts, nur ein wenig Kopfschmerzen, kein Wunder bei dem Druck, den du mir machst.«

»Druck sollte das nicht sein und in Gottes Namen bekommst du Geld. Wieviel brauchst du?«

Ohne weitere Umschweife sagte er: »10.000 Euro.«

Ihre Augen verengten sich zu Schlitzen. »Ich gebe dir 500. Wenn du Ingrid deine Dienste kündigst und bei mir einziehst, bekommst du den Rest, so ist der Deal. Andernfalls sehe ich mich gezwungen, mit Ingrid Klartext zu sprechen. Ich sehe nicht ein, unsere Liebe länger geheim halten zu müssen, weder vor Ingrid noch vor den anderen. Wenn du ehrlich bist, dann wirst du mich ja wohl verstehen.«

Er war völlig perplex. »Aber Hallo, so kenne ich dich ja gar nicht, was ist denn aus der kleinen schüchternen Marie Luise geworden, willst du mich etwa erpressen?«

»Nein, aber wie du sagtest, ich muss auch sehen, wo ich bleibe, komm mit.«

Sie gingen gemeinsam in die Bibliothek, dort hatte sie den Safe hinter der berühmten Bücherwand verborgen, wie sie ihm sagte. Sie öffnete ihn mit einem Schlüssel, nahm einen Schein raus, schloss den Safe und warf den Schlüssel in einen hohlen Buchrücken. »Hier, der wird dir fürs Erste helfen.«

»Danke, ich spreche morgen mit Ingrid.« Er sah an einem Regal empor. »Hast du die Bücher alle gelesen? Das sind ja Hunderte.«

»Etwa 1.000, um genau zu sein, die meisten sind noch von meinem Vater. Er war zwar sehr beschäftigt als Bauunternehmer, aber er las für sein Leben gern. Ich habe, wie du siehst, nicht nur das Haus geerbt, sondern auch Dinge von ideellem Wert.«

Gebannt schaute er in die oberste Regalreihe. »Ich sehe, du besitzt mehrere Werke von Edgar Allan Poe, steht da etwa auch ›Das verräterische Herz‹? Ich liebe das Buch.« Er hatte es tatsächlich gelesen und war soeben auf eine Idee gekommen.

Sie folgte seinem Blick. »Ich weiß es nicht, Poe ist mir

zu düster, aber ich schaue gern nach, von hier unten vermag ich es nicht mit Sicherheit zu sagen.«

»Wenn es dir nichts ausmacht, ich würde es mir gerne ausleihen.«

»Bring mir die Leiter, sie steht dort hinten.«

»Erstaunlich, ich dachte immer, ihr reichen Leute habt in euren Bibliotheken Leitern, die an Schienen laufen, ist doch weniger gefährlich, nicht?« Er stellte ihr die Leiter auf.

»Nicht, wenn du sie gut festhältst.« Sie kletterte empor und machte sich am Regal zu schaffen.

Er hielt mit beiden Händen die Leiter. »Ich will dir verraten, worum es in dem Werk geht. Um die Ermordung eines alten Mannes. Ich finde, das passt doch recht gut, selbst wenn du eine Frau bist, jung bist du dennoch nicht.«

Sie blickte überrascht von oben runter. »Wie meinst du das?«

»Ich meine, dass dein letztes Stündchen soeben geschlagen hat. Tja, meine Liebe, erpressen lasse ich mich nun einmal nicht.«

»Bitte, ich verstehe nicht.«

»Ich bestimme selbst, mit wem ich verkehre, niemand sonst. Übrigens hattest du recht, mit Ingrid gehe ich schon lange ins Bett und neuerdings gehört auch Rosemarie zu meinen Gespielinnen.« Er lachte hohl.

»Francesco!«, sie sah entsetzt zu ihm runter.

»Tja, Marie Luise, man sollte besser nicht auf Leitern steigen, das kann schon mal böse enden, wenn sie etwas wacklig stehen, nicht wahr?«

Sie versuchte abzusteigen, da gab er der Leiter einen kräftigen Stoß, sodass Marie Luise schreiend zu Boden fiel. Er musste nicht einmal nachfassen. Sie war unglücklich gefallen, der ungewöhnlich verdrehte Kopf ließ keinen Zweifel an einem Genickbruch. Schade, es wäre zu lustig gewesen, wenn er sie noch ein wenig hätte quälen können. Er ging in ihre Küche, dort bewahrte sie neben der Spüle Gummihandschuhe auf, wie er kürzlich gesehen hatte. Er zog sie an, ging zurück, schob das Regal vor dem Safe beiseite, nahm den Schlüssel aus dem hohlen Buch, in das sie ihn gelegt hatte, und öffnete den Safe. Er nahm sich wahllos ein Bündel Scheine, steckte sie in seine Hosentasche, schloss die Tür des Safes, warf den Schlüssel in sein Versteck und schob das Regal zurück. Er dachte einen kleinen Moment nach und grinste. Es war wahrscheinlich unvernünftig. Er musste es dennoch tun. Er nahm einen der Jetons, die er in der Brusttasche seines Jacketts trug, ging zu Marie Luises Garderobe, dort hatte er ihre Handtasche stehen sehen, öffnete sie und warf einen Jeton hinein. »Für dich, du Geizhals. Ein kleines Souvenir von deinem Francesco.«

Draußen am Gartentor verharrte er einen Moment. Er sah auf die Uhr, es war bereits kurz nach 21.30 Uhr. Kein Auto und kein Fußgänger, keine neugierigen Nachbarn. Bloß Kamingeruch. Die Bewohner hatten es sich in ihren Häusern gemütlich gemacht. Er schlüpfte aus dem Tor. Als er das Auto startete, fuhr gerade die Straßenbahn durch die Franz-Rücker-Allee. Das Geräusch verdeckte sein Motorengeräusch.

Früh am nächsten Morgen bekam er einen Anruf von Rosemarie Linzke. »Francesco, hör nur, oder hast du es bereits im Internet gelesen? Ich bin ja aus allen Wolken gefallen.«

»Guten Morgen erst einmal«, er gähnte.

»Hör zu. Die reiche Witwe Marie Luise Radt brach sich vermutlich bei einem tragischen Haushaltsunfall in den späten Abendstunden des 1. Dezember das Genick. Ihre Haushaltshilfe fand die ältere Dame am nächsten Morgen neben einer umgefallenen Leiter leblos liegen. Ist das nicht ein Ding? Und wir waren zum Schluss auch noch zerstritten, meine Güte, gut, dass man Fremdeinwirkung ausschließt, sonst hätten die am Ende noch mich verdächtigt, nicht auszudenken, wenn ich an den ganzen Klatsch denke.«

Francesco hörte ihren Ausführungen schweigend zu. Er war mehr als zufrieden mit sich. Rosemarie war ein sensationsgieriges Weib. Doch bald würde sie bittere Tränen weinen. Ganz bald.

14

3. Dezember 2017, Ingrid Golden

Das Handy klingelte, Francesco sah auf die Uhr. 6.30 Uhr morgens. Schon wieder ein Störenfried. Er stöhnte, als er auf das Display sah, Ingrid. Das ging aber jetzt wirklich zu weit.

»Hallo?«, sagte er mürrisch.

»Hallo, Schatz, habe ich dich etwa geweckt?«

»Alles was es zu sagen gibt, könntest du mir in Ruhe zwei Stunden später berichten, denkst du nicht?«

»Stell dir vor, Marie Luise ist tot«, platzte sie heraus.

»Deshalb weckst du mich? Das weiß ich doch längst.«

»Was? Hast du es etwa schon in der Zeitung gelesen?«

»Nein, die Linzke rief mich gestern an.« Er bereute noch im selben Moment, dass er das gesagt hatte.

Die Reaktion war deutlich. »Die Linzke? Was hast du mit der Schlampe zu schaffen?«

»Ich nehme an, sie wollte einfach mit jemandem darüber reden. War ja schließlich ihre Freundin, da braucht man mal einen Menschen, dem man sein Herz ausschütten kann.«

»Ach, und dieser Mensch bist ausgerechnet du, was? Und wenn ich schon beste Freundin höre, dass ich nicht lache. Das ist eine ganz hinterhältige Person, mein Lieber, hast du nicht bemerkt, die haben sich in der Spielbank mit dem Arsch nicht angeguckt. Soso, die Linzke ruft dich also an. Ich scheine ja immer die Letzte zu sein, die hier etwas gesagt bekommt. Jetzt reicht es mir, dieses Versteckspiel. Ich will, dass die alle wissen, dass wir zusammengehören.«

»Du liebe Zeit, Ingrid, was ist denn auf einmal in dich gefahren? Warum denn diese Bösartigkeit gegen diese Frau?«

»Warum?«, schrie Ingrid durchs Telefon. »Du fragst warum? Weil sie ein Verhältnis mit meinem Mann hatte, da staunst du, was? Und soll ich dir was sagen? Du brauchst nur Hier zu rufen, dann geht sie sofort mit dir ins Bett. Glaubst du, ich sehe nicht, wie sie dich die ganze Zeit anstarrt? Ich mag alt sein, aber ich bin weder dumm noch blind.«

Er tat völlig überrascht. »Moment mal, sie hatte ein Verhältnis mit deinem Mann? Sie war doch selbst verheiratet.«

»Na und? Sie hat ihrem armen Mann Hörner aufgesetzt. Sie hat es mit meinem Mann in deiner Wohnung getrieben, kapierst du? Sie ist der Grund, weshalb ich diese Wohnung hasse. Diese Hure ist der Grund.« Sie machte eine Pause. »Na gut, zwischendurch hatte er auch ein paar andere. Aber eins sage ich dir, Francesco, wenn ich dich jemals mit der erwische, dann kannst du dir auf der Stelle eine neue Bleibe suchen. Ich hoffe, so weit haben wir uns verstanden.«

Er spürte diese enorme Wut in sich aufsteigen, und augenblicklich reagierte sein Kopf. Er bemühte sich, die Stimme zu überhören, stattdessen ruhig zu bleiben, doch sie wurde laut und schrill. »Töte sie!«

Er rang um Fassung, versuchte, besonnen zu reagieren. »Jetzt beruhige dich bitte, Ingrid. Ist ja gut, du sprichst mit dem Mann, mit dem du zusammen bist, nicht mit deinem Sohn.«

»Töte sie!«, schrie die innere Stimme.

Er ballte die Fäuste. Sein ganzer Körper verkrampfte sich.

»Glaube mir, Francesco, ich sehe seit geraumer Zeit, wie sehr du es genießt, wenn sich die Weiber um dich reißen. Du könntest sie alle haben, ausnahmslos. Wenn du es so haben willst, dann bitte sehr. Aber komm mir ja nie wieder unter die Augen.«

»Ingrid, das klingt ja beinahe so, als wolltest du mit mir Schluss machen, hallo? Bist du noch dran?« Diese Schlampe. So durfte sie mit ihm nicht sprechen.

Es dauerte eine Weile, bis sie antwortete. »Nein. Das will ich nicht. Ich wünschte, ich könnte es, aber ich komm' einfach nicht von dir los, Francesco. Manchmal hasse ich mich dafür. Das hat mich nur alles sehr aufgewühlt. Der Tod von Marie Luise war ein Schock und dann, und dann und dann wusstest du es bereits. Ich war vielleicht gerade etwas ungerecht.« Sie begann zu weinen. »Ich fühle mich so einsam.«

»Warte meine Liebe, ich bin in einer Viertelstunde bei dir, ich werde dich trösten, versprochen!« *Darauf kannst du dich verlassen, du Biest,* dachte er.

15

6. Dezember 2017, Rosemarie Linzke

»Was war denn nur los, hast du kein Handy mehr?« Rosemarie trug ein schwarzes Negligé und zog Francesco an sich, der soeben reingekommen war. »Ich sage es dir gleich, es reicht mir nicht, dich nur ein Mal in der Woche zu sehen. Und jetzt haben wir doch keine Probleme mehr mit Marie Luise. Übrigens, gehst du zur Beerdigung?«

Francesco schüttelte den Kopf. »Ingrid macht mir Probleme, das ist der Grund, weshalb ich dich nicht besuchen konnte.«

»Ingrid, was kümmert dich die Alte noch?«

»Ich habe ihr gesagt, dass ich durch dich von Marie Luises Tod erfahren habe. Da hat sie mir eine Szene gemacht und mir unterstellen wollen, dass sich zwischen dir und mir etwas anbahnt.«

»Na und, was heißt, anbahnt. Ist doch richtig so. Soll sie doch denken, was sie will, du hast doch sowieso nichts mit ihr. Kannst du uns mal bitte die Flasche Wein aufmachen, ich möchte mit dir auf unsere Freiheit anstoßen.«

Francesco folgte Rosemarie in die Küche, nahm den Korkenzieher und machte sich an der Flasche zu schaffen. »Rosemarie, ganz so einfach ist das nicht. Ich schulde Ingrid einiges, ich meine, das hätte ich bereits erwähnt.«

»So? Da bin ich aber gespannt.«

Er schenkte den Beaujolais in die beiden bereitgestellten Gläser, reichte Rosemarie eins und nahm sich das andere. »Auf die Liebe, mein Schatz.«

»Ja, ja, also was ist nicht so einfach?« Sie gingen mit ihren Gläsern ins Wohnzimmer und setzten sich auf die Couch. »Du musst wissen, ich bin eigentlich gar kein Roulettespieler. Die Verzweiflung hat mich in die Spielbank getrieben.«

»Verzweiflung?«

Zeig was du drauf hast, dachte er und nickte betont traurig. »Ich steckte wegen meiner Selbstständigkeit in einem ziemlichen finanziellen Desaster und hoffte, ich könnte etwas Geld gewinnen, war zu dieser Zeit leider kreditunwürdig. Es gibt zu viele Softwareentwickler, musst du wissen.« Er sah ihr forschend ins Gesicht. Kaufte sie ihm die Show ab?

»Und da dachtest du allen Ernstes, du könntest genügend Geld gewinnen? Das klingt wirklich verzweifelt, das schaffen die wenigsten und schon gar nicht auf Anhieb.«

Er trank erneut von seinem Wein und seufzte, bevor er fortfuhr. »Jedenfalls lernte ich an jenem ersten Tag Ingrid kennen, sie wies mich sozusagen ins Glücksspiel ein. In meiner Not erzählte ich von meiner Misere und sagte, dass ich nicht einmal meine Wohnung halten könne, wenn es so weitergeht. Ja, was soll ich sagen, sie bot mir einige Zeit später ihre Wohnung im Karpfenweg an. Dort lebe ich nun.« *Na Rosemarie, war ich gut?*

Rosemarie machte große Augen. »Sieh an, sieh an, das sind wahrlich große Neuigkeiten. Dass du am Main wohnst, erwähntest du ja bereits, aber in Ingrids Wohnung, besser gesagt, eigentlich ist es ja Herberts Wohnung. Die Alte hat sie nur geerbt.«

»Wir hatten eine schöne Zeit dort, er war völlig ausgehungert, was Gefühle betraf. Ich gab ihm das, was er am meisten brauchte: Liebe. Aber das, was in dieser Wohnung geschah, willst du wahrscheinlich nicht wissen. Tja, da wohnst du wahrhaftig fürstlich, da würde ich Ingrid auch jeden Wunsch von den Augen ablesen.« Sie lachte zynisch.

»Rosemarie, ich sagte doch, sie hat mir aus einer sehr misslichen Lage geholfen.«

»Hast du jetzt was mit ihr oder nicht, Francesco?«

»Rosemarie, so kann man es bei einer so alten Dame doch gar nicht nennen.«

»Gehst du mit ihr ins Bett oder nicht?«

Francesco machte ein finsteres Gesicht. »Ich verbringe Zeit mit ihr, nicht mehr und nicht weniger, so und jetzt möchte ich nicht länger über Ingrid sprechen«, sagte er ausweichend, doch mit einem unmissverständlich festen Unterton. »Lass uns ins Schlafzimmer gehen.«

*

Er lag auf dem Bauch, und Rosemarie massierte seine Schultern. Sie strich über sein Tattoo. »Wieso hast du dir dieses Ding eigentlich stechen lassen? Es passt gar nicht zu dir, noch dazu ein leuchtend rotes Herz. Es ist entsetzlich!«

»Eine Jugendsünde«, murmelte er schläfrig.

»Hör zu, Francesco, ich werde dir helfen, du brauchst Ingrids Gunst nicht länger in Anspruch zu nehmen. Ich kann dir etwas Geld geben.«

Er drehte sich zu ihr um und sah sie überrascht an. »Aber Rosemarie, das brauchst du doch nicht.«

»Natürlich brauche ich es nicht, aber ich ertrage nicht, dass du von dieser Schlampe abhängig bist.« Sie stand auf.

»Warte hier.« Ein paar Minuten später kehrte sie zurück und warf ihm ein zusammengebundenes Bündel Euroscheine aufs Bett. »50.000«, sagte sie.

»Rosemarie, ich weiß wirklich nicht, ich kann das keinesfalls annehmen. Das, das würde mich beschämen, verstehst du? Behalte dein Geld, ich komm schon über die Runden, glaube mir.«

»Du nimmst es, basta«, sie legte das Bündel auf den Nachttisch.

Er zog sie an sich. Du brauchst doch wirklich nicht eifersüchtig auf die alte Dame zu sein, das mit uns ist doch etwas ganz anderes.«

»Weißt du, mein Lieber, so sehe ich das nicht. Da war ja auch noch Marie Luise. Mit ihr hattest du schließlich auch was, du Nimmersatt. Hat sie dir eigentlich auch Geld gegeben?«

Er sah sie völlig entrüstet an. »Wo denkst du hin? Sie hat mir einfach leidgetan.« *Du durchtriebenes Biest,* dachte er.

Rosemarie lachte schrill. »Leidgetan, die Schlampe hat dir was vorgespielt.«

Francesco sah Rosemarie an und schüttelte den Kopf. »Lass sie ruhen und vergib ihr. Es tut mir verdammt leid, dass sie so unglücklich sterben musste. Zum Glück war ich die ganze Zeit nicht bei ihr. Wäre ja ein Horror, wenn man dabei gewesen wäre.« Ein Satz, den sie im Kopf behalten würde, hoffte er.

»Beweise mir, dass du es ernst mit mir meinst. Ich möchte, dass du aus Ingrids Wohnung ausziehst und hierher kommst. Das Geld kannst du mir, egal wann, in Raten zurückzahlen. Ohne Zinsen natürlich. Schenken tue ich es dir nicht.«

»Du bist unglaublich, Rosemarie. Dankeschön, dann nehme ich es, natürlich bekommst du es wieder, sagte ich dir, dass ich dich vergöttere?«

»Bitte nicht zu theatralisch. Ich könnte es sonst bereuen.«

»Sei so gut, hol uns noch eine Flasche Wein, wir machen es uns gemütlich, Schatz, ja?«

Sie ging ins Badezimmer und schloss die Tür. Er stand auf und steckte das Geld in die Brusttasche seiner Anzugjacke, als plötzlich sein Blick auf ihre geöffnete Hèrmes Handtasche fiel, die sie auf eine alte Barockkommode gestellt hatte. Er sah das Asthmaspray. »Nimm es«, sagte seine innere Stimme, verdammt noch mal, eine größere Chance bekommst du nie wieder.« Er nahm das Spray heraus und ließ es blitzschnell in die Tasche seiner Jacke gleiten, die er über eine Stuhllehne gehängt hatte, und ging schnurstracks in die Küche. Während er nach der Weinflasche suchte, fasste er einen perfiden Plan.

Sie lag auf dem Bett, als er mit der Flasche in der Hand zurückkam und die Gläser, die sie auf die kleinen Kommoden neben dem Bett gestellt hatten, erneut füllte. Sie richtete sich auf, er setzte sich neben sie auf die Bettkante und reichte ihr ein Glas.

»Wann wirst du ausziehen?«, fragte sie, nachdem sie an ihrem Glas genippt hatte.

»Vorerst nicht.«

»Wie meinst du das?« Sie stellte ihr Glas wieder ab.

»Ich liebe die Wohnung, Rosemarie, sie entspricht meinem Lebensstil. Dein Haus ist mir zu altbacken eingerichtet, außerdem kennen wir uns kaum.«

Sie sah ihn entrüstet an. »Sag mal, was redest du da? Haben wir eben nicht über unsere Zukunft gesprochen?«

»Du hast darüber gesprochen, ich nicht. Wer sagt schon Nein, wenn er einfach so einen Batzen Geld in die Hand bekommt.«

»Francesco, du warst schon komischer.«

Er drehte sich zu ihr und stützte sich auf seinen angewinkelten Arm. »Das war auch nicht komisch gemeint.«

Sie räusperte sich. »Gib mir die Kohle zurück. Du glaubst doch nicht im Ernst, dass ich dir helfe, wenn du dich so aufführst.«

»Hm, weil ich zweimal mit dir im Bett war, meinst du, du könntest über mich bestimmen, mir sagen, wo ich wohnen soll? Da bin ich sehr empfindlich. Das Geld zurückgeben? Sei doch nicht albern.« Er lachte.

»Francesco«, sagte sie barsch. »Was ist denn auf einmal in dich gefahren?« Sie wollte aufstehen, doch er hielt sie am Arm.

»Ach weißt du, das war so eine spontane Eingebung. So etwas habe ich ab und zu«, er tippte auf seine Stirn. »Sie entsteht hier in diesem Kopf. Spontane Ideen sind meistens die besten. Ich will ehrlich mit dir sein, deswegen werde ich dir nun eine kleine Geschichte erzählen, Rosemarie, oder soll ich lieber Rosie sagen? Klar habe ich was mit Ingrid. Du glaubst nicht, wie ekelhaft ihr alten Frauen seid. Aber ihr seid leichte Beute und willig. Jede von euch ist dumm genug gewesen zu denken, sie wäre die Einzige.« Er lachte. »Das würde sich ja kaum eine junge attraktive Frau trauen so zu denken bei einem Mann wie mir. Ich kenne nur eine wunderbare alte Dame, das ist meine Großmutter. Leider ist ihr nicht vergönnt, so gut zu leben, wie ihr blasierten Weiber das tut. Ich werde aber bald genug Geld beisammen haben, um ihr das zu bieten, was ihr zusteht. Dank euch. Ihr braucht die Kohle nicht länger.«

Rosemarie machte große Augen und griff sich an den Hals.

»Als ich damals in die Spielbank gekommen bin und mich an euren Tisch gesetzt habe, da hab ich mir gedacht, ich spiele doch lieber mit euch Roulette. Eine Art Russisch Roulette«. Er lachte laut. »Eine nach der anderen habe ich euch benutzt.«

Rosemarie begann zu schnaufen. »Du regst mich auf, das ist nicht gut für mich, ich brauche mein Spray, es ist in der Handtasche, bitte hol es mir.« Sie hustete.

Er sah sie fragend an. »Welches Spray? Ach richtig, ich vergaß, du hast Asthma. Egal, später, sonst verliere ich den Faden.«

Sie keuchte, versuchte, sich von ihm zu lösen.

»Bring es mir, bitte«, sagte sie, während sie nach Luft rang.

»Also gut, das Spray. In der Handtasche?« Er stand auf, hob die Tasche auf und öffnete sie.

Ihr Gesicht verfärbte sich bereits bläulich. Panik lag in ihrem Blick. Sie fiel rücklings auf das Kissen zurück.

»Verdammt, du scheinst es verlegt zu haben, in der Tasche ist es nicht, sieh nur.« Er leerte die Tasche aus.

»Notarzt, schnell!«, presste sie hervor.

»Ach Unsinn, du brauchst keinen mehr. Versuche, dich einfach zu beruhigen, das wird schon wieder.«

Ihr Gesicht wurde dunkler.

»Ich werde mich beeilen. Marie Luises Tod war eine kurzfristige Entscheidung. Sozusagen eine Fügung des Schicksals. Ja, ja, die guten alten Haushaltsleitern. Möchte nicht wissen, wie viele Morde damit schon vertuscht worden sind.«

Sie griff sich mit beiden Händen an den Hals. Ihr Atem pfiff.

Er sah sie mitleidig an. »Warum verlegst du auch dieses dumme, dumme Spray. Du siehst gar nicht gut aus, Rosie, ich wollte dir doch noch so viel erzählen. Wem sollte ich denn sonst mein Herz ausschütten, wenn nicht dir? Ingrid ist nämlich noch nicht dran, verstehst du?« Er strich ihr zärtlich eine nasse Haarsträhne aus der Stirn. »Du schwitzt ja, ich hol dir am besten ein Glas Wasser, das hilft bestimmt.«

»Arzt«, keuchte sie.

»Ach was, der kann auch nichts mehr für dich tun. Nein, Rosie. Und übrigens, ich werde bei jedem Cent deines kleinen Obolus an dich denken. Das ist doch schön, nicht wahr? Ich werde dich also längere Zeit nicht vergessen und meiner Großmutter von dir erzählen, ist das nicht schön? Ich lass dich jetzt allein, bis du dich beruhigt hast, meine Liebe.«

Ein gequälter Schrei, mehr ein röhrendes Keuchen drang aus ihrer Kehle. Ihr Blick war angsterfüllt.

Er stand auf, ging aus dem Zimmer und schloss die Tür. Diese Geräusche ekelten ihn. Er setzte sich ins Wohnzimmer, zückte sein Handy und wählte Ingrids Nummer. »Schatz, hast du heute Abend Zeit für mich? Ich bin in einer Stunde bei dir. Ich hoffe, ich werde dich mit meiner guten Laune etwas anstecken können.« Er lächelte. Sollte er ein Alibi brauchen, was er nicht glaubte, Ingrid würde ihm eines verschaffen. Sie würde sich später nicht mehr genau daran erinnern, wann er gekommen war. Sie hatte bereits eine schwere Zunge. Sicher hatte sie ein oder zwei Gin Tonic getrunken, das tat sie abends häufiger.

»Also bis nachher, Schatz«, sagte er und steckte das Handy weg.

Er ging zurück zur Schlafzimmertür, nicht das leiseste

Geräusch drang dahinter hervor. Vorsichtig öffnete er die Tür. Sie lag da, mit weit aufgerissenen Augen, die Hände um ihren Hals gelegt, und regte sich nicht. Er beugte sich über sie, hielt seine Hand auf ihre Halsschlagader. Es war weder Atmung noch Herzschlag zu fühlen. Dieser Asthmaanfall war der letzte in Rosemaries Leben gewesen.

Er nahm sein Rotweinglas und brachte es in die Küche. Mit einem Küchentuch wischte er die Flasche gründlich ab. Sein Glas wusch er, trocknete es und stellte es, ohne es mit der Hand zu berühren, mit dem Tuch zurück in den Schrank. Das Asthmaspray sollte er besser hierlassen. Es war unglaubwürdig, wenn eine Asthmatikerin kein Spray im Haus hatte. Er wischte ebenfalls seine Spuren ab und ließ es auf den Küchenboden fallen. Wie von selbst kullerte es unter den Backofen. Die Arme musste es fallen gelassen haben. Sorgsam wischte er über die Weinflasche, Türklinken und alles, was er berührt hatte. Das war nun bereits das zweite Mal gewesen, dass ihm das Schicksal die Wahl des Todeszeitpunkts abgenommen hatte. Ein Zeichen für ihn. Die Stimme war verstummt, noch ein Zeichen dafür, dass er richtig gehandelt hatte. Marie Luise hatte nicht leiden müssen, was er schade fand, während er Rosemaries Qualen regelrecht genossen hatte. Für falsche Forderungen wurde man bestraft. Schon als kleines Kind hatte er das gelernt. Sein Vater hatte ihm schließlich auch wehgetan, wenn er etwas haben wollte. Heute besaß niemand das Recht, über ihn zu bestimmen. Und das Geld, das hatte sie ihm regelrecht aufgezwungen, mehr würde er nicht nehmen. Immer schön bescheiden bleiben. Er hatte den Safe nie berührt. Niemand würde dort Fingerabdrücke von ihm finden. Er war zufrieden. Doch ein bisschen wollte er auch dieses Mal mit dem Feuer spielen. Das Spiel des

Lebens und des Sterbens. Er lachte laut. Sie würden ihn ohnehin nicht finden. Der Lione würde zur rechten Zeit für immer verschwinden.

»Mal sehen, wie schlau die Ermittler sind«, murmelte er. Dieser Jeton sollte nicht zu übersehen sein. Er legte ihn lächelnd auf den Nachttisch. »Ruhe in Frieden, Rosemarie.«

16

1. August 2018, Ingrid Golden

Nach dem Tod der Linzke glaubte Ingrid, das goldene Los gezogen zu haben. In ihrem tiefsten Innern war sie nie recht sicher gewesen, dass Francesco ihr wirklich treu gewesen war. Sie hatte nicht nur die Schlampe Linzke in Verdacht gehabt, ihn verführt zu haben, nein auch die Radt. Zwar war diese ein harmloses Dummerchen in Ingrids Augen, doch das schützte sie nicht davor, sich an einen Mann wie Francesco heranzumachen, im Gegenteil. Und die Blicke, die Marie Luise ihm zugeworfen hatte, die hatte Ingrid durchaus wahrgenommen. Sie hatte zeitweise sehr gelitten, sich aber nichts anmerken lassen, nach dem großen Krach mit Francesco, denn dass er seine Drohung wahrmachen und sie verlassen würde, das konnte sie sich lebhaft vorstellen. Ingrid war schon immer ein Mensch gewesen, der an ein Schicksal geglaubt hatte. Und nachdem letztes Jahr beide Frauen kurz hintereinander verschieden waren, da dankte sie ihrem Schöpfer für dieses wunderbare Geschenk, das sie mit diesem Mann in ihrem Alter noch bekommen hatte.

Zu seinem Geburtstag am 10. Juli hatte sie ihm 200.000 Euro geschenkt, was sollte sie noch länger mit dem ganzen Geld. Sie konnte es ja schlecht mit ins Grab nehmen. Mein Gott hatte er sich gefreut, und die Nächte danach waren einzigartig gewesen. Sie hatte nun keine Zweifel mehr daran, dass er bei ihr bleiben würde. Ihr Leben hatte sich eingespielt. Er verbrachte mindestens drei Tage in der Woche bei ihr in der Lichtensteinstraße. Von dort aus fuhren sie häufig zur Spielbank. Noch immer hielten sie sich in der Öffentlichkeit, was ihre Beziehung betraf, diskret zurück, dennoch war es mittlerweile ein offenes Geheimnis, dass sie ein Verhältnis hatten. Das reichte Ingrid. Sie hatte das bekommen, was sie wollte.

Als Ende Dezember 2017 die Polizei in der Bad Homburger Spielbank aufgetaucht war und Fragen zu den beiden Damen gestellt hatte, die kurz hintereinander verstorben waren, da war sie zwar erschrocken gewesen, doch Francesco hatte ihr erklärt, dass Unfälle keine normalen Todesursachen sind und die Polizei bei Unglücken verpflichtet ist, Fremdeinwirkung auszuschließen. »Stell dir vor, die haben uns gefragt, ob es üblich ist, dass man Jetons im Haus hat. Marie Luise und Ingrid hatten wohl beide eine Münze im Haus. Merkwürdig, findest du nicht?«

»Was hat die Frage denn deiner Meinung nach zu bedeuten? Ich selbst besitze Glücksjetons, wie du weißt«, hatte Francesco geantwortet.

17

17. August 2018

Dieser Tag sollte sein ganz besonderes Highlight werden, er hatte seit Wochen alles sorgfältig geplant. Er hatte Ingrid überredet, ein verlängertes Wochenende bei ihm zu verbringen, wenngleich es sich nur um einen Tag handelte, an dem sich ihr Schicksal besiegeln sollte. Er wollte sie mit einem kleinen selbst gekochten Menü überraschen, hatte er gesagt, und danach gäbe es noch eine weitere Überraschung. In all den Jahren war er immer zuvorkommender geworden, das musste sie sagen.

»Zieh dir etwas Praktisches an, Schatz, und nimm für alle Fälle eine Jacke mit, ich möchte abends mit dir raus auf den Main«, hatte er gesagt. Sie musste lächeln, wenn sie daran dachte, wie gern er mittlerweile dieses Schiff fuhr, denn es würde ja sicher eine Schiffstour werden. Sie war extra zum Friseur gegangen, hatte sich ein neues Mieder und eine leichte Sommerjacke gekauft. Sie sah auf die Uhr, 15.30 bereits, um 18 Uhr sollte sie bei ihm sein.

Francesco empfing sie an der Tür mit einem Champagnerglas in der Hand. »Ingrid, ich freue mich so. Komm rein und lass uns anstoßen.«

Sie folgte ihm, er hatte den Barbereich wunderschön eingedeckt. »Nimm Platz, mein Schatz.«

Er schenkte den Champagner ebenfalls in ihr Glas. »Auf die Liebe meines Lebens und mich«, sie prosteten sich zu.

Dieser Mann konnte ihr wahrlich den Atem rauben. »Schatz, du bist so charmant«, sagte sie, stellte sich auf die Zehenspitzen und küsste ihn.

»Ich habe uns etwas zubereitet, was gerade gut genug für dich ist, Geliebte.«

Er hatte sich wahrlich in Unkosten gestürzt. Vorweg Beluga-Kaviar, gefolgt von jeweils sechs Austern, er wusste, was sie liebte. Zum Hauptgang gab es eine Dorade in der Salzkruste und hinterher ein Schokosoufflé.

»Ein Gedicht, Francesco, du erstaunst mich immer wieder aufs Neue. Ich wusste nicht, dass du so gut kochen kannst.«

»Lernt man alles im Internet«, antwortete er schmunzelnd, wenngleich er es nie benutzte.

Sie trank bereits das dritte Glas Champagner und fühlte sich ein wenig beschwipst aber im siebten Himmel. Eigentlich hätte sie es sich nach diesem Essen gern auf der Couch gemütlich gemacht, doch Francesco hatte ihr ja etwas Besonderes versprochen, deshalb wollte sie ihn nicht enttäuschen.

»Komm, Ingrid, ich möchte mit dir eine kleine Bootstour machen, und dann, ja dann werden wir eine Nacht verbringen, die du nie mehr vergessen sollst.«

Das war das erste Mal seit dem Tode ihres Mannes, dass sie sich am Main rundum wohlfühlte und auf die Bootstour freute. Es war eine sternenklare Nacht, und sie war zu allem bereit, was Francesco geplant hatte. Er hielt ihre Hand und ließ sie sanft an Bord gleiten. Sein Blick wanderte den Steg entlang. Sie waren allein. Es war immer noch Ferienzeit und der Karpfenweg so gut wie ausgestorben. Außerdem wohnte man hier recht anonym. Diverse Wohnblocks, auf der anderen Seite ein paar Restaurants. Wer hier wohnte, das konnte man kaum sagen. Er jedenfalls hatte fast nie Nachbarn getroffen. Nur ein junges Ehepaar einmal im Aufzug. Er führte das große Boot geschickt aus der Mole heraus. »Erst mal bis zur ›Gerbermühle‹, was meinst du? Wie bei unserer ersten Fahrt.« Er gab Gas. Auf dem Main war trotz des schönen Wetters kaum Betrieb. Sie überholten bloß eine Gruppe von Stehpaddlern, ein paar wenige Motorboote und einen Schlepper. Francesco drosselte das Tempo und zog Ingrid auf seinen Schoß. Wochenlang hatte er sich diesen Moment ausgemalt. Dann hatte seine innere Stimme endlich den Zeitpunkt bestimmt. »Schalte sie aus. Du brauchst sie nicht mehr. Die Kohle hast du bekommen. Lass sie endlich verrecken.« Ja, es war an der Zeit, er konnte es kaum erwarten, die alte Schachtel endlich loszuwerden. Diese widerwärtige Person, mit der er sich hatte abgeben müssen. Er hatte sich das Geld mehr als verdient.

Draußen war es bereits stockfinster, er löschte das Licht, das von der unteren Kabine nach oben drang, sowie das Licht auf dem Oberdeck. Außerdem die Außenbeleuchtung.

»Schatz, das ist gefährlich und nicht erlaubt, man muss uns sehen können, wenn wir dadurch einen Unfall erzeugen, wird das sehr teuer werden und die Versicherung zahlt keinen Cent.«

»Hast du Angst?«

»Nur, wenn du nicht gleich das Licht wieder einschaltest, du Schlingel«, sagte sie, lachte und zwickte ihn in den Oberschenkel. »Oder möchtest du mich hier etwa verführen?«

»Nein, ich liebe es einfach, die Angst in deiner Stimme zu hören, weißt du das?«, raunte er. »Ein neues Spiel. Ich spiele für mein Leben gern, das weißt du doch. Ich finde das sexy.«

»Ja, Schatz, aber dies ist kein Roulette.«

Er küsste sie auf die Wange. »Manchmal muss man sich etwas anderes ausdenken, damit es nicht langweilig wird.«

Er schlang von hinten die Arme um sie und sagte sanft seufzend: »Ach ja, ich werde den Blick von Rosemarie nie vergessen, als sie japsend vor mir lag und mich mit großen Augen zu hypnotisieren versuchte. Immer wieder formte sie mit den Lippen irgendwelche unverständlichen Worte. So was wie Asthma, Notarzt oder so. Leider habe ich sie zu spät verstanden, und so konnte ich gar nichts für sie tun.« Er küsste sie auf die Wange. »Das ist wirklich sehr schade, findest du nicht?«

Sie versteifte sich. »Francesco, sag mal, du bist ja total betrunken.« Sie wollte aufstehen, doch er hinderte sie mit eisernem Griff daran.

»Bleib sitzen, Ingrid.«

Ingrid wurde nervös. »Hör auf damit, mit solchen Dingen scherzt man nicht, Francesco, übertreibe bitte nicht, oder willst du, dass ich dir das hier alles wieder wegnehme?«

Er lachte ein hohles Lachen. Seine Stimme klang fremd. »Zu spät, mein Liebling, viel zu spät. Ja«, er machte eine Pause, »ich gebe zu, das Geld war das einzige an dir, was anziehend war. Ansonsten hätt' ich bei dir nie einen hoch gekriegt. Übrigens, Marie Luise war die Langweiligste von euch dreien und auch die schlechteste im Bett, noch schlechter als du.«

»Mein Gott, Francesco!«, entfuhr es ihr.

»Bitte … lass mich ausreden, verdammt! Wo war ich doch gleich? Ach ja. Es ging alles so einfach. Sie ist bloß von der Leiter gestürzt, die Ärmste. Gut, ich gebe zu, ich habe ein klein wenig nachgeholfen. Aber wirklich nur ein ganz klein wenig. Sie hat sich ganz von selbst das Genick gebrochen.« Er kicherte.

»Francesco, hör auf damit, sonst schreie ich.«

»Damit machst du die Situation nur schlimmer, Schatz.« Er hielt sie an beiden Schultern. »Ein Schrei, und ich breche dir dein altes Genick ebenfalls. Über dich habe ich mich, glaube ich, am allermeisten amüsiert, Ingrid-Schatz«, das Wort Schatz sprach er mit einer solchen Ironie, dass Ingrid zu zittern begann.

»Du hast mich entsetzlich gelangweilt, Ingrid, ich musste mir vorher immer ein paar schöne Gedanken machen. Dann wolltest du mich herumkommandieren, welch grober Fehler.«

Ingrid schnappte nach Luft. »Ich, bitte, das ist doch ein Albtraum.«

»Weißt du, du glaubtest, mit Geld zu meinem Geburtstag hättest du mich geködert, ist es nicht so?«

»War es etwa zu wenig? Hättest du doch was gesagt.« Sie begann zu weinen. »Du, du hast dich doch so gefreut.«

»Ach was, wer wird denn hier weinen? Es gehörte zum Spiel. Soll ich dir was sagen, Ingrid, das ist das erste Mal, dass du mir echte Freude bereitest, du mein Herz, du darfst deinen Abgang noch ein wenig genießen. Es törnt mich an, musst du wissen, deine Angst, meine ich.«

Sie wand sich hin und her auf seinem Schoß. »Hilfe!«, schrie sie plötzlich.

Er presste seine Hand auf ihren Mund. »Halt's Maul! Spar deine Kraft und hör mir zu.« *Ganz ruhig, nicht aufregen. Lass dich von der Greisin nicht aus der Ruhe bringen,* dachte er und atmete durch. Schließlich fuhr er fort. »Weißt du, die gute Marie Luise, die zeigte mir den Schlüssel zum Safe. Ich musste nur zugreifen. Natürlich war ich bescheiden, ich weiß ja, was sich gehört. Du dagegen hattest in meinem Leben eine Monopolstellung, musst du wissen, nenn es also von mir aus meine Art, Liebe zu zeigen, was ich gleich mit dir machen werde. Und hör endlich auf zu zappeln, und wehe du pisst dich ein auf meinem Schoß, alte Frau.«

Sie zitterte am ganzen Leib. »Bitte, du wirst damit nicht durchkommen, dieses Boot gehört mir, und du wohnst in meiner Wohnung, Francesco. Wenn du mir etwas antust, werden sie dich verhaften.«

»Würden sie, wenn es einen Francesco Lione gäbe, den gibt es aber nicht, Ingrid.«

Ingrid starrte ihn an. »Ich … wie meinst du das? Du bist nicht? Du hast mich hinters Licht geführt, die ganze Zeit? Mein Gott, sag, dass das nicht wahr ist.«

»Ist es. Aber was wollte ich doch sagen, ach ja, Marie Luise starb ja in ihrer Bibliothek, aber das weißt du ja bereits. Ich bat sie nämlich um einen Edgar Allan Poe-Band, ganz oben im Regal. Ist mir schleierhaft, dass die Menschen so viele Bücher besitzen müssen, dass sie dafür sogar auf Leitern klettern. Ts, wozu gibt es denn E-Books?«

Ingrid weinte. »Bitte, Francesco, oder wer auch immer du bist, erspare mir diese Details. Ich gebe dir alles, was ich habe, aber ich bitte dich, bring mich zurück, bitte Francesco, ich werde alles vergessen, das verspreche ich, nur das Gute von dir in Erinnerung behalten, das kann ich beschwören, wenn du möchtest. Nur bitte, bring mich von diesem Boot runter. Ich ertrage das nicht.«

»Ach herrje, du Arme, so empfindlich? Wo du doch sonst so stark bist, nein, sogar gnadenlos, nicht? Dein Mann wäre stolz auf mich gewesen, jede Wette. Zumindest auf das, was ich vorhabe mit dir. Ihn hast du doch auch fertiggemacht mit deiner Art. Das meinte zumindest Rosemarie. Weißt du, im Nachhinein beschämt mich dieser läppische Mord an Marie Luise. Er ist eher unter meiner Würde, nennen wir es Anfängerfehler. Deswegen werde ich mir mit dir richtig Mühe geben.«

Mit aller Kraft versuchte sie, sich aus seinem Klammergriff zu befreien, zu treten, die Arme zu befreien. »Lass mich los«, schrie sie.

Er schlug ihr ins Gesicht. Sie stöhnte auf. Blut quoll aus ihrer Nase.

»Jetzt beschmutzt du auch noch meine Hose, das ist aber gar nicht nett von dir. Lass uns vernünftig sein. Sieh mal, was hättest du davon, wenn du noch älter wirst? In wenigen Jahren bist du hinfällig, du wirst auf Hilfe angewiesen sein. Kannst du dir dich am Rollator vorstellen mit mir an deiner Seite?« Er fing an zu kichern.

»Du würdest immer bösartiger werden, während du hier und jetzt in Würde gehen darfst. Auf deinem eigenen wunderschönen Boot sterben, ist das nicht himmlisch? Wenn sie dich später im Main finden, werden sie über dich sprechen. Diesen Tod hatte Ingrid nun wirklich nicht verdient, werden sie sagen. Ist das nicht großartig? Warum hat sich wohl Marilyn Monroe umgebracht, glaubst du, von ihr würde sonst heute noch jemand sprechen?«, er prustete vor Lachen. »Nun gut, ich gebe zu, der Vergleich hinkt ein wenig.«

Sie wimmerte und schüttelte den Kopf. »Du bist ja vollkommen irrsinnig, du brauchst Hilfe. Ich werde für dich einen vernünftigen Arzt finden, das verspreche ich, er wird dir helfen, Francesco, du bist gerade nicht du selbst. Du hast gewiss nur einen Burn-out, nicht so schlimm, wir kriegen das schon hin«, wimmerte sie. »Ich habe dich geliebt. Zählt das denn nicht?«

Er lachte auf. »Ich möchte mal wissen, woher du all dein Selbstbewusstsein genommen hast. Du bist weder hübsch, noch hast du Geschmack. Und dein bösartiges Gesicht hat mich einfach nur angekotzt. Die Macht des Geldes, das sagtest du einmal, nicht wahr? Du warst tatsächlich der Meinung, mit deinem Geld kannst du dir sogar Liebe kaufen, stimmt's? Wer von uns beiden war denn da nun eigentlich verrückt?«

Sie atmete mehrfach tief durch, um antworten zu können. »Du hast doch etwas von mir gewollt, ich, ich habe mich natürlich geschmeichelt gefühlt, aber dann, dann habe ich angefangen, dich zu lieben. Ich hatte doch nur Angst, dass du mich verlassen könntest. Aber vielleicht, ich, ich würde es gerne wieder gutmachen, wenn, wenn du es zulässt, es war nicht meine Absicht, dich zu kränken, musst du wissen.« Wieder begann sie zu schluchzen. »Ich habe nie zuvor im Leben irgendeinen Menschen geliebt, nur dich. Ich habe mich zum ersten Mal geöffnet.«

Ein Boot fuhr in geringem Abstand vorbei, Francesco drehte sich um, in dem Moment riss sie sich von ihm los. »Hilfe«, schrie sie, doch das Motorengeräusch des Bootes verschlang ihren Schrei.

Sie tastete verzweifelt nach einem Gegenstand, mit dem sie sich gegen ihn zur Wehr setzen konnte, schließlich versuchte sie, sich umzudrehen und mit den Fäusten auf ihn einzuschlagen. Er packte ihre Arme und verdrehte sie. Sie schrie auf. »Jetzt reicht es wirklich, Ingrid.« Er schubste sie von seinem Schoß, sie fiel zu Boden. Er griff nach dem Paddel an der Bootswand, zog es hervor, ein letzter Schrei, er holte aus und schlug es ihr mit aller Kraft auf den Kopf. Ein knackendes Geräusch und ihr Schädel platzte wie eine Nussschale. Augenblicklich bewegte sie sich nicht mehr. Aus einer großen klaffenden Kopfwunde quollen Blut und Gehirnmasse hervor. Er wartete einige Sekunden, beugte sich über sie, fühlte ihren Puls. Nichts. Beinahe hätte er sie über Bord geworfen, wegen des Blutes, das sie verlor, doch dann startete er den Motor erneut. Er würde mit ihr zur Offenbacher Schleuse fahren und sie erst dort ins Wasser werfen. Er würde es der Leiche und dem Schicksal überlassen, bereits hier auf Nimmerwiedersehen unterzugehen oder in die Schleuse zu treiben und zerfetzt zu werden. In jedem Fall würde es nach einem Unfall aussehen, sie war bekannt in der »Gerbermühle«, ging dort manchmal essen und machte danach regelmäßig einen Spaziergang am Main, das hatte sie ihm zumindest des Öfteren erzählt. Wenn man sie nun dort fand und identifizierte, was gewiss nicht leicht war, würde sich gewiss jemand an ihre regelmäßigen Spaziergänge dort erinnern. Sie konnte einen Schwächeanfall gehabt haben. Dort gab es viele Möglichkeiten, sich am Kopf schwer zu verletzen. Gerade schickte er sich an, die Frau unter den Armen zu packen, da fiel ihm der Jeton ein. Auch sie würde einen bekommen, den Glücksjeton. Er hatte ihr wahrlich Glück gebracht und sie ins Jenseits befördert, bevor sie gebrechlich geworden war. Er hatte sich den Jeton in seine Hosentasche gesteckt und schob ihn jetzt an ihren Busen unter dem blutigen BH. Das kleine Spielchen begann, ihm echte Freude zu bereiten, sie würden ihn dennoch nicht erwischen, dazu war er zu gewieft. Er war erstaunt, wie schwer der schlaffe Körper dieser toten Frau war, die sicher nicht mehr als 60 Kilo wog. Er hob ihren Oberkörper unter den Achseln an, schob ihn weit über die Reling, und mit einem einzigen Schwung ließ er den Leichnam ins Wasser gleiten. Eine Weile stand er an der Reling und beobachtete den leblosen Körper, bis er von der Wasseroberfläche verschwunden war. Schließlich wendete er das Boot, fuhr im Dunkeln ein paar 100 Meter, bis er Vollgas gab.

So sehr er sich bemüht hatte, die Alte ohne viel Schweinerei von Bord zu bekommen, er sah sogar im Dunkeln, dass sie alles eingesaut hatte. Und diese ekelhafte Masse aus ihrem Gehirn. Er hatte das Boot zum Reinigen außerhalb der Mole vertäut. Es hatte Stunden gedauert, bis er halbwegs davon überzeugt war, dass man am nächsten Morgen nicht sofort Spuren finden würde. Mittlerweile war es 3 Uhr in der Nacht. Niemand war mehr unterwegs. Allerdings arbeitete er nur mit gedämpfter Bordbeleuchtung. Bei Tag würde er das Boot noch einmal genau auf sichtbare Spuren überprüfen. Natürlich war auch er über und über mit ihrem Blut besudelt. Er zog sich an Deck splitternackt aus, stieg die Treppe zur Kabine hinunter und holte sich eine frische Jeans und ein T-Shirt aus der Kajüte. Er hatte grundsätzlich immer Ersatzkleidung an Bord gehabt, für den Fall, dass er mal nass wurde. Seine beschmutzte Kleidung packte er in eine Mülltüte. Er fuhr das Boot zurück zum Ankerplatz, ging dann mit der Tüte direkt Richtung Hauptbahnhof und fand einen passend großen Müllcontainer einer Baustelle, in den er sie warf. Gleich bei Sonnenaufgang würde er das Boot erneut gründlich reinigen.

18

27. August 2018, Polizeipräsidium

»Tja, Frau Senkrecht, Frau Pauli, es gibt Neuigkeiten, recht unschöne Neuigkeiten, muss ich sagen, deswegen habe ich Sie auch hergebeten, ohne Melinda Brandt.«

Sie saßen gemeinsam mit Volker Lorenz in Herbrachts Büro.

»Nun machen Sie's nicht so spannend«, knurrte Karla. Und klopfte unruhig mit den Fingern auf der Tischplatte herum. Die Hitze des Tages und die Sorge um Melinda setzten ihr sehr zu.

Herbracht zündete sich eine Zigarette an und sah Beate an. »Ich darf doch?«

Beate nickte, was Karla animierte, in ihre Jackentasche zu greifen.

»Du wirst dich hüten. Erzählen Sie schon, Herr Kommissar.«

Herbracht nahm einen tiefen Zug von seiner Zigarette. »Sie erinnern sich an unsere vermisste Frau Golden?«

»Wie könnten wir die vergessen«, knurrte Karla.

»Wir haben sie gefunden, das heißt, wir wissen seit gestern, dass es sich um diese Dame handelt.«

»Was hat das zu bedeuten, ist sie etwa verstorben?«

Herbracht nickte. »Es war nicht ganz einfach, sie zu identifizieren. Sie hat schon eine ganze Weile im Wasser verbracht und ist an der Offenbacher Schleuse aufgetaucht. Mit eingeschlagenem Schädel, wie die Obduktion mittlerweile ergeben hat. Der Todeszeitpunkt«, er sah auf den Bildschirm seines Computers, »liegt mit ziemlicher Wahrscheinlichkeit zwischen dem 2. und 5. August, wie der Pathologe uns anhand des Zustandes der Leiche erklärte. Am 1. nämlich wurde sie von ihrer Haushälterin noch quicklebendig vorgefunden. Die Golden hat ihr an jenem Wochenende verlängert freigegeben, und als die Haushälterin nach dem Wochenende in das leere Haus kam, da versuchte sie etliche Male, die Golden auf dem Handy zu erreichen. Gegen Nachmittag schließlich rief sie bei den Kollegen an und hat die Frau als vermisst gemeldet.«

»Melinda war am 7. August bei Lione, da war die Frau also schon tot.«

Herbracht nickte. »Wenn Sie mir, Frau Pauli, als ihre Rechtsanwältin nur der Form halber sagen könnten, was Frau Brandt in der fraglichen Zeit getan hat, dann wären wir Ihnen dankbar.«

Beate nickte. »Ich finde das heraus. Zumindest war sie an den Abenden zu Hause. Wir essen häufig zusammen.«

»Ist auch mehr Routine«, sagte Lorenz. »Sie wissen ja, die junge Frau lag verletzt auf dem Boot, ergo ließen sich DNA-Spuren von ihr dort und natürlich in der Wohnung der Toten nachweisen.«

»Ist klar, ich weiß schon.«

»Der Mörder hat das geschickt eingefädelt. Hat die Leiche im Main abgeworfen, nachdem er sie erschlagen hat. Sie hätte nie wieder auftauchen müssen, das kommt ganz auf den Fäulnisprozess an. Nur leider war es nicht kalt genug, sodass die Fäulnisbakterien dafür gesorgt haben, den Körper aufzugasen und an die Wasseroberfläche zu treiben. Wäre das Wasser nur circa sechs Grad warm gewesen, dann wäre er möglicherweise für immer unter Wasser geblieben. So aber hatte der Main eine Temperatur von etwas mehr als 16 Grad. Die Leiche ist also aufgetaucht und vermutlich durch die Strömung in die Schleuse getrieben worden. Tja, mit Chemie steht der Täter scheinbar auf Kriegsfuß. Wie die Kollegen von der Spusi festgestellt haben, ist die Dame auf ihrem eigenen Boot mit ihrem eigenen Paddel erschlagen worden.«

»Verdammte Scheiße, jetzt brauch ich ein Zigarillo«, sagte Karla und nahm sich eines aus ihrer Tasche.

19

28. August 2018

Tilda Gerber saß im Vernehmungsraum des Frankfurter Polizeipräsidiums und rutschte nervös auf ihrem Stuhl hin und her.

»Beruhigen Sie sich bitte, Frau Gerber. Wir wollen bloß eine Aussage von Ihnen haben. Sie stehen weder unter Verdacht noch unter Anklage«, sagte Volker Lorenz, der mit Kai Herbracht die Zeugenaussagen bearbeitete. »Nur für das Protokoll brauche ich bitte ein paar Angaben, also gar nichts Schlimmes. Es wird bestimmt nicht lange dauern.«

Gerber nickte nervös.

»Gut, Frau Gerber, Ihr Vorname?«

»Tilda.«

»Alter?«

»67, aber bitte glauben Sie mir, ich bin offiziell bei Frau, äh ich war bei Frau Golden eingestellt, also nicht, dass Sie denken, dass ich dort schwarzgearbeitet habe. Ich habe noch nie betrügen müssen …«

»Frau Gerber, bitte beruhigen Sie sich«, sagte Kai Herbracht, der ihr unaufgefordert ein Glas Wasser hingestellt hatte. »Es geht uns nur um Ihre Aussage, Francesco Lione betreffend. Wir brauchen keinen Arbeitsnachweis.«

Die angezogenen Schultern der Frau entspannten sich.

»Nur noch zwei, drei Angaben, Frau Gerber. Dann geht's los. Wo wohnen Sie denn?«

»Im Ostend, in der alten Freiligrathstraße.«

»Sie sind alleinstehend?«

»Ja, sonst hätte ich all die Jahre nicht die Zeit aufbringen können, mich um den Haushalt von Frau Golden zu kümmern, ich mache das ja schon über zehn Jahre lang.«

»Falls wir noch Fragen haben, können Sie bitte Ihre Telefonnummer aufschreiben?«

Lorenz reichte ihr einen Bogen Papier. Tilda Gerber schrieb die Nummer darauf.

»Frau Gerber, danke, dass Sie zu uns gekommen sind.«

Die Gerber machte ein trauriges Gesicht. »Wissen Sie, es hat mich fix und fertig gemacht, ich meine, ich habe sofort gespürt, dass etwas nicht stimmt. Frau Golden hätte sich bei mir gemeldet, wenn sie am Montag noch verreist gewesen wäre.«

Lorenz tippte. »Wir reden vom Montag, den 6. August, nicht?«

Anna Gerber nickte eifrig. »Deswegen habe ich ja die Polizei benachrichtigt. Wissen Sie, erst habe ich mich nicht getraut, ich wusste ja nicht genau, wo ich anrufen soll. Man will ja keinen Fehler machen und …«

»Schon gut, Sie haben alles richtig gemacht.«

»Sind Sie sicher, dass es kein Unfall war, Herr Kommissar?« Sie sah Lorenz an. »Ich meine, so ein Mord, da hat man Angst, man könnte die Nächste sein. Der Mann kannte mich doch schließlich, der hat sie doch ermordet, nicht?«

»Frau Gerber, wir wissen nicht, ob er etwas mit dem Mord zu tun hat. Seit wann kennen Sie Francesco Lione?«

»Kennen, ja kennen ist zu viel gesagt, Frau Golden hat

mich immer gleich rausgeschickt, wenn er da war. Und meistens kam er ja wohl abends spät, dann war ich schon gar nicht mehr da, verstehen Sie?«

»Wann haben Sie ihn das erste Mal gesehen?«

»Na, das war so im Spätsommer 2016, ungefähr diese Jahreszeit. So genau erinnere ich mich nicht mehr daran. Jedenfalls hatte sie mir vorher gesagt, dass sie Besuch erwartet und dass ich was Ordentliches kochen soll, ich hab dann zur Vorspeise …«

»Das ist im Moment nicht so wichtig. Welchen Eindruck hatten Sie von Herrn Lione?«

»Also wenn ich ihre Freundin gewesen wäre, was ich ja beileibe nicht bin, also wenn aber, ich hätte ihr von dem Mann abgeraten. Viel zu jung, kann ich Ihnen sagen. Hätte ihr Enkelsohn sein können. Und irgendwie halbseiden.«

»Was verstehen Sie darunter?«, fragte Herbracht.

»Er hatte so sonderbare Augen und wirkte auf mich viel zu forsch und keck, verstehen Sie?«

»Inwiefern forsch?«

»Er kam ihr gleich schon so nah, hatte ich das Gefühl. Sie war doch eine alte Dame. Da hat man doch Respekt und besonders bei ihr. Jeder hatte Respekt vor ihr. Sie trat immer sehr streng auf, verstehen Sie? Erst dachte ich, sie mag ihn, weil sie keine Kinder hat, also sozusagen als Enkelersatz, aber dann, dann hab ich das erst richtig verstanden. Ich hab mal gesehen, wie er sie geküsst hat, so richtig auf den Mund.« Sie verzog angewidert das Gesicht. Ich dachte so für mich, der will sich an ihr Erbe ranmachen. Ihren Porsche fuhr er ja auch bereits. Als mir die Frau Golden an dem Wochenende freigab, da dachte ich bei mir, sie wird mit ihm verreisen.«

Herbracht nickte. »Frau Gerber, wir sind schon beinah

am Ende. Erinnern Sie sich, ob Frau Golden bei sich zu Hause Spielgeld aufbewahrt hat?«
   »Spielgeld? Nein, warum?«

20

28. August 2018, Karla Senkrecht

Karla hatte eruiert, dass Melinda zwischen dem 2. und 5. August gearbeitet hatte. Am ersten Abend eine Modenschau in Bad Homburg, abends Essen bei Beate und ihr. Am zweiten Abend eine Bademodenschau in Niederrad, gemeinsam mit ihrer Freundin und Kollegin Julia, mit der sie den Abend verbracht hatte, wie diese bestätigte, am 4. August ein Fotoshooting in Oberursel, abends Essen bei Beate und ihr und am 5. war sie den ganzen Tag zu Hause gewesen, war einmal zum Kaffee bei ihnen vorbeigekommen und bis zum Abend geblieben. Die Arbeitsstunden waren allesamt von der Modelagentur bestätigt worden, und Beate gab sämtliche Auskünfte an Hauptkommissar Herbracht weiter.

Natürlich hatte Karla beim Künstlerdienst auch nachgefragt, ob jemandem dort in letzter Zeit etwas ungewöhnliches im Zusammenhang mit Melinda aufgefallen war. »Nein, warum?«, wollte die Dame am Telefon wissen, »ist Melinda etwas passiert? Ich habe sie mehrfach zu erreichen versucht, habe mich ehrlich gesagt etwas gewundert. Sie ist sonst sehr zuverlässig.«

»Melinda hatte einen kleinen Unfall, nichts Schlimmes. Sie wird das alles mit Ihnen klären, nehme ich an«, antwortete Karla.

»Ein Unfall, etwa mit dem Auto? Oh Gott.«

»Wie gesagt, sie wird es Ihnen selber berichten. Vielen Dank für Ihre Auskunft.«

*

Hauptkommissar Herbracht und Karla Senkrecht verband ein ambivalentes Verhältnis. Einerseits lehnte er sie wegen ihrer eigenwilligen Ermittlungsmethoden ab, andererseits bewunderte er sie heimlich für die Freiheiten, die sie sich herausnahm. Wenngleich er von den meisten Privatermittlern nicht die beste Meinung hatte, jeder, der ein sauberes Führungszeugnis hatte, konnte sich so bezeichnen. Ein kurzer Gang zum Gewerbeamt reichte schon aus. Kriminalkommissare wie er absolvierten ein Studium, eine jahrelange Ausbildung und brauchten eine Menge Berufserfahrung, bevor sie den Dienstgrad erreichten, den er innehatte.

Karla Senkrecht hingegen arbeitete am liebsten undercover, und ihre Befragungen, die sie unter falschen Identitäten zu führen bevorzugte, befanden sich manches Mal am Rande der Legalität. Das konnte hin und wieder, wenn auch recht selten, durchaus von Nutzen sein. Diese Ermittlerin war so außergewöhnlich wie ihr Name. Unter dem Siegel der Verschwiegenheit hatte er sie durchaus in früheren Fällen mehrfach um Mithilfe gebeten. Man konnte sagen, die beiden verband eine Art Hassliebe, zumal er mit Karla meistens Beate Pauli im Nacken sitzen hatte. Nicht nur einmal war das Paar der Polizei wenigstens einen halben Schritt voraus gewesen. So hatten die beiden ein verschwunden geglaubtes Kind in einem Waldstück unversehrt aufgespürt, nachdem die Polizei den Fall so gut wie aufgegeben hatte. Ein Fall, indem weder der

Vermisste noch eine Leiche gefunden wird, wird bei der Polizei recht schnell zum Cold Case erklärt. Sehr häufig engagieren in diesen Fällen Angehörige Privatdetektive. Denn für die Angehörigen gibt es nichts Dramatischeres als die Einstellung der Ermittlung einer vermissten Person. Entgegen landläufiger Meinungen ermitteln Privatdetektive nämlich nicht nur bei Ehebetrug. Er erinnerte sich an einen weiteren Entführungsfall am Niddaufer. Damals hatte Karla Senkrecht mithilfe eines Spürhundes Kleider einer Toten gefunden. Bis sich nach ihrem Anruf die Polizei in Bewegung gesetzt hatte, war sie vor Zorn beinahe geplatzt. Andererseits waren privaten Ermittlungen gehörige Grenzen gesetzt. Schon was Untersuchungen der Rechtsmedizin betraf, die Zusammenarbeit mit der Spusi, der Staatsanwaltschaft oder Befragungen einzelner Personen.

Karla verschaffte sich zunächst einmal einen Eindruck von der Umgebung, in der sich Lione und Melinda aufgehalten hatten, und war zum Karpfenweg gefahren. Natürlich war die Polizei längst hier gewesen und hatte das gesamte Gebiet gründlich untersucht. Doch ohne ein eigenes Gefühl für die Gegend rund um die Tatorte konnte auch Karla nicht ermitteln.

Wer hier wohnte, dachte Karla, konnte nicht arm sein, schon gar nicht, wenn er eine der luxuriösen Jachten besaß, die an der Mole hinter dem Haus vor Anker lagen. Das hatte Melinda gewiss beeindruckt.

Eine junge Frau, die gerade das Haus verlassen wollte, gab ihr schließlich einen hilfreichen Hinweis. Karla hatte geheuchelt, dass sie von Liones Familie beauftragt worden sei, nach ihm zu suchen. Sie hatte der jungen Frau ihre Lizenz als Ermittlerin gezeigt.

»Ich bin ihm ein oder zwei Mal begegnet. Aber die Polizei war hier, denn Frau Golden ist angeblich ermordet worden. Nun sagen Sie, der Mann ist ebenfalls verschwunden? Das ist ja furchtbar. Die Frau Golden kommt seit dem Tod ihres Mannes kaum hierher. Kann man ja auch verstehen, zumal sie ein schönes Haus im Dichterviertel bewohnt.«

»Ah, Sie kennen nicht zufällig die Adresse?«

Die junge Frau zögerte. »Ich weiß nicht recht, ob ich sie Ihnen geben darf.«

»Hören Sie, es geht um die Familie. Sie würden mir einen wirklich großen Gefallen tun. Möglicherweise befindet sich der Mann in großer Gefahr, dann wäre Ihre Verschwiegenheit unter Umständen fahrlässig.« Karla war froh, dass Herbracht nicht hören konnte, was sie da zusammenlog.

»Also gut. Es war reiner Zufall, unser Kinderarzt wohnt um die Ecke, ich parkte, ohne es zu wissen, direkt vor Frau Goldens Haus, just in dem Moment, als sie herauskam. Wir mussten beide lachen, und sie sagte mir, dass sie dort wohnte.«

»Können Sie mir die Adresse nun geben?«

»Das Haus steht Lichtensteinstraße, Ecke Annastraße. Entschuldigen Sie, aber ich muss jetzt mein Kind aus dem Kindergarten abholen. Ich hoffe, dass Sie den jungen Mann finden. Auf Wiedersehen.« Eiligen Schrittes ging sie davon.

※

Karla hatte ihren Wagen in der Holzhausenstraße geparkt und ging durch die Lichtensteinstraße, die nur sehr kurz war, bis zur Ecke Annastraße. Die Villa der Golden wirkte gepflegt, ebenso der Garten, zumindest das Stück, was von außen einsehbar war. Nur die zugezogenen Vorhänge verrieten, dass vermutlich niemand im Hause war.

Sie ging zum angrenzenden Grundstück und schaute auf das Messingschild am Eingang. »Mühlmann«, stand darauf. Vielleicht konnten die Nachbarn ihr etwas über Frau Golden sagen. Sie betätigte den Klingelknopf. Lautes Gekläff und Kindergeschrei ließ hoffen, dass ihr geöffnet würde. Reine Glückssache während der Sommerferien.

»Hallo?« Die Sprechanlage hatte sich eingeschaltet.

»Mein Name ist Karla Senkrecht. Ich habe ein paar Fragen, Ihre Nachbarin Frau Golden betreffend.«

»Frau Golden ist nicht zu Hause.«

»Das weiß ich. Ich bin Privatermittlerin und habe ein paar Fragen. Dürfte ich freundlicherweise kurz hereinkommen?«

»Schon wieder? Die Polizei war doch erst hier.«

Schweigen.

»Hallo, sind Sie noch da?«

»Moment!« Der Ton der Frau klang wenig begeistert.

»Ich mache auf«, hörte Karla kurz darauf offensichtlich ein Kind sagen.

Das Hundegekläff kam näher.

»Was habe ich dir gesagt, du wirst dich hüten, fremden Leuten die Tür aufzumachen. Rein mit dir!«

»Menno.«

Das Metalltor schwang auf, und eine ältere Frau mit einem Kleinkind auf dem Arm sah sie mürrisch an.

Ein mittelgroßer Hund stand knurrend neben ihr.

»Könnten Sie den bitte wegnehmen? Hund und ich, das passt nicht zusammen, ich beiße im Notfall zurück.«

»Rudi aus!« Die Frau drehte sich um. »Justus, hol du mal den Köter«, rief sie.

Ein etwa 14-jähriger Teenager mit einem Dutt auf dem Kopf erschien im Eingang, schnappte den Hund am Halsband und nahm ihn mit sich. »Komm, Rudi, rein mit dir.«

Die Frau rührte sich nicht vom Fleck, starrte Karla unverwandt an und schien nicht zu wissen, wie sie sich verhalten sollte.

»Kann ich vielleicht reinkommen, geht auch ganz schnell«, half Karla ihr auf die Sprünge.

»Die Mühlmanns sind nicht da, ich bin das Hausmädchen, aber ich wohne hier.«

»Das ist doch prächtig. Dann können Sie mir die wenigen Fragen sicher genauso gut beantworten wie Familie Mühlmann.«

Die Frau sah Karla von oben bis unten an. »Haben Sie einen Ausweis? Ich hab die Verantwortung für die Blagen und ...«

Karla hielt ihr den Ausweis und ihre Lizenz unter die Nase.

»Karla wie?« Sie sah genauer auf den Ausweis.

»Senkrecht«, brummte Karla.

»Wie drollig. Na gut, aber ich hab wenig Zeit. Dann kommen Sie mal mit.«

Das Baby auf ihrem Arm war unruhig und nörgelte. Die Frau führte Karla in eine große Küche, in der offenbar noch nicht aufgeräumt worden war. »Setzen Sie sich da hin«, die Frau deutete auf einen Stuhl, der an einem großen Esstisch stand. »Ich mach der Kleinen nur ein Fläschchen.«

Daraufhin setzte sie sich und kurze Zeit später lag das Kind entspannt im Arm der Haushälterin und nuckelte an der Milchflasche. Die Frau selbst hatte sich Karla gegenüber niedergelassen.

»Eine Privatermittlerin also, wieso denn das?«

»Eine Versicherungsgeschichte«, log Karla.

Die Frau verstand nicht recht, nickte aber schließlich. »Ist schon gruselig«, sagte sie.

»Was meinen Sie?«, Karla sah sie neugierig an.

»Na, wenn eine Frau aus der Nachbarschaft ermordet worden ist. Hätte ich eine neue Stelle, ich würde sofort wechseln.« Sie wurde mit einem Mal redselig. »Wissen Sie, die Golden war eine Zicke. Immer hatte sie was zu meckern, wegen der Kinder und na ja, der Hund hat sie auch gestört. Ständig beschwerte sie sich. Nachbarn können einem das Leben zur Hölle machen. Es ging mich ja nichts an, aber in letzter Zeit dachte ich, sie sei verreist, die Alte, sie meckerte nicht mehr, und der Porsche stand nicht mehr in ihrer Einfahrt. Dabei stand der schon ewig da rum, sie benutzte ihn meines Wissens nämlich nicht, kein Wunder in dem Alter.«

»Seit wann war er denn fort, der Porsche, Frau …?«

»Kleinschmidt.«

»Frau Kleinschmidt, seit wann beobachteten Sie das Fehlen des Porsches?«

Die Kleinschmidt tippte sich wissend an die Stirn. »Ah, deshalb die Versicherung, nicht wahr?«

Karla machte ein wichtiges Gesicht und nickte.

Kleinschmidt verzog das Gesicht. »Seit wann er weg ist? Keine Ahnung, bloß ein paar Wochen, nicht länger. Aber hin und wieder stand er ja da. Besser gesagt, ein paar Mal sah ich, dass ein junger Mann ausstieg, nur wenn ich zufällig die Betten ausschüttelte, müssen Sie wissen.«

»Klar«, knurrte Karla.

»Rassig, sage ich Ihnen. Ich dachte mir, das ist bestimmt der Chauffeur der Alten. Aber Pustekuchen, dann sah ich eines Tages, wie sie sich umschlangen, ja wie im Film, verstehen Sie?« Sie verzog angeekelt das Gesicht. »Ich meine so anzüglich. Ich fress einen Besen, wenn die zwei kein Verhältnis hatten. Dabei hätte die Frau locker seine Oma sein können.«

»Was war das denn für ein Mann, könnten Sie ihn mir freundlicherweise beschreiben?«

Sie sah sich in der Küche um, als könne sie dort eine Antwort finden. »Hm, südländischer Typ. Dunkle Haare, smart, lässig, so circa Mitte 30. So einer, wie man ihn in kitschigen Liebesfilmen vermutet. Wissen Sie, früher ist sie ständig zur Spielbank gefahren, das weiß jeder. Die Leute sagen, ihr gehört die halbe Spielbank.«

»Von welcher Spielbank reden Sie?«

»Bad Homburg.«

»Dafür brauchte sie den Porsche?«

»Ich sage ja, der Porsche stand ewig da rum, wurde seit dem Tod ihres Mannes kaum bewegt.«

»Seit wann ist der denn tot?«

»Der Mann?« Die Kleinschmidt machte ein nachdenkliches Gesicht. »Da fragen Sie mich was, ich denke, so drei oder vier Jahre. Hatte einen Hirnschlag, der Arme. Bei der Alten war das allerdings kein Wunder, meinen alle.« Jetzt kicherte sie. »Ich bin ja nicht neugierig, im Gegenteil, da können Sie die Mühlmanns fragen. Aber wie gesagt, immer wenn ich die Betten ausschüttele, dann gucke ich automatisch in die Einfahrt von der Golden, irgendwo muss man ja hingucken. Normalerweise ist sie immer mit dem Taxi nach Bad Homburg gefahren. Können Sie sich vorstellen, was das kostet? Ich denke, das sind pro Fahrt locker 40 Euro, wenn das reicht. So genau weiß ich das natürlich nicht, weil ich mir so was nie leisten könnte. Aber ich sag mal so. Wo bekommt eine so alte Frau auf einmal so einen tollen Kerl her, hä? Ich meine so einen jungen Kerl wie diesen Italiener.« Sie sah Karla an. »Was denken Sie? Vielleicht aus der Spielbank?«

Karla grinste. »Da gibt es doch heutzutage ganz andere Möglichkeiten.«

»Ha, Sie meinen das Internet? So eine alte Frau? Das kann ja nicht einmal ich bedienen, und ich bin um einiges jünger als die Golden, nein, das glaube ich nicht.«

»Sie sind eine gute Beobachterin, haben Sie der Kripo das auch alles gesagt?«, fragte Karla.

»Ne, aber sie wussten eh, dass sie regelmäßig zur Spielbank fährt. Aber wissen Sie, bei der Kripo, da sagt man nicht mehr, als man unbedingt muss, nachher gerät man noch unter Verdacht, ruck, zuck sitzt man in U-Haft. Ich bin ja nicht blöd. Sie verstehen, was ich meine. Mit der Kripo hab ich nix am Hut. Ich guck auch keine Krimis oder so was, ne.«

»Und was sagen die Mühlmanns zu Ihrer Vermutung?«

»Nichts für ungut, Frau Waagerecht.«

»Senkrecht.«

»Entschuldigen Sie, Frau Senkrecht, aber ich muss denen ja nicht alles sagen. Außerdem sind die eh nicht gut auf die Golden zu sprechen. Ich wollte ein paar Mal mit Frau Mühlmann drüber reden. Wissen Sie, was sie getan hat?«

Karla schüttelte den Kopf.

»Sie hat abgewinkt.«

Ein kleines Mädchen erschien in der Küche. »Irma, ich muss mal.«

Karla stand auf, kleine Kinder waren ihr nicht geheuer, nicht, dass sie noch aufgefordert wurde, sich so lange um das Baby zu kümmern. Ein passender Moment, sich zu verabschieden.

»Wenn ich noch eine Frage habe, darf ich Sie dann anrufen?«

»Klar.«

»Ich weiß allerdings nicht, wie meine Telefonnummer, also meine Handynummer …«

»Ich würde auf dem Festnetz anrufen, wenn's recht ist.«

Im Auto googelte Karla die Öffnungszeiten der Bad Homburger Spielbank. Täglich ab 14.30 Uhr. Sie hatte heute Nachmittag ohnehin nichts Wichtiges vor. Sie wollte also der Spielbank einen Besuch abstatten. Beate würde vor dem Abend ohnehin nicht zu Hause sein.

Vor ihrer Wohnungstür in der Straße Am Schwalbenschwanz blieb sie unschlüssig stehen. Sie glaubte zwar nicht, Melinda anzutreffen, dennoch drehte sie sich um und klingelte an der Tür gegenüber. Tatsächlich hörte sie Schritte, Sekunden später öffnete sich die Tür.

»Tag, Karla«, Melinda sah furchtbar aus. Sie war blass, wirkte geradezu mager und auf eine traurige Weise um Jahre gealtert. Das unbekümmerte, stets gut gelaunte Mädchen, das sie noch vor kurzer Zeit gewesen war, war zu einer ernsten Frau geworden.

»Kann ich reinkommen?«

»Klar.«

Ohne ein weiteres Wort folgte Karla Melinda in die Küche, wo sich die junge Frau kraftlos auf einen Stuhl sinken ließ.

»Melinda, so kann das nicht weitergehen. Hör auf, dir die Schuld am Verschwinden dieses Kerls zu geben. Ich bin mir absolut sicher, dass er ein Hallodri ist. Er hatte ziemlich sicher ein Verhältnis mit der toten Frau, die man an der Schleuse gefunden hat.«

Melinda blickte sie aus unendlich traurigen Augen an. Karla konnte einfach nicht über ihren Schatten springen, wie gern hätte sie das Mädchen umarmt und getröstet. Melinda tat ihr sehr leid. Erst jetzt setzte sie sich unaufgefordert auf den zweiten Stuhl, der in der Küche stand.

»Soll ich dir was sagen? Ich kann nicht glauben, dass er ein Verhältnis mit einer alten Frau gehabt hat. Ich halte das für einen Irrtum. Irgendwer will ihm Schaden zufügen. Er war so liebevoll zu mir, verstehst du das nicht?«, Melinda sah sie hoffnungsvoll an.

»Pass auf, er hätte die ganze Zeit die Möglichkeit, dich anzurufen und alles aufzuklären. Das hat er nicht getan.«

Das war der falsche Ansatz gewesen, wie sie sogleich feststellte, denn Melinda schossen die Tränen in die Augen.

»Wie sollte er das tun, wenn ihm etwas zugestoßen ist? Soll ich dir was sagen? Ich warte stündlich, dass die anrufen und mir sagen, dass sie eine weitere Leiche aus dem Main gefischt haben.«

»Ich werde heute Mittag zur Bad Homburger Spielbank fahren. Hast du nicht Lust, mich zu begleiten, dann kommst du mal raus.«

Melinda wusste nicht recht, nickte aber schließlich zögerlich. Sie wollte dabei sein, wenn es etwas zu erfahren gab.

21

8. August, Spielbank Bad Homburg

»Was soll ich bloß anziehen? Hör mal, Melinda, das mit der Spielbank bleibt vorläufig unter uns. Beate würde denken, ich wollte unser Geld durchbringen. Oder aber sie würde verärgert sein, dass ich mich in ihren Fall reinhänge.«

»Ist okay, aber jetzt verstehst du wenigstens, dass es Dinge gibt, die man selbst seinen liebsten Menschen nicht mitteilen möchte.«

Karla, die vor dem offenen Kleiderschrank stand, drehte sich um. »Das wirst du wohl nicht vergleichen wollen. Du bist jung, hübsch und unerfahren. Sei froh, dass wir auf dich aufpassen. Ohne uns würdest du vielleicht auf die schiefe Bahn geraten«, knurrte Karla, grinste aber dabei.

»Ich würde was?«

»Ich sage nur Fahren ohne Führerschein und seinen Drink unbeobachtet stehen lassen. Weiß doch jedes Kind, dass man das nicht tut. Das sind grobe Fahrlässigkeiten.«

»Ach, das wollte ich dir längst mitteilen. Meine Tasche und die Papiere sind gefunden worden. Ich wurde angeschrieben, konnte die Sachen heute Morgen beim Ordnungsamt abholen.«

»Was, das erfahre ich erst jetzt?«

»Du ja, Beate habe ich das bereits heute Morgen mitgeteilt. Und sie hat es diesem Kommissar berichtet. Die

Tasche lag in einem Papierkorb neben einer Parkbank am Mainufer.«

»Menschenskinder. Was hätte dir mit diesem Kerl nicht alles passieren können, nur weil du so blauäugig warst.«

»Wer sagt, dass es Francesco war, der die Tasche weggeworfen hat? Vielleicht hat ihm jemand die Tasche entwendet, als er, als er bereits tot war.« Melinda schluckte.

»Du meinst, jemand hat einen Toten gefunden, der eine Damenhandtasche trug, hat ihm die Tasche genommen und ihn einfach liegen lassen? Oder glaubst du, er hat den Toten sogar verschwinden lassen? Melinda, deine Fantasie möchte ich haben. Lassen wir das Thema, prima, dass die Tasche aufgetaucht ist, erspart dir viel Ärger. So und jetzt schau lieber, was ich anziehen soll.«

»Hast du einen Rock?«

Karla sah Melinda völlig entgeistert an. »Was soll ich denn damit?«

»Ich sehe nur bergeweise Jeans. Zieh halt irgendeine Jeans an. Hast du einen Blazer?«

»Klar, hier, den. Trag ich immer auf Beerdigungen.« Sie zog einen in die Jahre gekommenen Blazer vom Bügel.

»Dann zieh den an. Schwarz ist immer gut, denke ich. Wieso meinst du eigentlich, dass wir etwas Spezielles für die Spielbank anziehen müssen?«

»Kindchen, ich war noch nie da, sicher haben die da eine Kleiderordnung. Mit zerrissenen Jeans wird man wohl nicht reinkommen.«

Melinda hatte daraufhin eine schwarze Jeans angezogen und eine dunkelgrüne Bluse. »Okay so?«

»Du siehst immer klasse aus«, hatte Karla bestätigend geantwortet.

»Du willst aber doch nicht spielen, oder?«

»Natürlich nicht. Ich will mir bloß einen Eindruck verschaffen, vornehmlich von den Besuchern.«

※

»Darf ich Ihre Ausweise sehen?«, fragte die junge Frau an der Kasse.

»Wir haben eigentlich nur eine Frage, autsch.«

Melinda starrte Karla an, die ihr unsanft auf den Fuß getreten hatte.

Karla legte ihren Ausweis vor. »Kostet das was?«

»Nicht beim ersten Mal. Nun schauen Sie bitte dort oben in die Kamera.«

»Ungern«, knurrte Karla und sah hinauf.

»Es ist nur, damit wir Sie einmal registriert haben, falls Sie wiederkommen möchten.«

»Wollen wir aber …«

Der Blick, den Karla Melinda zuwarf, war unmissverständlich streng und sollte heißen: »Halt die Klappe.«

Das tat Melinda dann auch lieber, zückte ebenfalls ihren Ausweis, gab ihn der Frau und sah daraufhin freundlich lächelnd in die Kamera.

»Schönen Aufenthalt. Die Jeton-Ausgabe befindet sich neben der Bar«, rief die junge Frau hinter ihnen her.

Melinda sah sich kurz um. »Karla, was hast du vor, wollten wir uns nicht nach Francesco erkundigen und dann gehen?«

»Du glaubst doch nicht im Ernst, dass die uns Auskunft geben, Melinda. Ich bin nicht bei der Kripo. Schon mal was von Datenschutz gehört? Das dürfen die gar nicht! Komm, wir gehen an die Bar.« Sie sah sich um. »Sieht ja toll aus.«

Karla fühlte sich an der Bar pudelwohl, durfte sie doch in aller Ruhe ihr Zigarillo rauchen. Sie sah sich interessiert um, denn die Spielbank füllte sich. Besonderes Augenmerk richtete sie dabei auf die älteren Damen ohne Begleitung. Sie legte ihr qualmendes Zigarillo in den Aschenbecher und stand auf. »Bleib sitzen«, sagte sie zu Melinda. »Ich geh zu dem Tisch dort drüben. Die Dame sieht mir so aus, als könne sie mir Auskunft geben. Ich denke, es wäre gut, wenn dir nachher ein wenig übel werden würde. Dann hätten wir einen Grund, das Feld zügig zu räumen, ohne dass es auffällt, dass wir gar nicht vorhaben zu spielen. Wäre das machbar?«

»Okay, wann wird mir schlecht?«

»Ich gebe dir ein Zeichen. Du gehst dann raus, ja? Und komm nicht gleich wieder rein. Erst etwa nach zehn Minuten, das sollte ausreichen, ja? Es sei denn, ich komme direkt zurück, dann hat sich unsere Taktik erledigt.«

Melinda stöhnte.

Karla stand auf und ging zu besagtem Tisch.

»Entschuldigen Sie, wenn ich störe.«

Die alte Dame hob neugierig den Kopf. Sie wirkte behäbig, war deutlich mehr als wohlgenährt, hatte eine Schweinchennase und erinnerte Karla an die legendäre Miss Piggy aus der Sesamstraße.

»Meine Nichte und ich sind zum ersten Mal hier und wissen nicht recht, an welchem Tisch wir als Anfänger spielen sollen.« Sie deutete mit einer Handbewegung in Melindas Richtung. »Wissen Sie, meine Nichte hat mich so lange gelöchert, da habe ich mich breitschlagen lassen.«

»Nehmen Sie ruhig bei mir Platz«, sagte die Dame ungerührt und warf Karla einen Blick zu, der besagte, dass sie nicht ganz sicher war, ob diese alle Tassen im Schrank hatte.

Karla setzte sich. »Danke, nur ein paar Minuten. Ich will meine Nichte nicht so lange allein lassen, ihr ist heute nicht so wohl.«

»Ach, das tut mir leid. Zu Ihrer Frage, es kommt ganz darauf an, was Ihnen Spaß macht. Man kann nicht pauschal sagen, welches Spiel für Anfänger geeignet ist. Die Croupiers sind alle sehr hilfsbereit und geben gerne Auskunft. Aber wenn Sie mich fragen«, sie sah Karla von oben bis unten an. »Ich würde Ihnen den Klassiker empfehlen, das französische Roulette. Dabei kann man gemütlich sitzen. Sie sind ja auch nicht mehr die Jüngste, und das Gewicht geht auf die Knie, nicht? Es gibt nämlich auch einige Stehtische.«

»Keine Sorge, bin gut in Schuss, was heißt Gewicht, ich fühle mich pudelwohl.«

»Entschuldigen Sie, ich wollte Ihnen nicht nahe treten.«

»Kein Problem, ich sitze lieber. Vorausgesetzt, man bekommt an dem Sitztisch noch einen Platz.«

»Ach bestimmt. Wenn man früh genug da ist. Außerdem sind bei uns seit einiger Zeit ein paar Stammkundinnenplätze frei geworden. Wir sind ja alle nicht mehr die Jüngsten, da wird schon mal gestorben, wissen Sie?« Die Dame grinste und zuckte mit den Schultern.

»Klingt tragisch, Sie kennen sich alle untereinander?«

»Wir sind eine rüstige Rentnerinnengruppe, ja.«

»Dann tut mir der Verlust in Ihren Reihen natürlich sehr leid.«

»Ja, das war schon eine komische Sache. Eine von unserem Tisch ist sogar ermordet worden. Stellen Sie sich vor, kürzlich war sogar die Kripo hier. Hat uns alle befragt. Zeiten sind das.«

»Ermordet?« Karla machte ein entsetztes Gesicht.

»Eine ganz dubiose Geschichte, kann ich Ihnen sagen.«
Die Dame sah sich um und sagte hinter vorgehaltener Hand: »Jemand soll ihr, also sie hieß Golden, Ingrid Golden, jemand soll ihr den Schädel eingeschlagen haben, haben wir gehört. Na ja, wer weiß, Gerüchte werden schnell verbreitet, aber meistens ist was Wahres dran.« Sie machte eine gewichtige Pause. »Und dass sie ermordet wurde, das steht außer Frage. Schließlich war die Kripo ihretwegen hier. Wissen Sie, sie war immer in Begleitung eines jungen Mannes gewesen, doch er ist seitdem nicht mehr hier gewesen. War so ein attraktiver Italiener, so einer, auf den alle Frauen fliegen, verstehen Sie? Die Kripo hat auch nach ihm gefragt, merkwürdig, nicht?«

»Eine ältere Dame in Begleitung eines jungen Mannes, etwa ein Callboy?«

Die Dame hob die Schultern.

»Glauben die von der Kripo, der hatte was mit ihrem Verschwinden zu tun?«

»Da fragen Sie mich zu viel«, antwortete die Frau.

»Verstehe, aber sagten Sie nicht, weitere Damen sind aus Ihrer Truppe, wenn man das so sagen darf, verschieden, Frau?«

»Maier, Leni Maier.«

»Senkrecht, Karla Senkrecht, übrigens, wie unhöflich. Ich habe ganz vergessen, mich vorzustellen.«

Die Maier kicherte. »Wir sind halt nicht mehr die Jüngsten, da kann man das schon mal vergessen, nicht? Sie heißen Senkrecht? Putziger Name, hihi.«

Karla grinste gequält.

Die Maier deutete auf eine Gruppe Herren, die an der Bar stand. »Der mit dem dicksten Bauch, das ist übrigens mein Mann, spielt aber nicht an unserem Tisch.« Sie lachte schallend. »Was wollten Sie doch gerade wissen? Ach ja, zwei Damen. In unserem Alter ist das wahrscheinlich normal, und Sie wissen ja, das Gesetz der Serie.«

»Aber sie starben doch hoffentlich eines natürlichen Todes?«

Die alte Dame trank genüsslich einen Schluck von ihrem Baileys und schmatzte.

»Marie Luise Radt, sie hatte einen Haushaltsunfall, von der Leiter gestürzt und das Genick gebrochen. Sie wissen ja, die meisten tödlichen Unfälle passieren zu Hause. Dabei war die Dame reich genug, dass sie sich Angestellte leisten konnte, die für sie auf Leitern rumklettern.« Sie schüttelte verständnislos den Kopf und stöhnte. »Ich mochte sie.«

»Wann ist das denn geschehen?«

»Wann geschah das, lassen Sie mich nachdenken, im Dezember 2017, wenn mich nicht alles täuscht. Wissen Sie, die Frau Radt, also die mit dem Genickbruch, die tat mir leid. Sie sah den Lione …« Sie stutzte. »Also der Lione, das ist der Italiener, von dem ich eben sprach. Sie sah ihn immer auf so eine spezielle Weise an, wenn Sie wissen, was ich meine. Da hatte man Kopfkino, sagt man das nicht so?«

»Wie meinen Sie das nun?«

»So vertraut«, sie kicherte. »Wissen Sie, mein Mann sagt immer, du mit deiner Menschenkenntnis, ja, ich hab für so was einen siebten Sinn, müssen Sie wissen, wo waren wir doch gleich stehen geblieben?«

»Vertraut, Sie sagten, sie sah ihn vertraut an. Was meinen Sie damit, so, als ob sich die beiden besser kennen?«

»Genau, das dachte ich immer, und nicht nur ich, wir alle. Man will ja nicht neugierig sein, aber ich sah sie ein paar Mal miteinander flüstern. Und einmal, da meine ich gesehen zu haben, wie er sie geküsst hat, nicht auf den

Mund, aber knapp daneben. Ist das nicht verrückt? Das hat wiederum die Linzke geärgert. Die fragte mich damals, ob ich das auch gesehen hätte.«

»Die, wer?«

»Rosemarie Linzke. Sie war auch an unserem Tisch. Sie himmelte den Lione ebenfalls an, ich kann Ihnen sagen, der hatte Chancen. Als die Radt tot war, da kicherten die zwei ständig wie die Turteltauben. Allerdings nur, wenn die Golden nicht dabei war, verstehen Sie?«

Karla verstand nicht und schüttelte den Kopf.

»Ich hätte schwören können, die hatten was miteinander, die Linzke und der Lione, verstehen Sie?«

»Ist sie hier, die Linzke?«

»Das ist es ja, sie ist auch verstorben!«

»Was?«

»Ich sagte doch, das Gesetz der Serie.« Sie machte ein wichtiges Gesicht.

»Erzählen Sie mal, das klingt ja alles völlig verrückt, so als sei ihr Tisch mit einem …« Sie suchte dem passenden Wort, »mit einem Fluch belegt.«

Karla sah zu Melinda hinüber und zwinkerte ihr unmerklich zu. Die stand auf, fächelte sich Luft zu und machte Zeichen, dass sie rausgehen wollte. »Verzeihen Sie, meiner Nichte war schon den ganzen Tag ein wenig übel, sagte ich ja bereits,«

»Ach herrje. Zu meinem Mann hab ich auch gesagt, Alfons, da stimmt was nicht, hier sind böse Geister im Spiel, hab ich gesagt.« Plötzlich schien sie das Gewissen zu plagen. »Also, ich möchte ja nicht hoffen, dass Sie denken, ich sei eine Klatschbase oder so. Andererseits ist sie ja eh tot, lebendig wird sie nicht, ob ich Ihnen das nun erzähle oder nicht.«

»Da haben Sie recht. Also, wie ist die Linzke gestorben?«

»Sie hatte Asthma. Sie muss wohl ihr Asthmaspray gerade nicht zur Hand gehabt haben, das vermuten wir zumindest. Jedenfalls ist sie regelrecht erstickt, die Arme, so heißt es.«

»Du liebe Zeit, wann war das denn?«

»Im Juni, wir waren alle auf der Beerdigung. Also bis auf die Golden, die konnten sich nicht ausstehen, die beiden. Und der Lione natürlich auch nicht, das hat sie ihm garantiert verboten, die Alte.«

»Ich denke, der Lione ist weg?«

»Aber doch erst, seit die Golden tot ist, verstehen Sie?«

Karla machte ein nachdenkliches Gesicht. »Ganz langsam.«

»Die Linzke sagte mal zu mir, dass die Frau Golden zu beneiden ist um ihren schönen Begleiter. Dass die alte Zicke das nicht verdient hätte, das sagte sie auch. Und dass die Radt die Finger nicht von ihm lassen konnte, auch das verbreitete sie. Aber wissen Sie, ich halte mich da raus. Niemand wusste so genau, wie die Verhältnisse waren. Ob die Golden und der Lione überhaupt ein Verhältnis hatten. Eher hatte er eins mit der Radt, wenn Sie mich fragen, die war eigentlich die beste Freundin der Linzke, aber am Ende sprachen sie nicht mehr miteinander, ich denke wegen dieses Mannes. Aber ich scheine die Einzige zu sein, die außen vor war.« Sie hielt sich die Hände vor den Mund und kicherte.

Er durfte übrigens hin und wieder für die Golden setzen, aber er war ein miserabler Spieler. Wenn ich ehrlich bin, ich fand ihn ziemlich komisch, den Lione. Er hat mich immer an diesen Norman Bates erinnert, derselbe Blick, irgendwie irre.«

»Norman Bates?«

»Na, der aus ›Psycho‹.«

»Wow, der hat doch seine Mutter ausgestopft, nicht?«

»So ähnlich.«

Melinda war zurückgekehrt, und Karla erhob sich. »Ja, Frau Maier, manche Menschen können einem schon Furcht einjagen. Ich denke aber, ich bringe meine Nichte jetzt nach Hause. Auf Wiedersehen bis zum nächsten Mal, Frau Maier.«

Die Maier reichte Karla die Hand. »Gute Besserung an die junge Frau. Hoffentlich ist sie nicht schwanger. Ach übrigens, da fällt mir etwas ein. Ich habe mal beobachtet, dass der Lione manchmal nach einem Spiel einen Jeton in die Tasche geschoben hat.«

»Sie meinen, geklaut?«

»Mitnehmen darf man sie nicht.«

22

3. September 2018, Polizeipräsidium

Kommissar Herbracht hatte Beate Pauli, Melinda und auch Karla wegen neuer Beweise vorgeladen. Melinda war so aufgeregt, dass sie auf ihrem Stuhl im Verhörraum kaum still sitzen konnte. Beate saß neben ihr und tätschelte beruhigend Melindas Knie.

»Warum ich Sie hergebeten habe, meine Damen«, Kommissar Herbracht lehnte sich in seinem Stuhl zurück und rieb sich gedankenverloren das Kinn.

»Sie, Sie haben ihn gefunden, nicht?«, fragte Melinda aufgewühlt.

»Ihn nicht, aber ich kann Sie, Frau Brandt, in gewisser Hinsicht beruhigen. In Ihrem Blut wurde eine recht hohe Dosis Gamma-Butyrolacton gefunden. Mit dem Zeug im Körper konnten Sie definitiv keiner Fliege was zuleide tun.«

»Sag ich ja«, knurrte Karla.

»Oje, was ist das denn für ein Zeug, was ich da im Blut hatte? Ich schwöre, ich habe nichts eingenommen, noch nie habe ich das.«

»Das wollen wir Ihnen glauben, Sie sagten es uns bereits.«

»Kann das bleibende Schäden hinterlassen?«

»Es ist ein sogenanntes Liquid Ecstasy und wird normalerweise als Reinigungs- oder Fleckenmittel eingesetzt.

Man kann es problemlos im Internet beziehen, deswegen ist es bei Junkies beliebt. Jedenfalls macht das Zeug high und führt in einer entsprechenden Dosis zu völligem Gedächtnisverlust. Sie werden sich vermutlich nie mehr an das erinnern, was während Ihres Blackouts geschah. Aber im Nachhinein werden Sie bei dieser einen Einnahme keine Schäden davon tragen.«

Melinda nickte traurig. »Das Gefühl, dass ich mich nie mehr erinnern werde, habe ich leider schon lange.«

»Sie sind sicher, dass Sie nicht vergewaltigt wurden, oder?«

»Nein, das, nein, ausgeschlossen.«

»Gut, sonst würde ich Ihnen nämlich dringend raten, einen Aidstest und einen Schwangerschaftstest zu machen. Das wäre in diesem Fall die übliche Vorgehensweise.«

»Nein, das ist nicht nötig. Ich bin sicher, dass ich nicht vergewaltigt wurde.«

Herbrachts Miene verfinsterte sich. »Strafbar gemacht haben Sie sich allerdings trotzdem wegen Fahrens ohne Führerschein, Frau Brandt. Wir gehen zwar davon aus, dass Ihnen nicht klar war, dass Sie Drogen konsumiert hatten, dennoch mussten Sie gespürt haben, dass Sie körperlich nicht auf der Höhe waren. In dem Zustand und mit einer Kopfverletzung Auto zu fahren, ist fahrlässig. Schätze, der Lappen ist eine Zeit lang weg, aber das klären die Kollegen vom Ordnungsamt.«

»Ich hatte Angst und wollte nach Hause, ich wusste nicht, was ich machen sollte, ich war so verzweifelt. Francesco war nicht da, niemand war bei mir.«

»Unwissenheit schützt vor Strafe nicht, Frau Brandt, dieser Satz ist allseits bekannt. Wie gesagt, das fällt in Kollege Hubners Bereich. Ich wollte Sie nur vorwarnen«, sagte Herbracht. »Selbst wenn Sie unschuldig sind, ganz ohne Strafe kommen Sie da nicht raus. Aber das ist doch ein Klacks gegen einen Mordverdacht, denken Sie nicht?«

»Wir werden sehen, ob man da nichts tun kann, wozu hat sie eine Anwältin«, beruhigte Beate. »Konnten Sie seine echte Identität immer noch nicht klären?«

»Leider nicht, aber wir sind dran. Wir haben die Adresse, die auf dem Ausweis steht, überprüft. Er hat ein Zimmer in einer WG gemietet. Schlaue Sache. Er brauchte für seinen falschen Ausweis ja eine Adresse. Er hat den Studenten im Voraus für ein Jahr die Miete bezahlt und ist dort nie wieder aufgetaucht. Auch Post ist dort nie eingegangen. Er muss wohl ein Postfach gehabt haben. Die Bewohner der WG konnten weiter nichts über ihn sagen, leider. Normalerweise findet man über vermisste Personen durch Arzt- oder Zahnarztbesuche, Schule oder sonstige öffentliche Einrichtungen etwas heraus. Und über das Internet. Aber es ist, als hätte er kein vorheriges Leben gelebt. Wir vermuten, er hat das Internet ganz bewusst gemieden«, meinte Herbracht.

»Hab ich mir auch gedacht«, Karla nickte.

Herbracht fuhr fort. »Leider hat sein Foto noch nicht zum gewünschten Erfolg geführt. Einige Personen haben sich zwar gemeldet und gesagt, dass sie glauben, ihn gesehen zu haben, aber diese Personen widersprachen sich, da konnten wir nichts verwerten.«

Er stand auf und ging zum Whiteboard. Könnten Sie bitte herkommen, Frau Brandt?«

Melinda stand auf, sah Beate an, die nickte.

»Frau Brandt, sehen Sie sich bitte das Foto von Lione genau an, leider zeigt sich der Herr ja nur im Profil, handelt es sich bei dem Gesicht um den Mann, mit dem Sie einen Abend verbracht haben?«

Melinda sah Beate fragend an, die nickte. Sie stand auf und schaute traurig auf das Foto. »Ja.«

»Frau Brandt, bitte beschreiben Sie uns die Herren, mit denen Sie an diesem Abend zusammensaßen.«

*

In den letzten Tagen hatte Melinda mehrere Anrufe von Mike Seiler erhalten, die sie nicht beantwortet hatte. Sicher fragte er sich, warum sie nicht arbeitete. Andererseits – sie wurde das Gefühl nicht los, dass er ihr nachspionierte. Sie war zwar todmüde und wollte so schnell wie möglich ins Bett, aber der Gedanke, dass er mit Francescos Verschwinden zu tun haben könnte, ließ ihr keine Ruhe. Und dann das Butyrolacton, diese K.-o.-Tropfen. Melinda wusste zumindest, dass Mike mal gekifft hatte. Kannte er sich dann mit anderen Betäubungsmitteln aus? Sie wurde aus ihm einfach nicht schlau.

*

»Tu das nicht, tu ihm das nicht an, lass uns in Ruhe, Mike. Hör auf ihn zu schlagen, bitte!« Sie schrie und fuhr hoch. Wo war sie? Was war geschehen? Sie begann zu weinen. Es war ein Traum gewesen, bloß ein Traum. Sie hatte von Mike geträumt, hatte gesehen, wie er Francesco über Bord geworfen hatte. Bloß nicht wieder einschlafen. Nicht nochmal so etwas Furchtbares träumen. Sie ging in die Küche, nahm sich ein Glas aus dem Schrank, hielt es unter den Wasserhahn und füllte es. Sie trank es mit einem Zug leer, setzte sich auf den Küchenstuhl und ließ den Kopf kraftlos nach hinten fallen. Dabei hätte sie doch das Gespräch, das sie gestern mit Mike geführt hatte, beruhigen sollen. Er hatte in den letzten Tagen nur angerufen, weil er sich langsam Sorgen um sie gemacht hatte. Sie hatte ihm nichts Näheres erzählt, ihn aber beiläufig gefragt, ob er denn Anfang August gearbeitet hatte. Und das hatte er bestätigt. Er war nicht einmal in Frankfurt gewesen, am dritten August, sondern in München, hatte er gesagt. Dann kam er als Täter ja wohl nicht infrage. Der Albtraum war allein dem Umstand geschuldet, dass sie verzweifelt war. Gründe suchte, die zu einer Erklärung führten. Traurig stand sie auf und ging zurück ins Schlafzimmer.

23

5. September 2018

»Hallo, Frau Senkrecht.« Herbracht sah auf, nachdem sie eingetreten war, erhob sich jedoch nicht, sondern deutete auf den freien Stuhl sich gegenüber.

»Ich dachte, ich versuche spontan mein Glück. Manche Dinge bespricht man am besten unter vier Augen. Wollte bloß mal hören, was es so Neues gibt«, knurrte Karla, setzte sich und zog ein Zigarillo aus ihrer Jackentasche.

»Sind Sie des Wahnsinns, hier wird nicht geraucht.«

»Ach, kommen Sie, Sie sind ja noch immer so humorlos.« Sie deutete auf den vollen Aschenbecher. »Haben Sie den zur Deko stehen?«

»Sehen Sie da ein einziges Zigarillo drin? Was meinen Sie, wie das stinken würde.«

»Prinzipienreiterei, kann ich da nur sagen. Ich kann mich ohne die Dinger nicht konzentrieren.«

Herbracht verdrehte die Augen. »In Gottes Namen, macht mir die Entscheidung leicht, künftig nicht mit Ihnen zusammenzuarbeiten.«

Karla grinste. »Manchmal kann von *wollen* nicht die Rede sein.«

»Wir konnten mittlerweile die drei Männer ausfindig machen, die sich am 7. August beim ›Apfelwein Wagner‹ mit Lione und Frau Brandt unterhalten haben. Aufgrund

Frau Brandts Beschreibung und den Phantombildern, die unser Polizeizeichner daraufhin angefertigt hatte, haben die Wirtsleute vom ›Wagner‹ die Herren sofort erkannt, sie sind dort Stammgäste. Die haben Frau Brandt sicher nichts ins Glas geschüttet. Gegen 22 Uhr sind die drei aufgebrochen. Da war die Brandt noch putzmunter, meinten sie. Auch die Bedienungen können sich nicht erinnern, dass sie ohnmächtig geworden ist oder in irgendeiner Form auffällig wurde, höchstens ein wenig angetrunken. Die Bude ist aber auch immer brechend voll. Die rennen da mehr oder weniger im Laufschritt durchs Lokal.«

»Wissen Sie, Herbracht, ich habe eigentlich Besseres zu tun als mich mit Ihnen zu verbünden, aber in diesem Fall werde ich ausnahmsweise über meinen Schatten springen. Es geht mir um unsere Melinda. Sie ist nicht nur körperlich verletzt worden, sondern auch seelisch. Ich war neulich in Bad Homburg in der Spielbank, als Kunde sozusagen. Inkognito natürlich, Sie wissen ja, meine Spezialität.«

Herbracht grinste. »Erinnern Sie sich noch an den Hammermörder, Artur Gatter? Das war 1990, er hatte es auf schlafende Obdachlose abgesehen, die er dann mit dem Hammer erschlagen hat. Klar haben sich da die Kollegen irgendwann verkleidet, nämlich als Obdachlose und haben sich nachts auf Frankfurter Parkbänke gelegt. Das wissen Sie doch noch, oder? Der Fall war spektakulär. Wir können das natürlich auch.«

»Schon gut, schon gut, klar erinnere ich mich. Da waren Sie mal kreativ. Trotzdem wissen Sie, dass wir Privatdetektive einen wesentlich größeren Fundus haben.«

»Den Triumph lasse ich Ihnen. Aber nun erzählen Sie, Sie waren in der Spielbank? Haben Sie etwas rausgefunden, was wir nicht wissen?«

Karla knurrte. »Wenn Sie mich fragen, hat er sich quer durch die Spielbank gevögelt.«

»So, das denken Sie? Wer hat Ihnen das geflüstert?«

»Das weiß ich von Leni Maier.«

Herbracht stand erneut auf, ging zum Whiteboard und schaute auf die Namen der Zeugen. »Maier, Leni. Spielt seit circa 20 Jahren französisches Roulette in Bad Homburg, wird ständig begleitet von ihrem Mann Alfons, wohnhaft in Bad Homburg Dornholzhausen. Die einzige Dame der Spielerinnentruppe, die nicht in Frankfurt lebt, obwohl ihr Mann auch Mitglied bei den Rotariern war, wie die anderen Ehegatten auch, wie wir erfahren haben. Daher kannten sich die Damen.«

Karla nickte.

»Wir haben Frau Maier auch verhört, das«, er kratzte sich am Hinterkopf, »hat sie uns nicht erzählt.«

Karla triumphierte. »Sehen Sie, Herbracht, ich hab was drauf, nicht? Ihnen gegenüber trauen sie sich das nicht, jede Wette. Ich wirke da eher kumpelhaft, da packen die aus. Ja, da gab's jede Menge Eifersüchteleien unter den Damen. Und er war offensichtlich kein Kostverächter.« Sie hielt inne. »Was heißt, war, der lebt, da fress ich 'nen Besen.«

Herbracht zog an seiner Zigarette, spitzte die Lippen und stieß kleine Rauchringe aus. Möglicherweise haben wir seine Fingerabdrücke. Identische Abdrücke wurden tatsächlich bei der Golden und auf dem Schiff gefunden.«

»Sie sagten, die Golden sei erschlagen worden, stimmt's?«

Herbracht nickte. »Mit dem Bootspaddel, wie die Autopsie belegt. War nicht ganz einfach, denn wir haben sie ja an der Offenbacher Schleuse gefunden. Sie hätte auch durch den Sturz ins Wasser eine schwere Kopfverletzung davongetragen haben können. Ein Schlag mit dem Kopf gegen die Mauer beispielsweise. Auch Treibverletzungen ließen sich vorerst nicht ausschließen. Die sind aber eher an Stirn, Kinn, Handrücken, Knien oder Zehenspitzen zu finden und nicht am Hinterkopf, da auch diese Leiche bäuchlings getrieben ist. Allerdings hatte sich die Schädeldecke bereits abgeschliffen, ein Teil des Gehirns war herausgespült worden.«

Karla verzog das Gesicht. »Na lecker.«

»Sie wollten es wissen.«

»Klar, machen Sie ruhig weiter.« Sie fächelte sich Luft zu. »Wie lange hat sie Ihrer Meinung nach im Wasser gelegen?«

»Da sie eine weiße Hohlhand hatte, drei Tage, länger nicht. Der hinzugezogene Arzt hat ihr Stearin unter die Haut an den Fingern gespritzt.«

»Wegen der Fingerabdrücke?«

Herbracht nickte. »Sie sagen es, damit die Haut nicht schrumpelt und man vernünftige Abdrücke nehmen kann. Die Waschhaut hatte sich glücklicherweise noch nicht gelöst, somit konnte man bereits am Fundort nach der Einspritzung die Fingerabdrücke entnehmen.«

Karla überlegte. »Ein Glück. Wie macht man das denn, wenn sich die Haut abgelöst hat?«

»Wollen Sie das wirklich wissen, Senkrecht?«

»Klar«, knurrte Karla.

»Man stülpt sich die Haut über die eigenen Fingerspitzen und trocknet sie mit dem Föhn.«

»Wollen Sie mich verarschen?« Karla verlor ihre Gesichtsfarbe.

Herbracht grinste. »Ich freue mich immer, wenn ich Ihnen etwas beibringen kann.«

»Ist ja ekelhaft. Aber zurück zum Paddel. Um einem Menschen mit einem Paddel den Schädel einzuschlagen, braucht man Kraft. Allein damit auszuholen. Ich denke, das könnte vermutlich weder ein älterer Mensch tun noch eine Frau, die nicht über Jahre Krafttraining gemacht hat, oder?«

Herbracht nickte und drückte seine Zigarette im Aschenbecher aus. »Klar, das denken wir auch. Wir haben Blutspritzer unterschiedlicher DNA gefunden. Die der Golden, die der Brandt konnten wir zuordnen, weitere stammen möglicherweise von Lione, oder wie auch immer der Kerl heißen mag.« Wir haben übrigens eine merkwürdige Entdeckung in Frau Goldens Büstenhalter gemacht. Auf ihrem Busen klebte ein blutiger Jeton.«

Karla blickte Herbracht verblüfft an.

»Was?«

»Ja, er klebte im geronnenen Blut ihres Ausschnittes.«

»Ach du Scheiße, wie ist er da hingekommen?«

Herbracht zündete sich eine neue Zigarette an. »Man trägt so ein Ding ja normalerweise nicht auf der Haut. Abgesehen davon, dass man es im Normalfall in der Spielbank lässt und nicht mitnimmt. Er stammt vermutlich von der Bad Homburger Spielbank.«

Karla zog gedankenverloren an ihrem Zigarillo. »Dann hat Ihnen die Maier das also auch nicht erzählt?«

»Was?«

»Dass der Lione hin und wieder einen Jeton hat mitgehen lassen?«

Herbracht sah Karla anerkennend an. »Das ist tatsächlich eine weitere interessante Neuigkeit. Die Spusi hat übrigens bei Linzke und Radt ebenfalls einen Jeton gefunden. Ich betone, jeweils nur einen«, sagte Herbracht. »Und in weniger prominenter Position. Die Radt hatte ihn im Portemonnaie und die Linzke auf dem Nachtschrank.«

Karla stützte die Ellbogen auf den Tisch und sah Herbracht unverwandt an. »Entweder, die sammeln dort alle, oder ich hätte eine nicht ganz abwegige Idee.«

»Da ergänzen wir uns, Senkrecht. Vielleicht will uns jemand ein bisschen foppen. Ich habe mit Doktor Elzberger, dem Pathologen, lange über den sogenannten Unfall der Radt gesprochen. Dass sie von der Leiter gestürzt ist, daran besteht kein Zweifel, jedoch ist sie schräg nach rechts gestürzt, das heißt, die Leiter müsste gekippt sein. Das hieße, sie müsste sich weit nach rechts gebeugt haben, damit das geschehen konnte. Sie war im Begriff, ein Buch aus der Bücherwand zu holen, da stellt man doch die Leiter so hin, dass man möglichst leicht drankommt und sich nicht zur Seite lehnen muss. Natürlich wäre es möglich, dass sie sich, als sie oben stand, umentschieden hat und eines nehmen wollte, was rechts von dem stand, welches sie ursprünglich holen wollte. Normal wäre aber, dass sie abgestiegen wäre, die Leiter verschoben hätte und erneut emporgeklettert wäre.«

Senkrecht zog die Stirn in tiefe Falten. »Sie hat sich möglicherweise davor gescheut, erneut runter und hochzusteigen. Sie war nicht mehr die Jüngste.«

»Natürlich, die Möglichkeit besteht, aber würde sie riskieren, dass die Leiter kippt? Es könnte durchaus möglich sein, dass jemand neben ihr stand, der die Leiter umgestoßen hat.«

»Gibt es Nachbarn, die etwas bemerkt haben?«

Herbracht schüttelte den Kopf. »Leider nein. Niemand hat etwas oder jemanden gehört oder gesehen. Es ist wie verhext.«

»Und bei der Linzke? Was denken Sie da?«

»Die Handtasche der Linzke war zu Boden gefallen, als

wir sie auf dem Bett liegend fanden. Sie war ausgekippt. Sah ganz so aus, als habe sie darin etwas gesucht. Ich weiß nicht, wie Sie das sehen, aber wenn jemand Asthma hat, dann hat er doch mit Sicherheit das lebensrettende Spray bei sich und nicht in der Küche. Klar, es war unter den Herd gerollt. Aber selbst wenn sie vorher in der Küche gewesen ist. Wenn ihr das Spray dort runtergefallen ist, wieso hat sie es dann später in der Handtasche neben dem Bett gesucht?«

Karla knurrte. »Sie denken, jemand hat ihr das Spray entwendet, deswegen ist sie erstickt, nicht?«

»Das wäre zumindest denkbar, und derjenige könnte es später als Unfall getarnt haben.«

»Krass«, äußerte Karla.

»Wenn es so ist, dann fühlt er sich momentan noch recht sicher, unser Mann.«

»Hm«, Karla sah gedankenverloren zum Fenster. »Was ist mit dem Gamma-Butyrolacton? Lässt sich der Käufer ermitteln?«

Herbracht lachte. »Googeln Sie doch mal. Das kann jeder kaufen, jederzeit. Es ist ein Lösungsmittel, ein hochwirksamer Reiniger, darüber sprachen wir bereits. Nein, über diesen Kauf kriegen wir den nicht. Ist ja nicht einmal gesagt, dass er das Mittel nicht schon lange in seinem Besitz hatte.«

24

5. September 2018, Andreas Seeberger

Andreas Seeberger war mitten in der Nacht aufgewacht. Sein Kopf schmerzte. Er dachte an Moma, seine Großmutter. Er nannte sie Moma, denn zu seiner Mutter hatte er nie Mama sagen dürfen und Moma war der Ersatz für sie gewesen, also keine Oma, eher eine Mama. Er konnte mit ihr über alles reden, sie war stets für ihn da, von dem Tag an, da er bei ihr einzog und seinem brutalen Elternhaus endlich entfloh. Seine Mutter war fast nie zu Hause gewesen und sein Vater trank, solange Andreas denken konnte. Er schlug und peinigte ihn. Ein Unfall sei er gewesen und ein Dummkopf noch dazu. In der Grundschule hatte Andreas angefangen zu stehlen. Er bekam kein Taschengeld, da beschaffte er sich etwas von einem Klassenkameraden. Der hatte immer die Taschen voll. Klar war es aufgeflogen. Was hatte ihn sein Vater dafür vermöbelt. Einmal war Moma dagewesen und hatte was mitbekommen. Von dem Tag an war Schluss. Sie zeigte ihren eigenen Sohn an und erwirkte das Sorgerecht für Andreas. Von da an wurde alles gut, zumindest vorläufig. Es war da etwas ihn ihm, das ihn dazu trieb, hin und wieder etwas Böses zu tun. Er begann, Tiere zu quälen. Einmal hatte er die Katze der Nachbarin eingefangen. Sie kannte ihn und strich ihm um die Beine. Er hasste Katzen – schon immer. Er nahm einen

Strick, band ihn dem Vieh um und zog ihn zu, bis der Katze die Augen aus dem Kopf quollen. Die Nachbarin hatte ihn leider erwischt und da gab es einen wahnsinnigen Stress mit Moma. Doch sie brachte ihn nicht ins Heim, sondern zu einer Psychologin. Eva Bertram, sie hat ihn lange Jahre begleitet. Er hatte nie recht verstanden, was er da sollte. Zumal sie einmal etwas von Schizophrenie und Verfolgungswahn gefaselt hatte. Das war völliger Unsinn. Er hatte es seiner Großmutter nie gesagt, aber er hielt die Psychologin für völlig unfähig. War ja auch kein Geheimnis, dass viele Psychologen selbst einen an der Klatsche hatten. Als Großmutter sich aber selbst ins Heim eingekauft hatte, da verlor er jeglichen Halt und die Bertram konsultierte er nie wieder. Stattdessen begann er, Medikamente zu nehmen, denn diese innere Unruhe wurde stärker und stärker.

Immer wieder blickte er auf den Zeitungsartikel, der schon einige Wochen alt war und den er mittlerweile beinahe auswendig kannte. Dieser »Francesco Lione« agierte also unter falschem Namen, soso. Sie suchten ihn bundesweit, hm, vermutlich war längst das LKA eingeschaltet. Lione war ein genialer Typ. Er hatte die alten Weiber um die Finger gewickelt und nicht nur die Alten.

Andreas lächelte. Mal sehen, wann Lione wieder auftauchen würde.

25

7. September 2018, Polizeipräsidium

Herbracht und Lorenz standen gemeinsam am Whiteboard und schauten auf das Foto von Lione.

»Tja, der Abgleich mit den Dateien ergibt keine Treffer, selbst wenn er sein Gesicht deutlich verändert hat. In der Verbrecherdatei taucht er nicht auf«, sagte Lorenz, der sich in den letzten Tagen allein mit Hunderten von Gesichtern beschäftigt hatte, von den Computerauswertungen einmal abgesehen. »Wir hatten genau drei vage Treffer, letzten Endes haben sich diese Vermutungen zerschlagen. Zwei von den Jungs sitzen, der andere ist vor zwei Jahren bei einer Schießerei gestorben. Wo zum Teufel ist der Kerl?

Herbracht zuckte mit den Schultern. »Der Typ ist nicht vorbestraft, sonst hätten wir ihn längst, wenn er noch lebt. Die Kollegen vom LKA haben auch noch keine Spuren. Er ist abgetaucht und lacht sich ins Fäustchen. Er ist auch im Internet nach wie vor nicht auffindbar. Allerdings finden sich bei allen drei Opfern zu Hause, besonders im Schlafbereich, die DNA-Spuren einer Person, und zwar dieselbe DNA wie in der Wohnung, in der Lione zuletzt gelebt hat, auf dem Boot und auch im Porsche.«

Lorenz nickte. »Verdammt eindeutig, welcher Natur sein Verhältnis zu den Frauen war. Bei der Linzke fanden sich im Bett Spermaspuren.«

»Warum ausgerechnet ältere Frauen?«

»Unser Polizeipsychologe Harald Klausner glaubt, es handele sich bei ihm wahrscheinlich um eine Person mit einer dissozialen Persönlichkeitsstörung. Vermutlich eine weit zurückliegende schmerzliche Kindheitserfahrung. Möglicherweise wurde er von einem älteren Familienmitglied missbraucht, vielleicht sogar der Großmutter.«, sagte Herbracht, nahm sich eine Zigarette und setzte sich auf seinen Schreibtischstuhl.

»Würde erklären, dass er die Linzke und die Radt nicht ausgenommen hat. Zumindest gab es in der fraglichen Zeit auf deren Konten keine Geldtransfers. Nur die üblichen Überweisungen, Strom, Gas, Wasser und so weiter«, Lorenz setzte sich ebenfalls.

»Sagen wir mal so, wenn man nicht an Geld interessiert ist, warum sucht man sich Frauen in einer Spielbank? Man geht davon aus, dass dort Geld vorhanden ist, nicht? Wir wissen, dass er selbst nur mit sehr kleinen Einsätzen gespielt hat. Reich war der sicher nicht. Aber Luxus war ihm wichtig. Er hat es sich doch in der Wohnung der Golden gut gehen lassen, nicht?«

»Dann hatte die Tötung von Linzke und Radt einen anderen Hintergrund? Sie beide hatten gut gefüllte Safes. Bei der Linzke steckte der Safe hinter der berühmten Bücherwand. Ich bekam vorhin einen Anruf. Der Schlüssel steckte in einem hohlen Buchrücken. 55.000 Euro lagen drin.«

»Wir wissen natürlich nicht, wie viel Geld vorher im Safe gewesen ist, Volker. Da es keine unmittelbaren Angehörigen gibt, werden wir es auch nicht erfahren. Von der Golden jedoch wissen wir, sie hat am 5. Juli 2018 200.000 Euro von ihrem Konto abgehoben«, Herbracht sah auf seinen

Computerbildschirm. Wenn du nun auf seinen Ausweis, also den gefakten, siehst, dann stellst du fest, dass der Junge angeblich am 10. Juli Geburtstag hatte, ob das nun stimmt oder nicht, sei dahingestellt, aber das Datum macht stutzig, nicht?«

Lorenz blickte ebenfalls auf seinen Bildschirm. »Das wäre ein Anhaltspunkt für Habgier. Das Boot, auf dem die Brandt zu sich kam, weist jede Menge DNA-Spuren der Golden auf.«

Herbracht nickte. »Lione hat vermutlich das Boot gründlich gereinigt. Aber wir wissen ja, dass dennoch Spuren übrig bleiben, und seien sie noch so winzig. So lässt sich anhand der Mikrospuren ziemlich eindeutig klären, dass der Täter auf dem Boot ausgeholt hat. Wo ist bloß dieser Mistkerl?«

»Vielleicht liegt er tatsächlich irgendwo im Main«, antwortete Lorenz. »Tja, wäre die Brandt nicht high gewesen, läge die Vermutung durchaus nah. So einem Menschen traue ich schon eine Vergewaltigung zu, wenn's sein muss.«

»Glaubst du nicht, er könnte versuchen, mit der Brandt Kontakt aufzunehmen?«

»Das wäre möglich, die Senkrecht wird uns sofort informieren.«

26

8. September 2018

Er war direkt nach dem Aufstehen zur Tankstelle im Grüneburgweg gegangen, um sich dort eine Tageszeitung zu kaufen, denn er rechnete damit, dass nach ihm gefahndet wurde, also natürlich nach Lione. Er selbst trug mittlerweile einen Schnauzer. Ohne das Haargel war sein Haar wellig und wirkte deutlich heller, außerdem hatte er mittlerweile knappe zehn Kilo zugenommen, was auch die Form seines Gesichtes veränderte. Aus dem kantigen Kinn war ein rundes geworden. Dazu hatte er sich ein leichtes Hinken angewöhnt. Man konnte nie vorsichtig genug sein.

Das Schicksal hatte ihm Melinda zur rechten Zeit in die Hände gespielt, wenige Tage, nachdem er Ingrid beseitigt hatte, war ihm bewusst geworden, dass sie die perfekte Frau war, um die Kripo in die Irre zu führen. Gut, dass sie gemeinsam bei der Modenschau im »Hessischen Hof« gewesen waren. Er hatte sich sofort einen Plan ausgedacht. Er wollte das Mädchen zu sich locken, mit K.-o.-Tropfen ausschalten und verletzt auf Ingrids Boot zurücklassen, die DNA der Alten würde sich vermutlich sogar an ihren eigenen Kleidern feststellen lassen, die Forensiker fanden immer Spuren. Mit einem Messer brachte er sich ein paar unerhebliche Wunden bei. Er wusste, sie würden ohnehin seine DNA finden, doch er war nie aktenkundig geworden.

Dann wollte er Lione sterben lassen. Die Papiere, die er in der Wohnung von Ingrid gelassen hatte, sprachen ihre eigene Sprache, nämlich, dass er die Wohnung ziemlich sicher nicht freiwillig verlassen hatte. Man würde Melinda verdächtigen, ihm etwas angetan zu haben. Er könnte über Bord gefallen sein. Es war aus unerfindlichen Gründen zu einem Kampf gekommen. Das Gamma-Butyrolacton würde bewirken, dass sie dauerhafte Gedächtnislücken hatte, sich nicht erinnern konnte, was geschehen war. Er hatte das Zeug selbst mal ausprobiert. Natürlich in deutlich geringerer Dosis. Sie würden möglicherweise vermuten, dass er ihr zu nah gekommen war. Als sie beschwipst war, hatte er ihr so einige Schweinereien zugeflüstert, möglicherweise erinnerte sie sich daran. Vielleicht würde sie sogar glauben, dass sie ihm etwas angetan hatte. Wenn sie das, was er ihr gesagt hatte, noch wusste, nämlich, dass er es härter mochte, dann würde sie vermutlich ihre Verletzung damit in Verbindung bringen. Er sollte versuchen, sie in diesem Glauben zu bestärken, er wusste ja, wo er sie erreichen konnte.

An diesem Morgen an der Tankstelle sah er sein Foto zum wiederholten Mal auf dem Titelbild einer Zeitung, das Foto von Francesco Lione. Weiter unten war ein Foto von Ingrid abgebildet. Noch weiter unten wieder ein Artikel:

»**Vermisst!** Diese Person wird seit dem 5. August 2018 vermisst! Wer kennt den Mann und seine wahre Identität? Unter dem falschen Namen Francesco Lione lebte er zur Untermiete im Karpfenweg 10 in Frankfurt am Main. Die Wohnung gehörte der Millionärin Ingrid Golden, die am Abend des 23. Juli ermordet und an der Offenbacher

Schleuse vermutlich von ihrem eigenen Boot geworfen wurde.

Wer hat diesen Mann oder die Frau auf dem Foto an jenem Abend gesehen oder kann Angaben zu dem Vermissten machen? Der Mann steht in dringendem Verdacht, mit dem Mord an Ingrid Golden in Zusammenhang zu stehen. Hinweise bitte an jede Polizeidienststelle oder an die Kripo Frankfurt.«

Sie tappten also immer noch im Dunkeln. Was war los mit der vorbildlichen hessischen Kripo? Er war besser als sie.

Er bezahlte die Zeitung und beobachtete dabei den Mann an der Kasse, der auf der Titelseite genau auf sein Foto schaute. »Ja, ja, was nützt einem das viele Geld, wenn man dafür sein Leben lassen muss. Frankfurt ist halt ein heißes Pflaster«, sagte er leichthin und gab ihm sein Wechselgeld. »Das ist wieder mal so ein Fall für ›Aktenzeichen XY‹, wetten wir? Ich kenne allein locker zehn Leute, die diesem Typ ähnlich sehen.« Ihn schien er damit nicht zu meinen, denn er verschwendete kaum einen Blick an ihn.

*

Zweimal hatte er vor Melindas Wohnblock geparkt, einmal hatte er sie gesehen. Jedoch war sie nicht allein gewesen, sondern in Begleitung zweier Frauen. Die eine war ein beleibtes Mannsweib. Hatte ihn vom Parkplatz verscheucht, das sei ihr Parkplatz, hatte sie gerufen und noch ein paar unfreundliche Worte mehr. Dass die drei Frauen sich kannten, das war zu erkennen gewesen. Die Frau, die ihn angepfiffen hatte, war ein schräger Vogel in unvorteilhafter Kleidung. Eine Lesbe, wenn er sich nicht gänzlich täuschte. Waren alle in Melindas Haus gegangen, möglicherweise Nachbarinnen, jedenfalls war er am Blumenladen gegenüber stehen geblieben und hatte gesehen, wie die eine den Schlüssel für die Haustür zückte. Als sie im Haus verschwunden waren, war er zur Tür gegangen und hatte die Namensschilder studiert. Das Klingelschild einer B. Pauli und K. Senkrecht fiel ihm ins Auge, da es direkt neben Melindas Klingelschild hing. Konnte eventuell darauf hindeuten, dass die beiden Frauen neben ihr wohnten und ein Paar waren. Natürlich konnte er sich irren, denn das Kürzel ließ keine Schlüsse auf das Geschlecht der Bewohner zu. Doch möglicherweise wohnten die drei Tür an Tür. Da der Name Senkrecht äußerst selten war, er hatte zweimal hinsehen müssen, hatte er ihn später in einem Internetcafé bei Google eingegeben und war auf eine Privatermittlerin namens Karla Senkrecht gestoßen. Eine Adresse war nicht angegeben, nur die E-Mail-Adresse. Nachdem er weiter nach unten gescrollt hatte, stieß er auf einen Zeitungsartikel, in dem berichtet wurde, wie sie mit ihrer Partnerin 2015 in einem Vermisstenfall gemeinsam ermittelt hatte. Nach dem Foto zu urteilen, handelte es sich ziemlich sicher um die zweite Frau, die er gesehen hatte. Beate Pauli, eine Rechtsanwältin. B. Pauli, das kam hin. Verdammt, das machte die Angelegenheit unter Umständen kompliziert. Wer hätte denn auch mit einem so dummen Zufall rechnen können. Ausgerechnet eine Schnüfflerin in Melindas Haus. Für Melinda war es Glück. Er würde sie am Leben lassen müssen, zumindest, wenn die Frauen tatsächlich in engerem Bezug zu ihr standen. Doch was war schon eine Privatdetektivin. Selbst wenn diese Senkrecht vor Jahren mal einen Treffer gelandet hatte, das bedeutete lange nicht, dass ihr das ein zweites Mal gelingen würde, und schon gar nicht bei einem Fuchs wie ihm. Beinahe beflügelte es ihn, diese Frau ein wenig hinters Licht zu führen. Soviel er wusste, bestand die Hauptaufgabe eines Privatdetektivs ohnehin bloß im Observieren von sich betrogen fühlenden Ehepartnern. Bei einem Mordfall ließ sich die Kripo gewiss nicht ins Handwerk pfuschen und schon gar nicht von einer so dubiosen Gestalt. Er musste lächeln, wenn er daran dachte, dass er die Ermittlerin beobachtete, nicht sie ihn. Er liebte sie nun einmal, diese Katz-und-Maus-Spiele.

27

8. September 2018, Melinda besucht Julia Schmalbach

Melinda fuhr schon zum dritten Mal durch die Liebigstraße. Hier einen Parkplatz zu finden, grenzte an echtes Glück. Eigentlich hatte sie gar nicht herkommen wollen, doch Julia Schmalbach war ihre beste Freundin, und seit ihrem Unfall hatte sich Melinda vollkommen zurückgezogen. Julia jedoch war hartnäckig geblieben und hatte sie immer wieder angerufen, sich bei ihr beschwert, bis sich Melinda schließlich überreden ließ, Julia zu besuchen. Vielleicht tat es ihr ja ganz gut, einmal das Haus zu verlassen. Sie hatte seit dem unsäglichen Wochenende nicht einen Modeljob angenommen. Ging ja auch kaum, solange die Verletzung an ihrer Schläfe noch so deutlich sichtbar war. Julia jedenfalls war ebenfalls Model und freundlicherweise dreimal für Melinda eingesprungen. Gerade überlegte sich Melinda, ob sie nicht besser nach Hause fahren sollte, als ein grüner Golf aus einer Parklücke ausscherte. Sie musste beinahe ein wenig schmunzeln, als sie das zerbeulte Fahrzeug rangieren sah. »Spricht dafür, dass du schon länger hier wohnst. Einparken ist hier ja auch Millimeterarbeit«, murmelte sie. Sie selbst hatte keine Mühe, mit ihrem Smart in diese Lücke einzuparken.

Sie stieg aus und sah hoch zum Eckhaus. Julia wohnte im dritten Stock. Da stand sie auf dem Balkon und winkte ihr zu. Plötzlich freute sich Melinda, ihre Wohnung verlassen zu haben. Der Eingang des Eckhauses befand sich in der Eppsteiner Straße. Sie fuhr mit dem Aufzug in den dritten Stock. Als sie klingelte, wurde die Wohnungstür aufgerissen, und Julia stand mit ausgebreiteten Armen vor ihr.

»Hey Süße, ich freu mich so sehr, dass du gekommen bist.« Sie umarmte Melinda und küsste sie auf beide Wangen. »Aber du siehst ja schrecklich aus.«

Melinda lachte. »Danke, das hättest du mal zu mir sagen sollen.«

»Ach, das kriegen wir wieder hin. Aber hast du etwa abgenommen? Das nehmen die dir bei der nächsten Modenschau sicher übel. Na, komm rein. Ich habe für uns auf dem Balkon gedeckt, setz dich ruhig schon raus, ich hole uns Tee, oder möchtest du was anderes?«

»Nein, bitte Tee wie immer.«

Melinda ging durch das gemütliche Wohnzimmer direkt auf den Balkon, auf dem mehrere Kerzen in Windlichtern brannten. Julia hatte schon immer ein Händchen dafür gehabt, mit wenigen Mitteln eine tolle Atmosphäre zu schaffen. Melinda machte es sich in einem der gemütlichen Loungesessel auf dem Balkon bequem. Ein wunderschöner großer Ahornbaum sorgte für das Gefühl, mitten im Grünen zu wohnen, dennoch konnte man auf die Liebigstraße schauen. Julia kam mit einer großen Kanne Tee auf den Balkon, schenkte das heiße Getränk in die hübschen Steinguttassen, die sie bereitgestellt hatte, und setzte sich zu Melinda.

»Mensch, Melinda, ich hab mir wirklich Sorgen um dich gemacht. Magst du mir alles erzählen?«

Melinda trank einen Schluck, bevor sie antwortete. »Ach

Julia, das war alles so viel. Ich weiß nicht, wo ich anfangen soll. Kannst du dich noch an Francesco erinnern?«

Julia überlegte nicht lange. »Klar, stand doch alles in der Zeitung.«

»Nein, ich meine damals bei der Modenschau. Er hat ganz vorne gesessen und ist danach zu mir gekommen.

»Natürlich, sah recht gut aus. Du warst ja hin und weg, ich war völlig abgemeldet, werde ich wohl kaum vergessen.«

Melinda nickte. »Du warst damals nicht recht begeistert, das habe ich sofort bemerkt.«

»Ich fand ihn etwas windig, scheint beinah so, als hätte ich recht behalten. Es war irgendetwas in seinem Blick, und sei mir nicht böse, ich hatte das Gefühl, er macht alle Frauen an. Sagte ich nicht so etwas Ähnliches zu dir?« Dass er auch mit ihr zu flirten versucht hatte, behielt sie für sich. »Hat Mike auch gestört.«

»Was?«

»Na, der Typ. Er hat euch die ganze Zeit beobachtet. Hat er sich eigentlich gemeldet? Ich meine, du bist doch schon so lange fort.«

»Ja, neulich ein paar Mal. Hab ihn dann zurückgerufen. Hab ihm aber nichts Genaues gesagt. Wollte nicht, dass er was weiß«, sie verstummte. »Sag mal, würdest du ihm etwas Böses zutrauen?«

»Etwas Böses, Mike?«, Julia stutzte. »Wie kommst du denn darauf?«

»Na ja, weil Francesco verschollen ist, wer weiß, Mike ist doch immer so eifersüchtig.«

Julia trank Tee und dachte eine Weile nach, bevor sie antwortete. »Ich blick bei ihm nicht richtig durch, aber klar ist, er ist besessen von dir.« Sie deutete auf Melindas

Kopfwunde. »Aber das hieße doch, dass er auch dich niedergeschlagen hat, oder?«

Melinda nickte. »Angeblich war er aber zu der Zeit in München, also deshalb brauche ich mich wohl nicht zu sorgen. Weißt du, bei Francesco war es so etwas wie Liebe auf den ersten Blick. Ich hab alles um mich herum vergessen. Auch Mike.«

Ja, hab's bemerkt und dachte, ich halte mich da lieber raus, damit ich keinen Ärger mit dir bekomme. Deshalb hab ich mich danach auch nicht gemeldet. Ich war sicher, du kommst schon auf mich zu, wenn dir danach ist, verstehst du? Ich hab mir erst wirklich Sorgen um dich gemacht, als du nicht zu den Modenschauen kamst, Mike hat auch ein paarmal gefragt. Normalerweise rufst du ja immer an.

»Wie geht es eigentlich Karla und Beate? Hast du mit den beiden gesprochen, also auch über deine Bedenken was Mike anbelangt?«

Melinda schüttelte den Kopf. »Die wissen gar nicht, wer das ist. Zu kompliziert alles.«

Karla hatte Julia gebeten, nicht zu sagen, dass sie neulich mit ihr wegen Melindas Alibi gesprochen hatte, deswegen schwieg sie.

»Wie geht's deiner Tante?«, wollte Melinda wissen.

»Tante Anna hat sich ganz dem Golf verschrieben. Sie hat mir schon mehrfach Trainerstunden angeboten. Aber, ich glaube, Golf ist nichts für mich.«

»Schön, dass du wenigstens sie hast. Meine Eltern wollen gar nichts mehr von mir wissen. Ein Glück, dass ich meine beiden Freundinnen habe. Beate vertritt mich glücklicherweise in den rechtlichen Dingen, und Karla ermittelt auf ihre Weise. Wir waren sogar neulich in der Bad Homburger Spielbank.«

»Ich verstehe nur Bahnhof. Willst du mir nicht alles von Anfang an erzählen, damit ich die Zusammenhänge verstehe?«

Nach anfänglichem Stocken sprudelten die Worte nur so aus Melinda heraus. Als sie geendet hatte, entspannte sich ihr Gesicht. »Tut gut, sich alles von der Seele zu reden. Ich habe zwar mittlerweile Karla und Beate alles erzählt, aber eine beste Freundin ist was ganz anderes.«

Plötzlich stockte Melinda. Gerade kam der zerbeulte laubfroschgrüne Golf zurück. Dieses Mal hatte der Fahrer mehr Glück und fand eine passende Parklücke. Merkwürdig, ihr war, als hätte sie das Fahrzeug in einem anderen Zusammenhang schon einmal irgendwo gesehen. Sie beugte sich weiter nach vorn, um zu sehen, wie der Fahrer aussah. Ein Typ mit lockigen Haaren und einem Schnauzer, leicht hinkender Gang. Plötzlich sah er nach oben, und ihre Blicke trafen sich für kurze Zeit, wenn man das in der einbrechenden Dämmerung sagen konnte. Automatisch wich sie zurück und hätte beinah die Teetasse auf dem Tisch umgeworfen.

»Nanu, was ist los?« Auch Julia beugte sich vor und sah, wie der Mann über die Straße lief.

»Nichts, gar nichts, der hat nur eben hochgeschaut, da hab ich mich so ertappt gefühlt.« Melinda kicherte. »Entweder hat der kein Geld oder keinen Geschmack. Wie kann man nur so eine hässliche Schüssel fahren. Wohnt der hier?«

»Keine Ahnung, nie gesehen.«

Der Mann verschwand ein oder zwei Häuser rechts neben dem Eckhaus von Julia.

»Um zurück zu deinem Francesco zu kommen. Du denkst also immer noch, ihm könnte etwas zugestoßen sein?«

»Langsam kommen mir Zweifel. Vielleicht hat er wirklich mit dem Tod dieser Golden zu tun. Immerhin wohnt er in ihrer Wohnung, Pardon, er hat dort gewohnt. Und auf seinem Ausweis stand, wie ich dir vorhin erzählte, eine Adresse in Bornheim, obwohl er mir sagte, nachdem ich ihn fragte, er habe irgendwo im Westend gewohnt. Alles sehr dubios, das gebe ich zu.«

»Vielleicht wollte sie ihn vor die Tür setzen?«, überlegte Julia. »Und da hat er rotgesehen.«

»Aber was hätte das alles mit mir zu tun? Zumal die Frau ja schon tot war, als wir uns getroffen haben. Du glaubst doch nicht im Ernst, dass er mich dann bei sich empfangen hätte?«

»Ach Melinda, ich kann dir nur raten, schlag dir den Typen aus dem Kopf und komm wieder in die Puschen.«

»Mensch, da fällt mir ein, ich muss Karla und Beate eine WhatsApp schicken, wir waren zum Essen verabredet. Oh Mann, das hab ich völlig vergessen.« Melinda zog ihr Handy aus der Tasche, öffnete die App und schrieb eine Nachricht.

*

Beate und Karla waren gerade vom Einkaufen gekommen und bogen in den Schwalbenschwanz ein, als sie bemerkten, dass Melinda ihr Auto ausparkte.

»Merkwürdig, ich habe sie doch für heute Abend zu uns zum Essen eingeladen, wo will sie denn hin?« Karla blickte auf ihre Armbanduhr.

Beate zuckte mit den Schultern. »Vielleicht ist auch sie zum Einkaufen gefahren, soll vorkommen.« Beate blinkte, um rückwärts in eine Parklücke einzubiegen.

»Sie hat dir also auch nichts gesagt?«

»Nein, warum auch!«

»Tu mir einen Gefallen, lass uns hinterherfahren. Ich hab so ein komisches Gefühl.«

»Spinnst du, Karla? Was denn für ein Gefühl?«

»Los, steig schon aus, ich fahre.«

Beate schüttelte den Kopf, stieg dennoch aus und hatte Mühe, zur anderen Seite zu kommen, denn Karla, die sich sonst recht behäbig bewegte, wirkte wie ein wendiges Eichhörnchen, als sie auf die Fahrerseite sprang und den Motor startete.

»Warum durfte ich denn nicht fahren?«

»Wer ist denn hier die Detektivin, he? Du würdest viel zu nah auffahren mit deiner Kurzsichtigkeit, da könnten wir sie auch gleich fragen, ob sie uns mitnimmt.«

»Und warum muss ich überhaupt mit?«

»Weil vier Augen besser sehen als zwei, du kannst Fragen stellen.« Sie folgte Melinda in gebührendem Abstand auf die Hügelstraße.

»Ich habe schon die ganze Zeit das Gefühl, dass uns das Kind nicht die ganze Wahrheit sagt und diesen Kerl nicht aus dem Schädel kriegt.«

»Ich finde es nicht richtig, dass wir ihr hinterherspionieren«, sagte Beate missmutig.

»Musst du gerade sagen. Hast du nicht damals diesen Mike Seiler überprüft?«

»Du meinst den Kollegen von ihr, mit dem sie mal kurz ausgegangen ist? Na, da hatte ich halt so ein Bauchgefühl. Aber ist ja nix bei rausgekommen und zum Glück hat sie's nicht bemerkt. Aber man ist ja nicht blind. Und wenn plötzlich einer daherkommt, der sie abholt? Könnte ja jeder kommen.«

»Ach Karla, so schlimm ist die Welt doch auch wieder nicht, dass man überall Verbrecher vermuten muss, oder?«

»Doch«, antwortete Karla.

Melinda war mittlerweile auf die Eschersheimer Landstraße abgebogen, blinkte und fuhr in den Reuterweg.

»Warum blinkst du nicht?«, nörgelte Beate.

»Kommt noch, Ruhe«, knurrte Karla.

»He, halt an, es ist dunkelgelb. Willst du deinen Führerschein verlieren?«

»Quatsch, hier steht kein Blitzer.« Sie gab Gas, und der Wagen schoss über die Kreuzung.

»Was machst du, wenn sie uns sieht?«

»Dann frag ich sie, ob sie zum Essen kommt.«

»Sehr witzig.«

Melinda bog in den Grüneburgweg ein, vorbei an der Metzgerei Illing.

»Da fällt mir ein, ich habe die Wurst vergessen, kannst du kurz anhalten?«

Karla warf Beate einen vernichtenden Blick zu.

»Du verstehst aber auch gar keinen Spaß.«

Hinter der Uni fuhr Melinda in den Kreisel und von dort in die Liebigstraße.

Beate tippte sich an die Stirn. »Ich ahnte es, alles umsonst, hier wohnt Julia. Das zum Thema Geheimnisse. Dachte ich mir doch, dass diese Verfolgungsjagd zu nichts führt.«

Karla verlangsamte ihr Tempo, denn Melinda schien auf Parkplatzsuche zu sein. Doch schließlich fuhr sie weiter.

»Also doch, na, schauen wir mal.«

Nachdem sie die dritte gemeinsame Runde gedreht hatten, knurrte Karla:

»Alles gut, man darf sich mal täuschen. Wir haben jedenfalls heute Abend reichlich zu essen.«

Gerade wollte sie abbiegen, als ein grüner völlig verbeulter Golf aus einer Parklücke fuhr und Melinda sich anschickte hineinzufahren.

»Ich dachte, solche Karossen sind nur in den USA zugelassen. Kaum zu glauben, dass so was durch den TÜV kommt«, Beate schüttelte den Kopf.

»Die Farbe scheint eine Extramischung zu sein. Bestimmt ein Unikat. Gerade habe ich ein Déjà-vu. Hast du auf das Nummernschild geachtet?« Karla kratzte sich am Kopf.

»Wozu denn?

Karla wartete, bis Melinda die Straße überquert hatte. Und tatsächlich, sie ging in die Eppsteiner Straße. Als sie um die Ecke verschwunden war, fuhr Karla geradeaus weiter bis zur Bockenheimer Landstraße, dort bog sie nach rechts ab. »Also ab nach Hause, ich hab Hunger.«

Ein leises Pling in Beates Handtasche kündigte eine Nachricht an. Beate wühlte nach dem Handy.

»Unglaublich, was Frauen so alles mit sich schleppen«, Karla schüttelte den Kopf.

»Ah, Melinda hat geschrieben. Sie entschuldigt sich, ist bei ihrer Freundin und hat vergessen, uns Bescheid zu sagen. Na siehst du. Und jetzt tu mir einen Gefallen, hör auf, Melinda zu misstrauen.«

28

9. September 2018, Karla Senkrecht

Karla hatte eine schlaflose Nacht hinter sich, was ihr selten passierte, normalerweise schlief sie wie ein Stein und schnarchte wie ein Ochse, wenn sie Beate Glauben schenken sollte. Sie war allerdings mitten in der Nacht aus einem merkwürdigen Traum erwacht. Sofort fiel ihr der laubfroschgrüne Golf ein. Und dann, ganz plötzlich erinnerte sie sich. Sie rüttelte an Beates Schulter, die schrak hoch.
»Was ist, bist du krank?«

»Hör zu, erinnerst du dich an gestern?«

»Menschenskinder, woran soll ich mich denn erinnern?«

»An den grünen Golf, wir kennen ihn. Wir hatten Melinda von der Kripo abgeholt, als der Golf auf deinem Parkplatz stand, ich hab ihn weggehupt, weißt du nicht mehr? Mensch, dass ich erst jetzt draufkomme.«

»Ach Karla, das kann doch irgendein anderer Golf gewesen sein?«

»Leider hab ich weder die Nummer von damals auf dem Schirm noch die von gestern. Aber haben wir nicht damals schon festgestellt, dass er ziemlich ramponiert ist? Mal ehrlich, hast du schon je zuvor so eine hässliche Farbe gesehen? Ich denke, der ist umgespritzt worden. Das ist keine Standardfarbe.«

Beate gähnte erneut. »Ich mache jede Wette, dass es diese Farbe mehrfach in Frankfurt gibt.«

»Auch mit denselben Beulen?«

»Schon möglich. Was ist daran so außergewöhnlich, dass du mich deswegen weckst? Und kannst du etwa mit Gewissheit sagen, dass es dieselben Beulen sind? Kannst du dich wirklich an jede einzelne Beule erinnern?«

Karla stöhnte. »Du bist eine gute Rechtsanwältin, aber was detektivischen Spürsinn betrifft, bist du eine echte Niete. Sei froh, dass ich so großmütig bin. Du bist doch sonst nicht so begriffsstutzig. Da saß ein Mann drin, er stand auf deinem Parkplatz, was, wenn er versucht hat rauszufinden, wo Melinda wohnt, oder noch besser, er wusste es und hat sie observiert.«

»Spinnst du?«

»Er kam mir jedenfalls komisch vor, und gestern, da haben wir das Auto wiedergesehen, ich bin mir fast sicher.«

»Du und deine Fantasie, Karla, ich glaube, du reimst dir da was zusammen. Das sind doch haltlose Vermutungen. Sag das bloß nicht dem Herbracht, der lacht sich schlapp.«

»Deswegen musst du ja herhalten. Wieso er ausgerechnet in der Liebigstraße stand, weiß ich nicht, vielleicht wohnt er dort oder beobachtet Julia, weil er weiß, dass sie Melindas Freundin ist.«

Beate gähnte laut. »Jetzt gehen dir aber die Gäule durch. Aber wenn du meinst, sag es halt dem Herbracht.«

»Ach was, bevor die in die Puschen kommen, bin ich deutlich schneller, verlass dich drauf. Ich muss erst das Kennzeichen rausfinden. Schlaf wieder.«

Karla hatte die Augen längst geschlossen und begann leise zu schnarchen.

❋

Er hatte Melinda sofort erkannt oder war sich beinah sicher, selbst auf die Entfernung. Verdammt, was hatte das zu bedeuten. Schnüffelte die Kleine etwa hinter ihm her? Was machte sie hier in der Liebigstraße? Ihrer Reaktion zufolge konnte sie ihn erkannt haben, sie war zumindest ruckartig zurückgewichen. Da hatte eine zweite junge Frau bei ihr gesessen, er glaubte, sie schon einmal gesehen zu haben. Ganz sicher jedoch hatten beide Frauen sein Auto gesehen. Die Karre war eindeutig zu auffällig. Er hatte sie damals für sehr kleines Geld gekauft, weil sie nach einem Unfall umgespritzt worden war. Er musste sie so schnell wie möglich loswerden, schließlich würde man über das Nummernschild seinen Namen ermitteln können, von oben hatte sie es sicher nicht erkennen können. Er würde das Auto verschrotten lassen müssen. War ohnehin an der Zeit, sich ein vernünftiges Auto zu kaufen. Geld genug hatte er dafür. Er würde ein gebrauchtes nehmen und bar bezahlen. Kaum war er in seiner Wohnung, nahm er sich das Branchenverzeichnis vor. »Keine Zeit? Wir holen Ihr Auto ab und bringen es für Sie auf den Schrottplatz.« Fantastisch, er schrieb sich die Nummer auf, morgen früh würde er sofort einen Termin machen, doch zuvor würde er es hier wegfahren. Am Palmengarten gab es eine Tiefgarage, da würde er es vorläufig einstellen. Hoffentlich war es noch nicht zu spät. Er sah sich kritisch im Spiegel an. Von dort oben war es nicht wahrscheinlich, dass sie ihn erkannt hatte. Sein Äußeres hatte nichts mit Francesco gemein, und er hatte sich diesen hinkenden Gang zugelegt. Nein, er glaubte nicht, dass er sich allzu große Sorgen zu machen brauchte. Doch Vorsicht war geboten. Er ließ einige Zeit verstreichen, bis es gänzlich dunkel war, dann ging er zum Auto und schaute nach oben zu dem

Balkon, wo vorhin die beiden jungen Frauen gesessen hatten. Er war leer, die Balkontür geschlossen, ein Vorhang vorgezogen. Er musste sich beeilen, das Parkhaus würde um 23 Uhr schließen, jetzt war es 22.30 Uhr. Er startete seinen Wagen und fuhr davon.

29

10. September 2018

Seit letzter Nacht ließ Karla der grüne Golf nicht mehr los. Heute hielt sie es nicht mehr länger aus, sie musste endlich wissen, was es damit auf sich hatte. Zu diesem Zweck hatte sie sich in einen Mann verwandelt. Einen mit einem Schnauzbart und einer Nickelbrille. Das hatte sie aus zweierlei Gründen getan, zum einen, weil Julia sie kannte und sie undercover arbeiten wollte, und zum anderen, falls sie sich nicht täuschte und der Golf demselben Mann gehörte, der damals vor ihrem Wohnblock gestanden hatte. Dann wäre es möglich, dass er sie erkennen könnte. Wenn er auch vermutlich nur einen flüchtigen Blick auf sie geworfen hatte. Eine Privatermittlerin wie sie würde dieses Risiko nicht eingehen. Sie hatte ihren Wagen gegen 16 Uhr in der Fürstenberger Straße geparkt und war zu Fuß bis zur Liebigstraße gelaufen. Bereits seit zwei Stunden stand sie zwischen Büschen verborgen im Grünstreifen und beobachtete die Straße. Von dem grünen Golf fehlte jede Spur. Klar, er wird auch arbeiten müssen, tröstete sie sich. Irgendwann wird er nach Hause kommen, falls er, was sie inständig hoffte, hier wohnte, und dann würde sie sein Nummernschild aufschreiben. Vor etwa einer Stunde war sie von Haus zu Haus gegangen und hatte sämtliche Namensschilder an den Häusern der

Liebigstraße inspiziert. Von einem Francesco Lione fehlte jede Spur. War ja auch nicht sein Name, nur eine vage Hoffnung. Denn in ihrem tiefsten Innern hegte sie den leisen Verdacht, dass es sich bei jenem Autobesitzer um den Gesuchten handeln könnte. Vielleicht jedoch hatte der Mensch nur jemanden besucht. Wäre schon ein irrsinniger Zufall, wenn er hier wohnen würde. Dennoch, die Hoffnung stirbt zuletzt, dachte sie. Und ihr Bauchgefühl trog sie selten.

*

»Möchte wirklich wissen, wo du dich den ganzen Abend rumgetrieben hast. Jetzt ist es 22 Uhr. Das Essen ist kalt, wärm es dir selber auf.« Beate blickte Karla finster an, nachdem sie ihrer Partnerin die Tür geöffnet hatte. »Also, sag schon, was hast du über den Golffahrer rausgefunden, du warst doch im Westend, oder täusche ich mich?«

Karla nickte. »Nichts, niente. Zufrieden?«

»Warum hast du dir denn auch nicht sein Nummernschild gemerkt?«

»Der Knoten ist doch erst nachts geplatzt, Beate. Erst da erinnerte ich mich. Ich habe vorher nicht drauf geachtet. Oder merkst du dir aus Hobby Nummernschilder?«

»Ne, ich bin aber auch keine Detektivin.«

»Wäre ja auch zu schön gewesen. Hast du ein Bier? Ich glaub, ich könnte eines vertragen. Ich habe übrigens Julia gesehen.«

»Ich hoffe, du hast von mir gegrüßt.«

»Nein, ich war inkognito dort. Sie hat mich nicht erkannt.«

»Wie konnte ich auch so dumm fragen?«

»Ich lasse mir doch nicht in die Karten schauen, wenn ich im Einsatz bin, oder?«

»Tust du mir bitte einen großen Gefallen, sag Melinda nichts von deinem Großeinsatz heute, ja? Sonst verlieren wir endgültig ihr Vertrauen. Dann kann ich sie nicht einmal mehr gesetzlich vertreten, fürchte ich. Pfusch mir da bloß nicht rein.«

»Ich schweige wie ein ganzer Friedhof.«

30

10. September 2018

Er hatte das Haus nicht verlassen, denn ihm war ein Mann aufgefallen, der sich den ganzen Tag auf dem Grünstreifen rumgetrieben hatte. Merkwürdiger Kerl, ging auf und ab und beobachtete die Straße. Immer wieder sah er durch die Lamellen seiner Küchenjalousie. Er war verdammt froh, dass er den Golf weggeschafft hatte. Konnte alles Zufall sein, doch man wusste nie. Noch dazu hatte der Kerl irgendwann auf die andere Straßenseite gewechselt und in die Hauseingänge gespäht.

Heute früh am Morgen hatten die Leute vom Schrottplatz sein Auto abgeholt. Er hatte sich mit ihnen vorm Palmengarten getroffen. Keine Minute zu früh. Er hätte heute Nachmittag arbeiten sollen, doch hatte er sich nun vorsorglich krankgemeldet. Erst musste er wissen, was es mit dem Kerl auf sich hatte, konnte ja einer von der Kripo sein. Vielleicht hatten die beiden Mädchen der Polizei einen Wink gegeben?

*

Die heiße Spur hatte sich in Luft aufgelöst. Karla war auch die nächsten Tage mehrfach durch die Liebigstraße spaziert, denn sie war von Haus aus stur. Immer wieder in anderer Verkleidung. Heute war sie gebückt als alte Frau unterwegs gewesen, doch völlig ohne Erfolg. Das Auto und sein Fahrer waren nicht wieder aufgetaucht. Sie hatte verdammt schlechte Laune wegen der vergeudeten Zeit und ihrer haltlosen Ermittlungsversuche. Gut, dass sie vor Herbracht nie ein Wort über diesen Golf erwähnt hatte. Als sie vor ein paar Tagen die Nase in sein Büro gesteckt hatte, da stellte sie zufrieden fest, dass auch die Polizeibeamten keinen Schritt weitergekommen waren. Noch immer zählte Melinda zu den Hauptzeugen. Beate riet Karla eindringlich, ihre Finger von der Angelegenheit zu lassen. »Du bringst uns noch in Teufels Küche. Hier geht es um ein Tötungsdelikt und nicht um irgendwelche harmlosen Observationen.«

»Harmlose Observationen«, Karla war pikiert. Als ob Observationen harmlos waren.

31

14. September 2018, Anna Rinaldi

Er hatte tagelang auf der Lauer gelegen. Der Mann war nicht mehr aufgetaucht, auch sonst niemand, der ihm verdächtig vorkam. Bei einem Gebrauchtwagenhändler erstand er einen schwarzen Golf ohne Auffälligkeiten, schwarze Autos gab es in einer Großstadt wie Sand am Meer. Er hatte den Wagen in jedem Fall zur rechten Zeit abgestoßen. Auf dem Schrottplatz würde niemand mehr nach ihm suchen, außerdem war er ziemlich sicher längst plattgewalzt worden.

Wenn er nur herausfinden könnte, ob Melinda aus reinem Zufall hier gewesen war. Er würde sie zu gerne ausschalten, doch diese nervige Karla Senkrecht wollte er nicht auf den Fersen haben, falls sie überhaupt in den Fall integriert war. Zeit, Melinda einen kleinen Denkzettel zu verschaffen, der im Zweifel auch die Senkrecht verwirrte.

Doch heute wollte er nach Kalbach fahren, um ein paar Trainerstunden Golf zu nehmen, er musste Anna Rinaldi, die golfende Freundin von Marie Luise Radt, dringend unter die Lupe nehmen. Er hatte sie zwar nur zwei Mal gesehen, doch als sie damals zu Marie Luises Kaffeeeinladung kam, da hatte er dieses Misstrauen gegen ihn wieder ganz deutlich gespürt. Sie hatte ihn skeptisch angeschaut, nicht wohlwollend wie die anderen. Und jetzt, wo sein

Bild veröffentlicht war, wollte er ihr auf den Zahn fühlen. Außerdem war er neugierig, ob er durch sie etwas Neues erfahren konnte, was den Fall Lione betraf.

Er hatte sich in einem Golfshop auf der Schillerstraße eingekleidet. Ein Polohemd, eine Golfhose und natürlich ganz wichtig: Golfschuhe.

*

»Sie haben schon einmal Golf gespielt, Herr …?«, fragte die junge Frau an der Anmeldung auf der Golfanlage in Kalbach.

»Seiler, Mike Seiler, nein, ich habe noch nie einen Schläger in der Hand gehalten.«

»Wenn Sie heute gleich einmal eine Probestunde nehmen möchten, wir hätten zwei Trainer zur Auswahl, die Zeit haben. Gleich um 11 Uhr, da könnte ich Ihnen Gordon zur Seite stellen, oder um 11.30 Uhr Anna.«

»Ich würde erst mal eine Tasse Kaffee auf Ihrer Besucherterrasse trinken, dann könnte ich um 11.30 Uhr anfangen. Sagten Sie bei Anna?«

Die Frau deutete durch das Fenster auf die Driving Range. »Sehen Sie die Dame, die sich gerade nach dem Golfball bückt?«

Er nickte. »Ich sehe sie.«

*

Er hatte sie vom Café aus beobachtet. Anna brachte gerade einem Golfschüler die Grundhaltung bei. Er versuchte, sich die Bewegungen so gut wie möglich einzuprägen, soweit das aus der Ferne ging. Als er später zur Übungsanlage ging, wartete sie schon auf ihn. Er beobachtete sie genau, als sie sich begrüßten. Sie machte nicht den Eindruck, als käme er ihr bekannt vor, das beruhigte ihn. Sie verlor wenig Zeit mit Small Talk, sondern begann direkt mit der Einführung.

»Sie haben Ballgefühl«, sagte sie nach einiger Zeit, nachdem er ein paar Mal abgeschlagen hatte. »Ich wette, Sie brauchen nicht allzu viele Trainerstunden.«

»Danke, macht Spaß.«

»Darf ich Sie etwas fragen, haben Sie Probleme mit der Hüfte, Sie haben einen leicht unrunden Gang, Mike. Es geht mich natürlich überhaupt nichts an, aber Golf ist ein Sport, bei dem man einen gesunden Bewegungsapparat haben sollte.«

Er winkte ab. »Alles gut, eine alte Bandscheiben-OP. Mein Arzt sagt, ich habe mir dieses Hinken angewöhnt. Dabei bin ich längst wieder gesund.« Er lächelte und hob entschuldigend die Schultern. »Ich werde an meinem Gang arbeiten, versprochen. Er sah an sich hinunter. »Na, im Moment habe ich leider etwas zugenommen, aber beim Golfen verlier ich hoffentlich auch mein Wohlfühlbäuchlein.«

Sie nickte. »Golf ist anstrengend.«

Sie griff in ihr Golfbag, zog ein Kärtchen aus dem Seitenfach und reichte es ihm.

»Wenn Sie Fragen haben oder einen neuen Termin vereinbaren möchten, darauf steht meine Handynummer.«

»Ich werde mich melden, Sie machen Ihre Sache gut.« Sie reichten sich die Hand, dann ging er in Richtung Parkplatz davon.

Anna blieb einen Augenblick nachdenklich stehen, dieser Mann kam ihr bekannt vor. Hätte er nicht diese leuchtend blauen Augen gehabt, sie hätte schwören können, dass sie ihm schon einmal begegnet war – nur in welchem Zusammenhang? Sie ging nie zu Modenschauen, merkwürdig.

*

»Seiler hier, Mike. Ich hatte gestern bei Ihnen Probetraining, Sie erinnern sich?«

»Ah, deswegen die unbekannte Nummer. Ja klar. Hallo, Mike.«

»Ich habe eine große Bitte an Sie. Würden Sie mir die Freude machen, mit mir ein vernünftiges Golfset auszusuchen. Ich meine, man investiert ja nicht gerne in schlechte Qualität.«

Anna überlegte. »Sie sind ja ein ganz Fixer. Ich würde Ihnen raten, erst einmal ein paar Stunden zu nehmen. Wäre doch schade, wenn Sie feststellen, dass Golf nicht das Richtige für Sie ist. Dann hätten Sie umsonst investiert. Ist ziemlich teuer so ein Golfset.«

»Wissen Sie, Anna, ich habe mit Freunden eine Wette abgeschlossen, dass ich in ein paar Wochen an einem Golfturnier teilnehmen kann«, log er. »Dafür muss man ja wohl erst die Platzreife machen, nicht? Und für das Turnier ist es bestimmt sinnvoll, wenn ich meine Schläger bereits kenne, oder etwa nicht?«

»Das stimmt. Wie Sie wollen, Sie entscheiden.«

»Ich kann natürlich auch alleine losziehen, aber ich wäre enttäuscht, wenn ich beim Kauf einen Fehler mache, deshalb würde ich Sie bitten. Es sei denn, Ihr Mann beansprucht Ihre gesamte Freizeit.«

Sie lachte. »Den können Sie vergessen, weil es ihn nicht gibt.«

»Dann sagen Sie mir bitte zu. Könnten Sie eventuell am Samstag?«

»Einen Moment.«

Er hörte Papier rascheln, schließlich sagte sie: »Ich könnte ab 15 Uhr, vorher habe ich Trainerstunden.«

»Ich hole Sie von der Golfrange ab. Wo fahren wir hin?«

»Nach Eschborn. Da gibt es einen großen Shop.«

✣

Es war bereits kurz vor 14 Uhr, als er bei »Flora Style« in der Eppsteiner Straße stand, dem Blumenladen direkt bei sich um die Ecke. Zwei Damen waren vor ihm an der Reihe und ließen sich aufwendige Sträuße binden. Er wollte jedoch keinesfalls ohne Blumen dastehen, wenn er Anna abholte. Sie sollte ja glauben, dass sie ihm einen großen Gefallen tat.

»Können Sie mir einen Strauß so einpacken, dass er einige Zeit im Auto liegen kann, ohne großen Schaden zu nehmen?«

»Klar, wir stecken ihn in eine kleine Phiole. Nehmen Sie am besten ein Biedermeiersträußchen.«

Mit dem Strauß in der Hand überquerte er die Eppsteiner Straße, um bei Petersen, dem individuellen Lebensmittelladen, einen Kaffee im Stehen zu trinken. Nur einer der drei Tische war besetzt.

»Das ist ja schrecklich«, hörte er einen jungen Mann am Nachbartisch sagen. »Sie hat gar keine Ahnung, was geschehen ist?«

»Nein, stell dir vor, es ist seitdem das erste Mal, dass sie sich aus dem Haus getraut hat. Sie hat eine regelrechte Depression. Du kennst sie ja nicht, aber glaube mir, sie ist eigentlich ein fröhlicher Mensch.«

»Kannst du ihr helfen?«

»Wie denn? Sie gibt sich die Schuld an seinem Verschwinden. Sie glaubt, er könne versucht haben, sie zu vergewaltigen. Und sie habe ihm dann möglicherweise in ihrer Angst etwas angetan.«

Er horchte auf.

»Wieso möglicherweise? Das muss sie doch wissen?«

»Jemand hat ihr vermutlich K.-o.-Tropfen ins Glas geschüttet. Sie kann sich nicht erinnern, außerdem hatte sie aus unerfindlichen Gründen eine Kopfverletzung.«

»Ach du Schande.«

Er sah verstohlen zu den beiden hinüber. Das hörte sich verdammt interessant an. Die Frau, die gesprochen hatte, kam ihm bekannt vor. Sah aus wie ein Model. Tatsächlich, er erinnerte sich. Sie war mit Melinda über den Catwalk gelaufen. Er hatte ein wenig mit ihr geflirtet. Sie hatte ihm viel besser gefallen als Melinda. Nur an ihren Namen erinnerte er sich nicht mehr. Moment mal, war sie vielleicht sogar die Frau vom Balkon? Ja, er war sich beinah sicher, sie hatte neben Melinda gesessen.

»Sie denkt, es könne zu einem Kampf gekommen sein, ein Angriff, verstehst du?«, fuhr sie fort. »Sie glaubt, sie hat sich gewehrt, vielleicht mit einem Gegenstand und er ist über die Reling gestürzt. Und stell dir vor, die Wohnung gehört auch noch dieser ermordeten Millionärin, die kannte Melinda aber nicht.«

Der junge Mann nickte. »Ziemlich verrückt das Ganze. Glaubst du ihr das alles, Julia?«

»Aber natürlich, sie ist meine beste Freundin.«

Das lief ja wunderbar, er hatte sie alle zum Narren gehalten. Er war ein Genie. Niemand wusste, wer er wirklich war. Er würde Melinda so verwirren, dass sie sich selbst nicht mehr über den Weg traute und nicht nur Melinda. Lione war auf dem Main verstorben und Melinda war schuld daran. Beinah hätte er laut gelacht.

*

Anna freute sich. »Blumen, wie nett von Ihnen, aber wir werden sie in die Vase stellen müssen.«

»Kein Problem, die Stiele sitzen in einer Phiole. Das überleben die.«

Anna nickte. »Wir fahren mit meinem Auto, steigen Sie ein.«

Sie öffnete die Beifahrertür ihres Mini-Cabriolets.

»Das ist eine gute Idee. Ich wüsste nicht, ob ich den Laden sonst finde.«

Sie stieg ebenfalls ein, startete und fuhr zügig los.

Einige Minuten später parkten sie im Eschborner Industriegebiet vor einem großen Golfshop.

Sie riet ihm, alle Schläger auszuprobieren, die bei seiner Größe infrage kamen, doch er hatte nicht vor, sich allzu lange in diesem riesigen Laden aufzuhalten. »Stellen Sie mir etwas zusammen, Sie wissen am besten, was ich brauche.«

Als sie keine halbe Stunde später das Bag und die Schläger in Annas Auto luden, schüttelte sie den Kopf. »So etwas habe ich auch noch nicht erlebt, dass jemand einfach etwas kauft, was er nicht einmal ausprobiert hat.«

»Wissen Sie, Geld bedeutet mir nicht viel. Hauptsache, man hat es.« Er lächelte. »Ich werde diesen Sport lieben, allein weil ich Sie dadurch kennengelernt habe. Haben Sie etwas Zeit? Wir könnten einen kleinen Spaziergang dort hinten durch das Arboretum machen?«

»Ach, das kennen Sie auch?« Sie sah auf die Uhr. »Eine

halbe Stunde kann ich erübrigen.« *Eigentümlicher Typ*, dachte sie, *vielleicht hab ich einen besseren Eindruck, wenn wir uns unterhalten haben.*

So gingen sie über den Parkplatz der Obermayr Schule und bogen von dort ins Arboretum ein.

»Ich glaube, ich las mal, dass etwa 600 verschiedene Baum- und Straucharten der nördlichen Erdhalbkugel zu besichtigen sind. Ich war aber noch nie hier.«

»Sie lasen. Und woher wissen Sie dann, wo sich das Arboretum befindet?«

»Als wir durch den Kreisel gefahren sind, sah ich ein Hinweisschild.«

Sie lachte. »Stimmt, dann kommen Sie, ich bin hier des Öfteren. Es ist selten von Spaziergängern überfüllt. Man kommt zur Ruhe.«

Er nickte. »Eigentlich sollte man jeden Tag seines Lebens zu einem besonderen Tag machen, das ist zumindest meine Lebensphilosophie. Das Leben kann jederzeit vorbei sein.«

»Es erstaunt mich, dass Sie das sagen, Sie sind jung, ich bin schon 60, da denkt man langsam in diese Richtung. Für einen Menschen, der das ganze Leben noch vor sich hat, ist das eher ungewöhnlich.«

Er war stehen geblieben und machte ein überraschtes Gesicht. »Sie scherzen. Sie sind niemals 60, Anna.«

»Ich scherze nie.«

»Um Gottes willen, ich möchte nicht, dass Sie das missverstehen, ich hätte das bei einer so, wie soll ich sagen, agilen Frau wie Ihnen nicht gedacht. Sie wirken viel jünger. Aber ich interessiere mich ohnehin nicht für junge Frauen.«

Ganz plötzlich hatte sie ein Déjà-vu. Sie dachte an Lione und an das Foto, das in allen Zeitungen abgebildet war.

Natürlich, dieser Mann hatte einen merkwürdigen Gang, außerdem hatte er eine andere Haarfarbe, blaue Augen und war kräftiger. Dennoch lief ihr ein Schauer über den Rücken. War vermutlich nur Einbildung. Der Tod von Marie Luise Radt war ihr sehr nah gegangen, außerdem kannte sie Melinda. Sie war die beste Freundin ihrer Nichte Julia.

»Wissen Sie, eine meiner besten Freundinnen hatte im vergangenen Jahr eine Affäre mit einem deutlich jüngeren Mann. Möglicherweise sogar ein paar Jahre jünger als Sie, aber vom Typ her gibt es eine gewisse Ähnlichkeit.«

»Ach wirklich?«

»Na ja, wenn man von der Nationalität absieht. Er war Italiener. Aber von der Statur her gleichen Sie sich ein wenig.«

»Ich denke, Männer mit meiner Statur gibt es wie Sand am Meer. Ich habe eine Durchschnittsgröße.«

»Stimmt. Hätte sie sicher auch gesagt, leider ist sie mittlerweile verstorben.«

»Oh nein, das hängt hoffentlich nicht mit dieser Affäre zusammen? Ich meine, das Herz?«

Sie verzog das Gesicht. »Denkt ein Mann das gleich bei einer älteren Frau?«

»Nein, eigentlich nicht, verzeihen Sie.«

»Es war ein Haushaltsunfall.«

»Ein Haushaltsunfall?«

»Ja, sie ist angeblich von einer Leiter gestürzt.«

»Und wieso angeblich?«

»Ach, wissen Sie, es wird so viel geredet. Und im letzten Jahr ist noch eine Dame gestorben, auch aus unserem Freundeskreis, Asthmaanfall, kurz nach meiner Freundin. Und dieses Jahr wurde die Millionärin Ingrid Golden ermordet. Wir kannten uns alle. Haben Sie das denn nicht gelesen? Ging doch durch die Presse.« War ihr ein Flackern in seinen Augen aufgefallen?

»Nein, nein, das tut mir leid, da muss ich passen. Klatschpresse interessiert mich nicht.«

Sie schnaufte. »Mit Klatsch hatte das wohl wenig zu tun. Jedenfalls suchen sie diesen Lione. Ich bin sicher, er steckt dahinter. In meinem Freundeskreis geht das Gerücht um, dass auch die Golden und die Linzke, also die Asthmatikerin hieß Linzke, dass auch die Damen was mit ihm hatten. Wissen Sie, ich glaube, er war ein Gigolo. Und Sie, sind Sie auch einer?«, sie blieb stehen und sah ihm keck ins Gesicht.

»Ich? Nein, ich bin kein Gigolo, wie kommen Sie darauf?«, er hielt ihrem Blick stand.

»Sie sagten vorhin, dass Sie sich nicht für junge Frauen interessieren.«

»Das macht mich zum Gigolo?«

Sie versuchte, ungezwungen zu lächeln. »War nur so dahingesagt.« Sie setzten ihren Weg fort.

»Dieser Mann macht mich unsagbar wütend, müssen Sie wissen. Ich glaube, ich würde ihm an die Gurgel gehen, wenn ich den erwischte. Sie haben die beste Freundin meiner Nichte auf dem Boot der alten Dame gefunden.«

»Jetzt verstehe ich gar nichts mehr. Auf dem Boot? Besaß die Dame ein Boot? Und wieso Ihre Nichte?«

»Die Freundin meiner Nichte. Sie hatte sich in diesen fiesen Hallodri verliebt. Sie hat ihn bei einer Modenschau kennengelernt. Und ja, die Frau Golden, also die Millionärin, die besaß eine Jacht. Wenn Sie mich fragen, dann hat der Kerl das alles so geplant. Er wollte verschwinden und die Kripo glauben lassen, dass das arme Mädchen mit dem Mord an der Golden zu tun hat. Ich glaube, er läuft irgendwo putzmunter rum.« Wieder sah sie ihn an. »So einem netten Mädchen das anzutun, das ist krank. So ein Wahnsinniger hat nicht das Recht, frei herumzulaufen. Der Mann ist geistesgestört, jede Wette.«

Jetzt gehst du zu weit, geistesgestört darf mich niemand nennen, dachte er. »wissen Sie, ich mache mir Sorgen um Sie, Anna. Wie schnell kann man sich täuschen oder selbst in Gefahr geraten, wenn man seine Nase in Dinge steckt, von denen man keine Ahnung hat. Ich würde die Recherche lieber der Polizei überlassen.«

Ein dunkler Unterton in seiner Stimme war ihr nicht verborgen geblieben. Ihr Herz klopfte, als sie fortfuhr. »Zum Glück passt eine Privatermittlerin auf Melinda auf«, sie beobachtete seine Reaktion, als sie das gesagt hatte, doch er zuckte nicht mit der Wimper.

Er lachte. »Eine Privatermittlerin? Ja, wenn das was bringt? Also wissen Sie, ich kenne diese Melinda zwar nicht und bin auch kein Polizist, aber ich würde vermuten, dass das Mädchen tief mit drinsteckt, zumindest klingt es so. Vielleicht wollte sie sein Geld, oder es war der Racheakt einer eifersüchtigen Frau.«

»Ich bin dafür, dass wir das Thema wechseln, Mike, tut mir leid, aber mir gehen jedes Mal die Gäule durch, wenn ich an das arme Mädchen denke. Sie haben mit der Sache ja gar nichts zu tun. Wie sind wir eigentlich auf dieses Gespräch gekommen?«

»Vermutlich, weil wir sagten, man muss das Leben jeden Tag genießen.«

»Stimmt, Sie sagten das.«

»Schauen Sie mal, das scheint ein Mammutbaum zu sein.« Er ging näher zu dem Schild, das vor dem Baum im Boden steckte. »Wirklich ein interessantes Gelände hier. Was ist eigentlich dort hinten zu sehen?« Er deutete auf ein rotes großes Backsteingebäude. »Der ehemalige Wehrmachtsflughafen?«

Sie nickte.

Er reichte ihr seinen Arm, und sie hakte sich ein. »Wieso ist eine so interessante Frau wie Sie eigentlich alleinstehend?«

»Mein Mann ist zurückgekehrt nach Italien. Ist aber nicht schlimm, ich komme gut alleine klar.«

Sie redeten noch eine Weile über das Golf spielen, das sie wegen der großen Leidenschaft dafür zu ihrem Job gemacht hatte, nachdem sie von Beruf Dolmetscherin war.

»Ich stelle mir das Dolmetschen großartig vor. Wieso sind Sie nicht dabeigeblieben? Da verdient man sicher deutlich besser als auf dem Golfplatz, oder?«

»Das schon, aber ich bin Individualistin und liebe die Natur. Ich habe für mich beschlossen, nur noch Dinge zu tun, die mir Spaß machen. Was machen Sie eigentlich?«

»Ich bin Privatier.«

»In Ihrem Alter?«

»Ich bin Broker und war ziemlich gut. Vielleicht steige ich in ein paar Jahren wieder ein, aber im Moment genieße ich das Leben.«

Sie waren zum Parkplatz der Golfanlage zurückgefahren. Nachdem Anna eingeparkt hatte, nahm er sein Bag und die Schläger aus ihrem Auto und trug die Sachen zu seinem Golf.

»Interessant, ich dachte immer, Broker hängen raus, dass sie Geld haben, fahren einen Porsche oder einen SUV, Sie aber bloß einen bescheidenen Golf, das imponiert mir.«

»Wissen Sie, ich bevorzuge realistische und bescheidene

Menschen. Ich möchte keine Neider. Ich liebe Geld, aber es reicht mir, dass ich es habe.«

Sie lachte. »Klingt nobel und fast zu gut, um wahr zu sein. Wann möchten Sie denn mit Ihren neuen Schlägern die erste Stunde nehmen?«

»Morgen?«

»Morgen kann ich nicht, da muss ich Sie zu Gordon verweisen.«

»Montag?«

Sie blickte auf ihren Timer. »Da ginge es um 11 Uhr.«

»Ich werde da sein.«

»Und danke für die Blumen.« Sie gab ihm die Hand und ging zur Tür der Golfanlage.

Er sah einen Moment hinter ihr her. Kaum zu glauben, dass ausgerechnet sie die Tante von Melindas Freundin war? Sie hatte von Julia gesprochen. Vermutlich jene Julia, die er bei Petersen gesehen hatte und die in der Eppsteiner Straße wohnte. Welch unglücklicher Zufall. Allerdings glaubte er nicht, dass sie ihn ernsthaft mit Francesco in Zusammenhang brachte. Zuerst musste er Melinda jedoch einen weiteren Dämpfer vermitteln. Er stieg in seinen Golf und fuhr zurück zum Westend.

Kaum in seiner Wohnung angekommen, fuhr er seinen Laptop hoch. Er ging damit zwar nicht ins Internet, aber er besaß einen Drucker, den er gelegentlich für seinen Schriftverkehr benutzte. Er hatte nicht lange gebraucht, um die passenden Zeilen zu schreiben. Nachdem er die Nachricht ausgedruckt hatte, steckte er sie in einen Umschlag, ohne Adresse. Dieser Brief würde seine Wirkung nicht verfehlen und für Unsicherheit sorgen.

Er würde noch eine Weile warten, bis es dunkel wäre, bevor er das Haus verließ. Er legte sich auf sein zerschlissenes Sofa und dachte nach. Die Rinaldi musste er im Auge behalten.

*

In letzter Zeit war kaum ein Tag verstrichen, an dem Andreas nicht an seine Großmutter dachte. Er konnte ihr Leid nicht länger verdrängen, musste sich von ihrem Wohlergehen endlich selbst überzeugen.

Moma hatte sogar für ihn Vorsorge getroffen. Für das exklusive Kursana Altenheim, für das sie sich damals bewarb, hatte sie genügend Geld gehabt. »Alles, was nach meinem Tod übrig bleibt, bekommst du, das werde ich testamentarisch festlegen«, sie hatte ihm eine handschriftliche Vorankündigung in die Hand gedrückt. »Sollte ich unverhofft sterben, lege das Schreiben vor, sie werden dir mein Testament aushändigen.« Er hatte sie noch einige Male besucht, sich jedoch nicht getraut, noch einmal das Testament anzusprechen. Bereits einige Monate später lebte sie jedoch in ihrer eigenen Welt und erkannte ihn nicht mehr, es war schneller gegangen, als er gedacht hatte. Er war irgendwann nicht mehr in der Lage dazu gewesen, sie zu besuchen. Ertrug ihren leeren Blick nicht mehr. Außerdem hatte sie schon immer gesagt: »Keine Nachrichten sind gute Nachrichten.« Es ging ihr also gut, sonst hätte man ihn längst benachrichtigt. Doch nun hatten sich die Dinge geändert. Er würde sie zu sich holen, sowie er sich nach einer größeren Wohnung umgesehen hatte. Dann wollte er eine Pflegerin einstellen. Das war er ihr einfach schuldig.

Er schaute aus dem Fenster. Es war dunkel geworden. Zeit, sich auf den Weg zu Melinda zu machen.

32

20. September 2018, Melinda Brandt

Das Leben nahm langsam geordnete Bahnen an. Melinda hatte sich nach dem Unfall über den Künstlerdienst wieder vermitteln lassen und war heute gemeinsam mit Julia und Mike auf einer Bademodenschau gelaufen. Mike hatte sich verändert. Er war nicht mehr so aufdringlich wie zuvor, dafür eher kumpelhaft geworden. *Irgendwie mag ich ihn direkt*, dachte sie.

Von ihrer Beule war kaum noch etwas zu sehen, was man nicht mit Make-up hätte abdecken können und allmählich begann sich Melindas Leben zu normalisieren.

Es war schon spät und sie ziemlich müde, als sie nach Hause kam. Nur schnell die Post nachsehen und dann ins Bett. Nur zwei Briefe waren im Kasten, eine Stromrechnung und ein weißer Umschlag ohne Aufschrift. Sie lachte, das war typisch Karla, sie verschloss jede noch so kleine Nachricht in einen Umschlag, man konnte nie wissen, wer da herumspionierte. »Das ist die Devise einer Ermittlerin«, sagte sie oft. War vermutlich eine Essenseinladung, die beide hatten wahrscheinlich viel früher mit ihr gerechnet und hatten am Abend etwas vorbereitet. Sie öffnete den Umschlag und zog den Zettel raus, um ihn nach wenigen Sekunden entsetzt fallen zu lassen. Sie zitterte am ganzen Körper, schaffte es kaum, den Küchenstuhl zu erreichen, auf den sie sich schwer fallen ließ. Ihr Magen krampfte und sie erbrach sich auf den Küchenboden.

Erst eine Ewigkeit später, nachdem sie bewegungslos vor sich hingestarrt hatte, fühlte sie sich in der Lage aufzustehen, das Erbrochene wegzuwischen. Mit spitzen Fingern nahm sie den beschmutzten Zettel vom Boden. Sie setzte sich erneut, holte tief Luft und las noch einmal die wenigen Worte: »Du wirst deiner gerechten Strafe nicht entgehen.«

Sie fuhr sich mit den Fingern durch die Haare und stöhnte, lehnte sich auf dem Stuhl zurück, schloss die Augen und dachte nach. Es gab nur eine einzige Erklärung für einen solchen Satz, nämlich, dass Francesco durch sie umgekommen war, irgendjemand hatte sie beobachtet, wie sie ihn über Bord geworfen hatte. Sie hatte es immer geahnt. War es nun ihre Pflicht die Polizei zu verständigen? Nein, die trauten ihr bis jetzt nicht über den Weg. Am Ende würde ihr Mittäterschaft unterstellt. So etwas hatte sie auch schon gehört. Karla und Beate kamen auch nicht infrage. Sie legten die Hand für sie ins Feuer. Wie entsetzlich. Sie begann, heftig zu weinen. Wieder und wieder starrte sie auf den Zettel. Die Nachricht war auf dem Computer geschrieben worden. Kein Zweifel, jemand hatte sie auf dem Boot beobachtet. Gesehen, wie sie Francesco womöglich mit einem harten Gegenstand erschlagen hatte. Andererseits, warum schrieb man ihr so etwas, warum ging derjenige nicht direkt zur Polizei? Wollte sie jemand erpressen? Sie stutzte – oder sie für sich gewinnen und sei es mit Gewalt? Würde sie die Nächste sein, die verschwand? Wieder dachte sie an Mike. Gerade fing er an, ihr zu gefallen. Was um Himmels willen sollte sie jetzt tun? Das Handy klingelte. Auf dem Display erschien

Karlas Nummer. Das hatte ihr gerade noch gefehlt. Doch wenn sie nicht rangehen würde, dann würden sich die beiden Sorgen machen. Sie zog die Nase hoch. »Hallo?«, fragte sie mit belegter Stimme.

»Du liebe Zeit, was ist denn mit dir los?«, fragte Karla.

»Migräne«, log sie.

»Mensch Kind, ich komm rüber und geb dir was, nicht, dass das die Spätfolgen des Unfalls sind.«

Der Unfall ist kein Unfall gewesen, lag ihr auf der Zunge, doch kam kein Wort über ihre Lippen.

»Nein! Nein, ist schon alles in Ordnung. Ich muss nur schlafen.«

»Bist du sicher? Du klingst ganz entsetzlich.«

»Alles gut«, murmelte sie. »Ich melde mich, wenn ich nicht klarkomme, gute Nacht.«

»Versprichst du mir das?«

»Ja«, sie beendete das Gespräch.

Vorsorglich zerriss sie den Zettel und warf ihn ins Klo. Niemand sollte ihn finden, und mit niemand meinte sie an erster Stelle ihre beiden Freundinnen.

Sie schleppte sich zum Bett, warf sich darauf, um augenblicklich in einen komatösen Schlaf zu fallen.

Etwas schrillte wie ein Drillbohrer in ihrem Kopf. Sie öffnete die Augen, wieder hörte sie dieses hässliche Geräusch, bis sie erkannte, dass es sich um die Klingel ihrer Wohnungstür handelte. Sie sah auf die Uhr. 6 Uhr morgens. Nun wurde gegen die Tür gehämmert. »Melinda, mach bitte auf, wir sind es.«

Mühsam erhob sie sich. »Augenblick«, rief sie kraftlos.

Sie schlurfte zur Tür. Kaum hatte sie diese geöffnet, stürzten die beiden rein.

»Ach du meine Güte, du siehst ja entsetzlich aus.« Beate legte ihr die Hand auf ihre Stirn. »Ich glaube, sie hat Fieber, fühl du mal.«

»Sie ist schweißgebadet. Kind, du hast dich ja gestern Abend gar nicht mehr ausgezogen.«

Melinda schüttelte bloß den Kopf. »Mir war schlecht.«

»Komm, ich bring dich zurück ins Bett, halt dich an mir fest.«

»Was ist gestern geschehen?«

»Ich hatte einen Job, weiter nichts.«

»Wenn dich das noch so sehr anstrengt, dann darfst du nicht arbeiten.«

»Sie muss zum Arzt«, knurrte Karla.

»Nein, nein, alles gut, ehrlich. Nur ein Schwächeanfall.«

»Du wirst jetzt noch etwas schlafen, und Karla bleibt bei dir, verstanden? Ich muss leider in die Kanzlei.«

»Ich komme auch allein zurecht.«

»Das kommt überhaupt nicht infrage. Ich koche dir einen Kamillentee, und du ruhst dich aus.« Karla lief in die Küche.

»Kind, du weißt, wir sind Tag und Nacht für dich da. Du hättest uns Bescheid sagen müssen. Du bist ja in einem ganz erbärmlichen Zustand«, sagte Beate. »Wann hat das denn angefangen?« Sie setzte sich neben Melinda auf die Bettkante und strich ihr zärtlich die Haare aus dem Gesicht.

»Erst als ich zu Hause war, vielleicht ein kleiner Infekt.« Ihre Augen füllten sich mit Tränen.

»Ist ja schon gut, alles wird gut. Wir sind ja bei dir.«

Sie hörte, wie Karla die Spülung der Toilette betätigte. Nun kehrte sie mit dem Kamillentee zurück. »Du kannst jetzt gehen Beate, ich bleibe bei ihr.«

Karla zog sich einen Stuhl an Melindas Bett. »Schlaf noch ein wenig.«

Melindas Augenlider flatterten bereits. Als sie kurz darauf tief eingeschlafen war, zog Karla die Papierschnipsel, die sie in der Toilette gefunden, in Klopapier eingewickelt und in die Hosentasche gestopft hatte, heraus und glättete sie auf dem Schoß. Merkwürdig, Papier ins Klo zu werfen, statt in den Papierkorb, dachte sie. Zum Glück hatte sich Melinda nicht allzu viel Mühe gegeben mit dem Zerreißen, denn es fiel nicht schwer, die Teile richtig aneinanderzufügen. Karla begriff augenblicklich Melindas Schwächeanfall und wunderte sich nicht im Geringsten darüber, dass sie sich ihr und Beate über nicht geöffnet hatte. Schließlich hatte sie lange genug an sich gezweifelt, fühlte sich nun bestätigt. Wer hatte dem Mädchen einen solchen Schrecken eingejagt?

Drei Stunden schlief das Mädchen wie ein Stein, drei Stunden, in denen Karla Zeit hatte nachzudenken. Sie würde Melinda in dem Glauben lassen, dass der Zettel weggespült worden war. Sie würde Melinda verdeckt beschatten müssen. Das Handy lag neben der schlafenden jungen Frau auf dem Bett. Vorsichtig nahm Karla es an sich. *Hoffentlich bemerkt sie nicht, was ich jetzt mache*, dachte Karla, *Sicherheit geht vor, Scheiße, das Passwort*. Vorsichtig schob sie das Handy unter Melindas Hand und berührte ihren Daumen. Das Mädchen zuckte, erwachte aber nicht. Sie drehte das Handy leicht, sodass der Button sich direkt unter dem Daumen befand. Ein leichter Druck, und die Dateien öffneten sich, allerdings auch Melindas Augen. »Was ist?«, murmelte sie.

Karla hatte das Handy blitzschnell hinter ihrem Rücken versteckt. »Nichts, du hast bloß geträumt, schlaf ruhig weiter.«

Augenblicklich fielen Melinda die Augen wieder zu. Leise ging Karla hinaus, vor die Schlafzimmertür und lud eine FamilyApp auf Melindas Handy. Eltern benutzen sie aus Sicherheitsgründen für minderjährige Kinder, um sie orten zu können. Ein schwerer Eingriff in Melindas Privatsphäre zwar, doch in diesem Fall hatte sie keine andere Wahl. Da Melinda diverse Apps heruntergeladen hatte, hoffte sie, dass diese nicht so schnell auffallen würde. Sie versteckte die App in einem Spiele-Ordner, da sie wusste, dass Melinda äußerst selten auf dem Handy spielte.

33

21. September 2018, Andreas Seeberger

Andreas hatte seinen Wagen an der Eschersheimer Landstraße abgestellt und lief zum Haupteingang des noblen Altenheimes.

Er ging auf den Fahrstuhl zu, als ihn der Portier anhielt. »Wo möchten Sie hin?«

»Zu meiner Großmutter, Frau Seeberger.«

Der Mann sah Andreas ungläubig an. »Einen Moment, kommen Sie bitte mit.«

»Nicht nötig, ich kenne den Weg, ich bin der Enkel.«

Der Portier räusperte sich. »Herr, ähm, Seeberger, ich fürchte, diesen letzten Weg ist sie alleine gegangen.«

»Ich verstehe nicht recht?«

»Sie ist vor sechs Wochen verstorben, Herr Seeberger. Soviel ich weiß, wurde mehrfach versucht, Sie zu erreichen. Ich würde gerne Schwester Daniela fragen, Sekunde, ich rufe sie.«

Andreas konnte den Sinn der Worte des Portiers nicht begreifen, in seinem Kopf rauschte es, er musste sich verhört haben.

Der Portier hatte den Telefonhörer in der Hand. »Schwester Daniela? Könnten Sie kurz runterkommen, der Enkel der Frau Seeberger ist hier. Ja, ja, Seeberger, was soll ich machen? ... Ich weiß ... würden Sie bitte trotzdem kommen?«

Andreas starrte den Mann völlig verwirrt an. »Was erzählen Sie mir da, Sie konnten mich nicht erreichen, was soll die Kacke, lassen Sie mich gefälligst zu meiner Großmutter!« Die letzten Worte hatte er geschrien. »Das ist doch nicht Ihr Ernst, was Sie mir weismachen wollen. Ich wurde nicht informiert. Wie kann das möglich sein?«

»Herr Seeberger. Ich habe selbst mitbekommen, wie man händeringend nach Ihnen gesucht hat. Ah, da kommt Schwester Daniela. Sie wird Ihnen alles erklären.«

»Hallo, Herr Seeberger«, sagte die grauhaarige hagere Frau und reichte ihm die Hand.

»Mein aufrichtiges Beileid. Das kommt wirklich selten vor, dass wir die Angehörigen nicht erreichen können, wir hatten natürlich damit gerechnet, dass Sie herkommen würden,... früher herkommen würden. Schlussendlich haben wir nämlich Frau Seebergers Sohn erreicht, Ihren Vater, er hat sich um die Formalitäten gekümmert.«

»Mein Vater? Er hat sich gekümmert? Das ist doch nicht wahr. Er hat sich noch nie um sie gekümmert!« Andreas stampfte mit dem Fuß wütend auf.

»Herr Seeberger, doch, das hat er. Es ging um die Papiere, die Beerdigung, offene Rechnungen, einfach alles, was erforderlich ist, wenn in einem Heim ein Mensch verstirbt.«

Andreas griff sich mit beiden Händen an die Schläfen.

»Geht es Ihnen nicht gut, möchten Sie sich einen Moment setzen?«, fragte die Schwester besorgt. »Soll ich einen Arzt rufen?«

»Hören Sie, meine Großmutter hätte nicht gewollt, dass mein Vater das in seine Hände nimmt, verstehen Sie?«

»Das ist schon möglich, Herr Seeberger, aber wie gesagt, wir haben Sie nicht erreicht. Soviel ich weiß, hat Ihr Vater auch nach Ihnen gesucht. So etwas ließ er jedenfalls verlauten.«

Andreas rieb sich die Schläfen. »Es, es muss ein Testament geben. Sie hat das in ihren Unterlagen deponiert, haben Sie es gefunden?«

»Wir nicht, ich denke, Sie sollten sich an Ihren Vater wenden. Leider sehe ich mich im Moment nicht imstande, mehr für Sie zu tun, falls ich Ihnen keinen Arzt rufen soll. Ich wünsche Ihnen alles Gute, Herr Seeberger, verzeihen Sie, aber meine Pflicht ruft.« Damit ließ sie Andreas stehen.

»Sie ist, ich meine, sie ist schon beerdigt worden?«, rief er hinter ihr her.

Schwester Daniela drehte sich um und nickte. »Es war eine Feuerbestattung, sie liegt auf einer Wiese auf dem Hauptfriedhof.«

»Auf einer Wiese?«

»Ich fürchte ja.«

Es war ihm in diesem Moment, als habe man ihm den Boden unter den Füßen weggerissen. »Neeein!«, schrie er. »Nein!«

Sofort trat der Portier mit einem weiteren Mann neben ihn. »Ich muss Sie doch bitten, Herr Seeberger, Sie machen den alten Menschen hier Angst, beruhigen Sie sich.«

Andreas weinte, das hatte er seit seiner Kindheit nicht mehr getan. Er weinte laut und schmerzerfüllt. Er weinte um seine Großmutter, seine Schmerzen und um sein verpfuschtes Leben. Er würde sie nie mehr besuchen können, sie nie mehr wiedersehen. Er hatte in all den Jahren nicht ein einziges Mal über seinen Vater nachgedacht, im Gegenteil, er hatte vermutet, dass der Mann längst verreckt war.

Dabei wohnte er auch in dieser Stadt, wenn er nicht mittlerweile verzogen war. Seine Mutter hatte sich schon sehr früh von ihm getrennt und war mit einem anderen Mann nach Kalifornien gezogen. Sie hatte schon immer Kerle dem Familienleben vorgezogen.

Nun war es ganz offensichtlich so, als sei ihm sein Vater zuvorgekommen, dieser Mistkerl, ein Säufer, ein Schläger war er gewesen. Klar musste er sich den Vorwurf machen, nicht hier gewesen zu sein, doch wer konnte denn so etwas ahnen. Als er das letzte Mal hier war, war ihm zufällig der Hausarzt begegnet. Der hatte ihm gesagt, dass seine Großmutter körperlich in bestem Zustand war. »In ihrem Brustkorb schlägt ein kräftiges Herz.« Hätte er das damals nicht gesagt, hätte Andreas viel eher nach ihr gesehen. Nun war es zu spät.

Er dachte an das Schreiben. Das Testament hatte sie gewiss hinterlegt. Sie hatte ihm alles vermacht. Das Schlimmste dabei war, dass er überhaupt keine Ahnung hatte, an wen man sich in einem solchen Fall wenden konnte, wenn nicht an einen Anwalt. Ein Anwalt, ... er brauchte einen Anwalt oder eine Anwältin!

34

24. September 2018, Beate Pauli

Die Anwaltspraxis lag in der Myliusstraße in einer noblen Büroetage. Nicht schlecht, dachte Andreas. Sie muss was drauf haben.

»Haben Sie bitte einen Moment Geduld, Herr Seeberger, ein Mandant ist noch drin. Kann ich Ihnen einen Kaffee anbieten?«, fragte die Rechtsanwaltsgehilfin.

»Bitte mit Milch.« Er zog das Schreiben aus seiner Aktentasche hervor, welches seine Großmutter ihm gegeben hatte.

Er las zum wiederholten Mal die Zeilen seiner Mutter.

Testamentsankündigung
01.08.2008
Lieber Andreas, hiermit lege ich fest, dass du der alleinige Nutznießer meines Vermögens nach meinem Tode sein wirst. Da ich noch nicht weiß, was von dem Geld nach meinem Ableben übrig sein wird, werde ich in Kürze ein Testament verfassen, welches ich notariell beglaubigen lassen werde. Sodann erfährst du die augenblickliche Summe meines Vermögens, du bekommst nach meinem Ableben alles, was davon übrigbleibt. Da ich, wie du weißt, an Alzheimer erkrankt bin, werde ich

sicher nicht mehr allzu lange leben. Und es ist eine Frage von Zeit, bis mich mein Verstand verlässt. Doch wirst du immer in meinem Herzen bleiben. Es küsst dich in Liebe deine Moma.

Er steckte den Brief in den Umschlag zurück.

»Herr Seeberger, kommen Sie bitte?«

Er stand auf, und eine elegant gekleidete Dame mit kurzem Haar und dicker Hornbrille reichte ihm die Hand. »Pauli«, sagte sie.

Die Anwältin hatte einen wachen Blick, der ernste Gesichtsausdruck, die schmalen Lippen, die gerade Haltung und das strenge Kostüm hatten etwas Unnahbares. Nur das Parfum, eindeutig Chanel Nr. 5, unterstrich eine gewisse weibliche Note.

Sie nahm an ihrem Schreibtisch Platz und deutete auf den gegenüberliegenden Stuhl.

»Nehmen Sie bitte Platz. Darf ich fragen, wie Sie zu mir gefunden haben?«

Andreas setzte sich. »Ihr guter Ruf eilt Ihnen voraus, ich las einmal etwas von Ihnen in der Zeitung.«

»Nun denn, was führt Sie zu mir?«

»Es handelt sich um eine Erbschaftsangelegenheit. Leider eine sehr unschöne Angelegenheit.«

Sie lächelte sanft. »Meistens, wenn sich die Mandanten für einen Anwalt entscheiden.«

»Ich bin der alleinige Erbe meiner vor sechs Wochen verstorbenen Großmutter, Erna Seeberger.« Er erzählte den Fall recht detailliert und gab ihr schließlich den Brief seiner Großmutter. »Das dürfte ja eigentlich reichen, ist ja schließlich ein handschriftliches Dokument.«

Sie schaute nur kurz darüber und gab ihm das Schreiben zurück. »Leider nein, Herr Seeberger, eine Ankündigung auf ein Testament ist nicht ausreichend, abgesehen von dem Umstand, dass sie den Brief nicht einmal mit ihrem Namen unterzeichnet hat. Wir benötigen ein notariell beglaubigtes Testament oder zumindest ein Schreiben, das als Testament aufgesetzt und von Frau Erna Seeberger unterzeichnet wurde. Dieses Schreiben ist leider völlig wertlos. Es hat höchstens einen gewissen ideellen Wert für Sie selbst, Herr Seeberger, da es die Absicht der Dame kundtut. Es wäre deswegen sinnvoll, wenn Sie sich mit Ihrem Vater absprechen. Wenn er die Wohnung im Heim damals aufgelöst hat, sollte er das Testament gefunden haben beziehungsweise Näheres über den Verbleib wissen. Damit stünde Ihrem Erbe dann nichts mehr im Weg.«

Er lachte bitter. »Mein Vater, ich spreche nicht mit meinem Vater, und das schon seit meiner Kindheit. Er wollte mich in ein Heim stecken. Hat mich einfach weggegeben. Wäre meine Großmutter nicht gewesen, die mich zu sich genommen hat, wer weiß, was aus mir geworden wäre, ich habe sie sehr geliebt. Er würde das Testament eher verschwinden lassen, als mir das zuzugestehen, was mir gehört.«

Beate sah ihm ins Gesicht und stützte das Kinn in ihre Hände. »Sie sagten, das Altenheim hat versucht, Sie zu verständigen, Sie aber nicht erreicht. Darf ich fragen, warum? Sie haben die Dame doch geliebt, wie Sie sagen, da wäre es das Mindeste, dass man jederzeit erreichbar ist. Sie hätte ja auch plötzlich krank werden können.«

»Ich hatte in der Zeit viel um die Ohren und war einige Zeit verreist. Außerdem hatte ich ein neues Handy. Als ich sie aber das letzte Mal besucht habe, war ich beruhigt, denn der Arzt hatte mir bescheinigt, dass sie bei guter Gesundheit war.«

Sie nickte bedächtig und tippte in ihren Laptop. »Nun gut, so ganz begreifen kann ich das nicht, aber Sie werden Ihre Gründe gehabt haben. Haben Sie zufällig die Telefonnummer Ihres Vaters?«

Er lachte. »Nein, natürlich nicht, aber wenn er nicht umgezogen ist, dann kenne ich seine Adresse.«

»Dann schießen Sie mal los, und wie heißt er mit Vornamen?«

»Alfred, er wohnt meines Wissens in der Rhönstraße 40.«

Sie tippte. »Das ist im Ostend, oder?«

»Richtig.«

»Ich nehme an, er ist nicht vermögend?«

Andreas lachte auf. »Er war Busfahrer oder ist es vielleicht noch. Ich hatte ja gedacht, dass ihn der Suff längst niedergestreckt hat. Aber ich fahre in Frankfurt niemals mit dem Bus, ich würde ihm vermutlich an die Gurgel gehen, wenn ich ihm begegnen würde.«

Beate nickte. »Klingt so, als sei mit einer Versöhnung nicht zu rechnen?«

»Niemals! Ich wünsche ihm die Pest an den Hals.«

»Also gut, Herr Seeberger. Ich schau mal, was ich rausbekommen kann. Ich melde mich, so wie ich etwas erfahren habe. Tun Sie mir bitte den Gefallen, dies ebenfalls zu machen, falls Sie irgendwo über das Testament stolpern sollten. Darf ich fragen, welche Summe Sie erwarten könnte? Verzeihen Sie die Frage, aber es kommt hin und wieder vor, dass man Schulden erbt, es ist nicht in jedem Fall sinnvoll, ein Erbe anzunehmen.«

Andreas nickte überrascht. »Darüber habe ich zwar noch nie nachgedacht, aber ich denke, wenn sie Schulden gehabt hätte, dann wäre die Kursana auf mich zugekommen. Das Schlimmste, was passieren kann, ist, dass das Konto leer ist. Dann wäre es nicht zu ändern, aber es ist mein Recht, das zu erfahren, finden Sie nicht?«

Sie stand auf und reichte ihm die Hand. Ihr Händedruck war erstaunlich fest für eine Frau, das war ihm bereits bei der Begrüßung aufgefallen.

»Danke, Frau Pauli, ich warte auf Ihre Nachricht.«

Auf dem Weg zum Auto dachte er über das Gespräch nach. Wer weiß, ob sie ihm helfen konnte, jedoch würde sie sich als Anwältin verbissen in eine Sache reinhängen, da war er sich sicher. Und sie war ihm gegenüber völlig neutral, selbst wenn die Senkrecht mit ihr ermittelte. In dem damaligen Artikel stand, dass sie häufig zusammenarbeiteten.

※

Beate blieb einige Zeit unschlüssig sitzen. Ein hitzköpfiger Typ, dieser Seeberger. Was mochte geschehen sein, dass sich Vater und Sohn so hassten, dass sie jeglichen Kontakt zueinander abgebrochen hatten? Warum sollte er als Kind ins Heim? Gerne würde sie das Mandat nicht übernehmen. Es roch förmlich nach Schwierigkeiten. Würde allerdings das Testament unauffindbar sein, wäre sie den Mann ohnehin wieder los. Im Moment war sie vielleicht zu misstrauisch. Zu sehr hatten Melindas Probleme ihr und Karla zugesetzt. Das Mädchen hörte nicht auf, an diesen Lione zu denken. Das Handy hätte sie ihr am liebsten weggenommen, sie starrte ständig darauf, wartete vermutlich auf Nachricht. Doch Melinda war erwachsen, und Karla und sie wussten, dass sie ihr Vertrauen aufs Spiel setzen würden, wenn sie sich zu sehr in ihr Privatleben einmischen würden. Wenn möglich, hätte sie Urlaub genommen, um mit dem Mädchen zu verreisen. Sie hasste den Ausdruck Burn-out, doch ihrer Meinung nach war Melinda kurz davor. Sie nahm den Telefonhörer und wählte Karlas Nummer.

»Alles im Griff, es geht ihr ganz gut«, knurrte Karla.

»Wo bist du?«

»Auf unserem Balkon, die Zigarillos werden schlecht, wenn man sie nicht raucht.«

»Und Melinda?«

»Duscht, sie wird sich schon nicht gleich am Duschkopf aufhängen, ich sage doch, wir haben alles im Griff.«

Beate legte auf. Sie mochte es, wenn Karla so unbekümmert daherredete. Es hatte so etwas vertraulich Beruhigendes. Sie kannte sie nur zu gut. Wenn es Melinda noch immer schlecht gegangen wäre, wäre selbst Karla der Humor im Hals stecken geblieben.

Sie googelte Alfred Seeberger. Im Internet ließ sich jedoch keine Adresse und schon gar keine Telefonnummer finden. Sie würde heute nach Feierabend bei ihm vorbeifahren. Mit etwas Glück würde sie die Sache schnell über die Bühne bringen.

*

Melinda war froh, dass Karla sie allein gelassen hatte, denn da war dieser eine winzige Moment, in dem sie sich beinah geöffnet hätte. Doch, was hätte sie sagen sollen? »Ich habe euch die Hälfte der Wahrheit vorenthalten, obwohl ich versprochen habe, dass es keine Geheimnisse gibt? Es gibt da eine Ex-Affäre in meinem Leben, jemanden, der eigentlich ganz nett ist, aber der mich beim Morden beobachtet hat? Sollte sie das sagen? Nein, wahrscheinlich war es falsch, aber etwas stimmte nicht und sie musste es herausfinden. Und wenn sie es wirklich getan hatte, dann würde sie sich selbst zur Polizei begeben. Und dann würde sie Mike gewiss nicht verschonen, für seine Erpressungsversuche. Entschlossen nahm sie ihr Handy zur Hand und wählte Mikes Nummer.

✻

Als sie vor dem Eckcafé auf der »Fressgass« eintraf, war er schon da. Er saß direkt an der Blumenrabatte, die den Außenbereich des Cafés von der Fußgängerzone abgrenzte und winkte ihr fröhlich zu.

»Melinda, hi, toll, dass du mich angerufen hast. Er wollte aufstehen, um sie zu umarmen, doch sie hob abwehrend die Hand und setzte sich ihm gegenüber.

»Was hast du denn nur?« Mike wirkte irritiert.

Entschlossen sah sie ihm ins Gesicht. »Hör zu Mike, keine Ausflüchte. Ich geh eh zur Polizei. Hast du mir geschrieben? Hast du mir diese lächerlichen, erpresserischen Zeilen geschrieben? Willst du mich kaputtmachen, weil aus uns nichts Richtiges geworden ist, ja? Oder was habe ich gemacht. Sag es mir doch einfach ins Gesicht. Warum diese Heimlichtuerei?«

Mike schüttelte ungläubig den Kopf. »Ich verstehe nur Bahnhof. Was ist denn mit dir los, Mensch. Von welchem verdammten Schreiben sprichst du denn nur? Ich wüsste nicht, wann ich das letzte Mal jemandem geschrieben habe. Ist 'ne komische Welt, aber ich bevorzuge WhatsApp.«

»Du willst also behaupten, du hast uns nicht hinterherspioniert, ja?«

»Hä? Hinterherspioniert, ich? Wann soll ich denn das getan haben. Melinda, spinnst du? Und was heißt hier eigentlich, du willst zur Polizei gehen. Willst du mir was anhängen?«

»Und dann die Sache mit dem Butyrolacton, du kennst dich doch aus mit Drogen, oder«

»Buty was? Melinda, ich kenne mich mit Drogen aus?« Er schien fassungslos. »Ich habe vielleicht drei Mal in meinem Leben einen Joint geraucht. Was soll das für ein Zeug sein und was habe ich bitte damit zu tun? Puh, das sind ja ganz schön harte Unterstellungen. Ich muss schon sagen! Deshalb hast du mich also herbestellt und ich dachte schon, wir seien Freunde.«

Melinda war völlig verwirrt. Mike klang aufrichtig.

»Aber du warst doch damals so komisch, damals bei der Modenschau.«

»Bitte von welcher redest du denn nur?«

»Die im ›Hessischen Hof‹. Du weißt doch, als der Lione da war. Der war dir ein Dorn im Auge, stimmt das denn nicht?«

»Ach jetzt!« Er tippte sich an die Stirn. »Ja, war er. Ich fand ihn merkwürdig. Hatte doch recht, oder? Er wird doch gesucht, nicht? Hab mich die ganze Zeit nicht getraut zu fragen, was da dran ist. Du warst ja hin und weg von dem Kerl.« Er starrte einen Moment auf seinen Kaffeebecher, dann fuhr er fort. »Aber womit sollte ich dich denn erpresst haben? Ich mag dich, Melinda, ich mag dich sogar sehr und wenn ich könnte, ich würde dich beschützen, ja. Aber du willst mich nicht und das habe ich zu akzeptieren. Und mal ganz ehrlich, ich spioniere niemandem hinterher, nicht einmal dir. Was hätte ich denn davon. Ich bin doch nicht irre. Abgesehen davon werde ich mit dem Modeln aufhören. Ich möchte Informatik studieren. Du bist mich also ohnehin bald los.«

Melinda schämte sich. Sie glaubte ihm. Und sie hatte ihn gekränkt.

»Wenn das so ist, dann tut mir das leid, Mike. Ich, ich bin einfach im Moment total verwirrt. Das war alles zu viel für mich. Ich wusste einfach nicht mehr, wem ich überhaupt noch vertrauen konnte.« Und dann erzählte sie ihm die ganze Geschichte.

35

24. September 2018, Alfred Seeberger

Beate stand vor dem Mehrfamilienhaus und fand den Namen, den sie gesucht hatte. »A. Seeberger«, stand auf dem Klingelschild. Sie drückte auf den Klingelknopf.
»Hallo?«, meldete sich eine raue Männerstimme nach wenigen Sekunden.
»Pauli hier, Beate Pauli, ich bin Rechtsanwältin, sind Sie der Sohn von Erna Seeberger?«
»Wozu wollen Sie das wissen?«
»Es geht um das Testament Ihrer Mutter.«
Einige Sekunden blieb es still.
»Herr Seeberger, haben Sie mich verstanden?«
»Sie kommen um diese Uhrzeit, um mir irgendwas von einem Testament zu sagen? Wieso rufen Sie mich nicht an, wenn Sie eine Frage haben?«
»Ich war gerade in der Nähe und habe Ihre Telefonnummer nicht. Ihr Sohn hat mir Ihre Adresse genannt.«
Wieder Stille.
»Herr Seeberger?«
»Ich habe keinen Sohn, machen Sie, dass Sie wegkommen.«
»Bitte Herr Seeberger, machen Sie es mir doch nicht so schwer. Lassen Sie uns kurz sprechen, bitte.«
»Als Erstes möchte ich Ihren Ausweis sehen, halten

Sie ihn bereit.« Der Türsummer wurde betätigt. »Dritte Etage.«

Beate hielt den Ausweis in der Hand, als Seeberger Senior die Tür einen Spaltbreit öffnete.

Der übergewichtige, schmuddelig wirkende Mann hatte nicht die geringste Ähnlichkeit mit seinem Sohn. Sie schob ihre Hand mit dem Ausweis in den Türspalt, wenngleich sie dabei ein mulmiges Gefühl hatte. Er würde doch jetzt die Tür nicht schließen?

Er betrachtete den Ausweis eine Weile. »Möchte wirklich wissen, was der Kerl Ihnen erzählt hat.«

»Darf ich kurz hereinkommen? Erbschaftsangelegenheiten bespreche ich ungern im Treppenhaus.«

»Ich bespreche solche Dinge vor allem ungern mit Menschen, die ich nicht kenne.«

Widerwillig öffnete er die Tür gerade so weit, dass sie sich hindurchzwängen konnte.

Alfred Seeberger sah aus, als hätte er tagelang nicht gebadet, und roch stark alkoholisiert. Sein grobschlächtiges Gesicht mit der verbogenen Nase, bestimmt schon ein paar Mal gebrochen, machte ganz und gar keinen vertrauenerweckenden Eindruck. Die Wohnung war stickig und ungelüftet. Der Mann machte keine Anstalten, sie in den Wohnraum zu bitten.

»Ich vertrete Ihren Sohn, Herr Seeberger.«

»Ich will mit diesem Bastard nichts zu tun haben.«

»Ich weiß, dass Sie sich mit ihm überworfen haben, dennoch brauche ich einige Informationen von Ihnen. Wenn Sie kooperieren, sind Sie mich ganz schnell wieder los, das verspreche ich Ihnen. Darf ich mich kurz setzen?«

Er sah sie widerwillig an, kehrte ihr den Rücken und ging in das vom Flur aus angrenzende Zimmer. Sie folgte.

Wie sich herausstellte, handelte es sich bei dem Raum um die Küche, die offenbar seit Wochen nicht geputzt oder aufgeräumt worden war. Hier stapelten sich Berge von leeren Dosen und Bierflaschen. Er wischte über einen Stuhl, auf dem zwei Briefe lagen, die zu Boden fielen.

»Da, setzen Sie sich von mir aus.«

Er nahm sich eine angebrochene Flasche Bier und setzte sich auf die Tischkante. Die Position, die er einnahm, hatte etwas Bedrohliches.

»Machen Sie's kurz. Ich bin nicht besonders gastfreundlich.«

»Ihr Sohn hat mich um Hilfe gebeten, da er glaubt, der Alleinerbe von Frau Anna Seeberger zu sein. Er gab mir ein Schreiben aus dem Jahr 2008, in dem sie ein Testament ankündigt, dass Ihren Sohn, Andreas Seeberger, zum Universalerben machen soll. Nun hat man ihn zu ihrem Todeszeitpunkt nicht erreichen können, und ihm wurde gesagt, Sie, Herr Seeberger, haben sich um ihre persönlichen Dinge gekümmert. Dann haben Sie vermutlich bei Ihren Unterlagen das Testament gefunden?«

Er lachte heiser, erhob sich von der Tischkante und ließ sich schwer auf einen Stuhl fallen, nahm sich eine Zigarette, zündete sie an, inhalierte tief und blies den Rauch in Beates Richtung aus.

»Sollte es ein Testament geben, ich hab keins gefunden, zudem ist eh kein Geld übriggeblieben, zumindest nichts Bares. Nun gut, ihr ging es von uns allen immer am besten. Sie war eine wohlhabende Witwe. Schätze, sie hatte um die 10.000 Euro gebunkert, wenn das reicht. Aber sie hat ja über viele Jahre in dem Heim gelebt, und wie viel vorher ausgegeben wurde?« Er zuckte die Schultern. »Mein Sohn, wie Sie ihn nennen, ist ein falscher Fuffziger. Er hat uns bereits als Kind viel Ärger gemacht. Sie haben ihn das erste Mal mit zehn Jahren beim Ladendiebstahl erwischt, dazu kamen Diebstähle in der Schule, aggressives Verhalten gegenüber Lehrern und ein Schulverweis. Da der Bengel minderjährig war, hatte ich allein den ganzen Ärger. Musste ihn allein großziehen. Meine Alte hatte Besseres vor. Er nahm die Bierflasche vom Tisch, trank einen Schluck daraus und rülpste vernehmlich. »Damals sagte mir mein bisschen Verstand, dass es besser wäre, wenn ich den Bengel ins Heim stecke, sonst hätte ich ihn vermutlich totgeschlagen. Davon wollte meine Mutter nichts wissen, sie hat mir eine unglaubliche Szene gemacht. Sie wollte das Sorgerecht, bekam es auch, und ich war aus der Patsche. Seitdem hab ich weder Kontakt zu ihr noch zu dem Jungen gehabt. Hab nur Mal gehört, dass sie so eine feine Psychologin eingeschaltet hat. Andreas hat scheinbar auch ihr Ärger gemacht. Was weiß denn ich! Schizophren ist er angeblich. Hat mir mal 'n Bekannter erzählt, der meinen missratenen Sohn kannte. Das Heim hat mich natürlich auch gefragt, wo der Kerl zu erreichen ist.«

Er schlug sich mit der Hand gegen die Stirn. »Ich bin irgendwann mal, wahrscheinlich in einem Anfall geistiger Umnachtung, zu seiner Wohnung gefahren. Dachte wohl, das sei ich Mutter schuldig, keine Ahnung, mich hatte wohl die Moral gepackt. Habe dort mehrfach geklingelt, dann erfuhr ich von einem Nachbarn, der gerade am Briefkasten stand, dass er seit einer ganzen Weile verreist sei. Zwei- oder dreimal habe aber ein anderer Mann seine Wohnung benutzt, vielleicht zur Untermiete oder um die Post rauszunehmen. Mehr weiß ich nicht. Ist mir ehrlich gesagt auch völlig schnuppe. Würde mich nicht wundern, wenn Andreas schwul ist. Mit Frauen hatte er schon immer Probleme. Jedenfalls mit netten jungen Frauen.«

»Wie meinen Sie das?«

»Keine Ahnung, hab' ich auch von dem Bekannten gehört. Bei ihm hab ich nie durchgeblickt. Und glauben Sie mir eins, ich habe überhaupt keine Lust mehr, mir über diesen Kerl Gedanken zu machen. Dem trau ich alles zu, mehr sag ich nicht.« Er richtete seinen Zeigefinger auf Beate. »Würde Ihnen raten, sich von dem Kerl fernzuhalten, wenn Sie keinen Bock auf Stress haben.«

»Sollte das Testament doch noch auftauchen, würden Sie mich dann bitte umgehend informieren?« Sie holte eine Visitenkarte aus ihrer Handtasche und legte sie auf den Küchentisch.

»Wird es nicht.«

Beate stand auf, Seeberger folgte ihr.

»Auf Wiedersehen, Herr Seeberger.«

»Besser nicht. Passen Sie auf sich auf!«

Beate ließ sich ihr mulmiges Gefühl nicht anmerken. »Sagen Sie, die Wohnung, von der Sie sprachen, ist in der Liebigstraße 34, nicht wahr?«

Seeberger deutete ein Nicken an.

Beate war ratlos, diesen Besuch hätte sie sich ersparen können. Was sollte sie jetzt tun? Wenn kein notariell beglaubigtes Testament vorlag, waren ihr die Hände gebunden. Und so unsympathisch ihr dieser Andreas Seeberger auch war, er machte nicht den Anschein zu lügen. Sie würde morgen beim Bundeszentralregister nach Vorstrafen ihres Mandanten forschen, denn wenn der eigene Vater den Sohn als kriminell einstufte, musste sie der Sache nachgehen.

36

24. September 2018, Anna Rinaldi

Als Anna an diesem Abend heimfuhr, dachte sie über das Gespräch nach, welches sie mit Mike Seiler geführt hatte. Sie hätte schwören können, dass dieser Kerl nicht der war, für den er sich ausgab. Was sollte sie tun, zur Polizei gehen, nur wegen eines vagen Verdachts?

Sie dachte an Liones Augenfarbe. Ein paar andersfarbige Kontaktlinsen, und das Problem war gelöst. Sie stellte sich in Seilers Gesicht dunkle Augen vor. Man musste sich noch den Schnurrbart wegdenken und die Haare glätten und mit Gel nach hinten frisieren. Ihr wurde übel. Moment mal, hatte Marie Luise ihr nicht einmal erzählt, dass er so ein albernes Tattoo auf der Schulter trug? Ihr standen die Haare zu Berge, sie würde das herausfinden, dann würde sie umgehend die Polizei verständigen.

37

24. September 2018, Karla Senkrecht

»Wie geht es ihr?«, Beate war hereingestürzt, hatte den Schlüssel abgelegt und war ins Schlafzimmer gelaufen. »Wo ist sie überhaupt?«

»In ihrer Wohnung natürlich, was glaubst denn du? Aber keine Sorge, ich habe ihr, bevor ich sie allein ließ, ein paar Brote gemacht. Sie hat unter meiner Aufsicht alles aufgegessen.«

Beate ging in die Küche, holte die Milchflasche aus dem Kühlschrank und nahm sich ein Glas.

Karla beobachtete sie. »Bist spät dran. Viel zu tun gehabt heute?«

»Ich habe den Vater eines Mandanten höchstpersönlich besucht. Ist eine leidige Erbschaftsangelegenheit, wo der eine dem anderen nichts gönnt, und angeblich das Testament nicht auffindbar ist. Lange und langweilige Geschichte. Vater und Sohn hassen sich, schlimm, wenn es so weit kommt. Übrigens wohnt mein Mandant auch in der Liebigstraße. In letzter Zeit scheint uns die Liebigstraße regelrecht zu verfolgen.«

»Ist ja auch nicht gerade kurz, die Straße.«

»Gibt es Neuigkeiten? Hat sich die Kripo gemeldet? Hat Melinda etwas Brauchbares erwähnt?«

»Zu viele Fragen auf einmal am Abend, ich muss sie

alle verneinen.« Karla kramte in einer Schublade herum. »Hier müssen doch noch irgendwo ein paar Zigarillos sein. Ich geh mal auf den Balkon.« Es tat ihr leid, dass sie Beate im Moment keinen reinen Wein einschenken konnte, sie kannte ihre Partnerin. Beate würde ihr diesen kleinen Betrug nicht verzeihen. Würde ihr garantiert einen Vortrag über Datenschutz halten. Und wegen des Zettels im Klo, Karla schüttelte den Kopf bei dem Gedanken. Beate würde garantiert sofort Herbracht informieren.

38

25. September 2018, Anna Rinaldi

Er hatte sie angerufen und für den selbigen Abend zum Essen eingeladen. Sie hatte nicht lange darüber nachgedacht und zugesagt. Das war eine günstige Gelegenheit ihn, wenn es sein musste, endgültig zu enttarnen. Er schlug vor, sich in Sachsenhausen zu treffen. Sie jedoch wollte mit der U-Bahn kommen, deshalb verabredeten sie sich auf der Frankfurter Seite am Eisernen Steg. Von dort aus wollten sie nach Sachsenhausen laufen.

Wahrscheinlich war es mehr als unklug, sich einer möglichen Gefahr auszusetzen, aber sie hatte nicht den Mut, zur Polizei zu gehen, einen Mann anzuprangern, von dem sie zwar den Eindruck hatte, dass es sich um Lione handeln könnte, sich aber nicht sicher war. Vor Jahren war auf der Golfanlage eingebrochen worden. Es war Zufall gewesen, dass sie weit nach Feierabend zu der Golfanlage im Industriegebiet von Kalbach zurückgefahren war, weil sie ihr Portemonnaie vergessen hatte. Sie hatte den Mann von der Seite gesehen, als er sich gerade mit einem Brecheisen am Eingangsbereich zu schaffen machte. Der Mann bemerkte sie und verschwand. Am nächsten Tag musste sie sich bei der Polizei Hunderte Verbrecherfotos ansehen, um am Ende den falschen Mann zu identifizieren, dabei war sie sich damals durchaus sicher gewesen.

Das durfte ihr nie wieder passieren. Sie hatte mehrfach mit ihrer Nichte über Melindas schlechten Zustand gesprochen, seit diese sich die Schuld am Verschwinden Liones gab.

Noch dazu hatte er ein Verhältnis mit ihrer Freundin gehabt, und diese war nun tot, ganz zu schweigen von Rosemarie und Ingrid Golden. Heute würde sie sich endgültig Klarheit verschaffen, und erst, wenn es nicht den leisesten Zweifel gab, würde sie mit Karla Senkrecht sprechen, dann aber gleich morgen.

Er stand bereits am Eisernen Steg, als sie kam. Er sah, wie sie zugeben musste, gut aus, trug dunkle Jeans, eine dunkle Lederjacke und darunter ein etwas zu enges weißes Hemd, wie ihr auffiel. Ein weiteres Zeichen? *Lione ist deutlich schlanker,* dachte sie. Auch sie hatte sich für Jeans entschieden und flache Schuhe, falls sie es eilig haben würde.

»Sie sehen gut aus«, sagte er und sah sie aus kalten blauen Augen an. »Sagen Sie mal, ich weiß, dass Sie die Ältere von uns beiden sind, und es läge an Ihnen, aber wollen wir uns nicht duzen, ich meine ganz unkonventionell?«

»Von mir aus«, hatte sie geantwortet. Sie stiegen die Treppen hoch zum Eisernen Steg.

»Ich dachte, wir suchen uns was am Museumsufer«, er sah gen Himmel. »Sieht nach einem Wolkenbruch aus, aber ich denke, wir schaffen es noch trockenen Fußes.«

»Wir sind scheinbar die Einzigen, die das denken. Ist ja wie ausgestorben hier«, sagte Anna und sah ihn beobachtend von der Seite an.

Er erwiderte ihren Blick. »Du schaust so? Ist was?«

Da fasste sie plötzlich Mut. Sie blieb stehen und hielt vor Aufregung die Luft an. »Ich stelle mir dich gerade mit braunen Augen und ohne Schnauzer vor. Ich glaube, du weißt, was ich meine, nicht?«

Auch er blieb stehen. »Was soll das heißen?« Er lachte. »Du sprichst in Rätseln.«

Statt zu antworten, stellte sie eine weitere Frage. »Hast du eigentlich ein Tattoo?«

»Ein Tattoo, wie kommst du darauf? Du stellst merkwürdige Fragen.« Er schüttelte irritiert den Kopf.

»Ich möchte einfach nur wissen, ob du ein Tattoo hast. Ist das so schlimm? Marie Luise sagte mir, du hast eines.« Sie erschrak über ihre eigenen Worte und biss sich auf die Lippen.

»Marie Luise? Wer soll das sein? Spinnst du?« Plötzlich presste er die Hände gegen seine Schläfen.

»Hast du Kopfschmerzen?«

Er nickte. »Ich fürchte, das wird heute nichts mehr, ich muss umkehren, Migräne.«

»Das tut mir leid, aber natürlich, ganz wie du willst.«

»Los, gleich regnet es ohnehin.« Er drehte um und legte urplötzlich den Arm um ihre Schulter. Sie wusste augenblicklich, dass dies keine freundschaftliche Geste war. Sie waren hier oben völlig allein, verdammt.

Sein Gesicht wirkte fratzenhaft, als er sagte: »Du hast recht, meine Liebe. Ich habe ein Tattoo. Und zwar auf der rechten Schulter. Eines mit einem roten Herzen. Genau darum ging es dir doch, nicht wahr? Hat dir das tatsächlich Marie Luise erzählt, ja?«

Anna war nun alles egal. »Ich hatte von Anfang an so ein komisches Gefühl bei dir, Mike, oder wer auch immer du bist. Oder soll ich dich lieber Francesco nennen? Ich werde dafür sorgen, dass du hinter Schloss und Riegel kommst. Verlass dich darauf! Worum ging es dir bei den

Frauen, ums Geld, ja? Du hast sie alle umgebracht, nicht? Und nun lass mich los, sonst schreie ich.«

Sein Griff wurde fester. »Siehst du hier jemanden, der das hören könnte?«

Anna begann zu zittern, doch ihr italienisches Temperament ging mit ihr durch.

»Was hast du vor, willst du mich etwa auch töten? Jeden Moment kommt jemand vorbei.« Just in diesem Augenblick klatschten dicke Regentropfen auf die Brücke, und es begann von einer auf die andere Minute, sintflutartig zu schütten.

»Das sieht momentan nicht so aus.« Er stieß sie unsanft gegen die Brüstung. »Ich werde dir nun einen besonderen Blick auf den Main gewähren. Du wirst sehen, er ist sehr schön.«

So sehr sie auch versuchte, sich aus seinem Arm zu winden, es gelang ihr nicht.

Er presste sich mit seinem ganzen Gewicht gegen sie. Sie begann zu schreien, doch das laute Prasseln des Regens verschluckte alle Geräusche. Mit seinem breiten Körper verdeckte er ihre zierliche Gestalt. Mit dem linken Arm hielt er sie fest an der Schulter, sein rechter Unterarm legte sich eng um ihren Hals und nahm ihr die Atemluft. Sie versuchte, nach hinten zu treten, doch rutschte sie mit dem Fuß auf dem nassen Boden weg. Er nutzte die Gelegenheit. Mit einem einzigen Ruck riss er sie hoch und drückte ihren Oberkörper tief über die Brüstung, bis ihr Körper Übergewicht bekam und herunterstürzte. Als sie aufs Wasser aufschlug, rannte er zur Treppe und verschwand.

Er musste quer über den Römerberg laufen, hatte sein Auto auf der Berliner Straße geparkt. Er drehte sich nach allen Seiten um, niemand zu sehen, der Regen wurde noch stärker, nie hatte er das schlechte Wetter so begrüßt. Als er seinen Wagen auf der Berliner Straße erreicht hatte, begann er laut zu lachen. Die Vorsehung hatte es ihm wieder einmal leichtgemacht.

*

Das Gelände rund um den Eisernen Steg war großräumig mit Absperrbändern abgeriegelt. Die Frau, die am südlichen Mainufer lag, hatte der herbeigerufene Arzt für tot erklärt. »Tod durch Ertrinken«, stand in dem Bericht.

Hauptkommissar Herbracht und Volker Lorenz waren mit ihrem Team bereits eingetroffen. Etliche Beamte der Spurensicherung untersuchten in Ganzkörperanzügen die Brücke und beide Mainseiten auf Spuren. Schaulustige standen an den Absperrbändern und versuchten, Handyaufnahmen vom Tatort zu machen. Etliche Polizisten waren damit beschäftigt, die Neugierigen zu vertreiben. Der Regen hatte nachgelassen.

»Sensationsgeile Idioten«, schimpfte Herbracht.

Der Mann, der Polizei und Rettungsdienst gerufen hatte, kauerte in Wärmefolie gewickelt auf einer Decke. Er sagte aus, dass er gegen 21 Uhr, vom Regen überrascht, am Main entlanggelaufen sei, als er plötzlich einen Körper im Wasser treiben sah. Er war trotz des Wolkenbruchs mutig in den Main gesprungen, konnte den im Wasser treibenden Körper aber nicht erreichen. »Es war sehr kalt«, sagte er entschuldigend und schüttelte immer wieder den Kopf, völlig verzweifelt darüber, dass er nicht mehr hatte tun können. Die Taucher, die wenig später zum Einsatz kamen, konnten die Frau nur noch leblos bergen.

Es gab nur noch einen weiteren Zeugen, den die Polizisten befragen konnten. »Ich kam gerade auf die Brücke, als ich einen Menschen eilig zur Frankfurter Uferseite rennen sah. Dass eine Frau gestürzt ist, das habe ich nicht gesehen. Und na ja, ich selbst bin wegen des Regens auch gerannt.«

»Wissen Sie, um welche Uhrzeit Sie sich auf der Brücke befanden?«

Der Mann nickte. »Aber ja, es war drei Minuten nach 21 Uhr, meine U-Bahn fuhr um zehn nach, und ich musste noch bis zum Dom, um sie rechtzeitig zu erreichen.«

Die Kollegen von der Spusi hatten das gesamte Areal abgesucht. Ein kleiner Stofffetzen an der Brüstung bewies, wo genau die Frau abgestürzt war, denn es stellte sich als ein Fetzen ihrer Wolljacke heraus. Bei der Person handelte es sich um eine Italienerin namens Anna Rinaldi, wie ihre Ausweispapiere bestätigten. Auch das Handy der Frau wurde sichergestellt. Nun würde die Leiche in das Rechtsmedizinische Institut in der Kennedyallee 104 gebracht. Dort würde Fremdeinwirkung entweder ausgeschlossen oder bewiesen werden können. Das hoffte Herbracht zumindest.

※

Es war erst kurz nach 8 Uhr am Morgen, als Karla Senkrechts Handy klingelte.

»Um diese Zeit werde ich zum Mörder, wenn da nicht jemand einen triftigen Grund hat, mich aufzuwecken«, knurrte Karla. »Senkrecht, was gibt's?«

Beate war ebenfalls aufgestanden und in die Küche geschlurft. Sie kannte Karla und ihren Gesichtsausdruck, wenn es um einen kniffligen Fall ging, besonders, wenn sie dem telefonischen Gesprächspartner nicht pausenlos ins Wort fiel, wie das normalerweise ihre Angewohnheit war. Neugierig lauschte sie Karla. Die aber gab ihr unmissverständliche Zeichen, dass sie das momentan nicht wünschte, besser gesagt, dass sie verschwinden solle, was Beate ignorierte.

»Das ist ja ganz entsetzlich, wirklich ganz entsetzlich. Ich kenne das Mädchen, ja, wenn Sie wollen, natürlich, ich hänge ja eh mit drin in diesem unsäglichen Fall. Ich übernehme das, wenngleich man mich vermutlich danach gleich einliefern kann. Ich tue das nur für Julia, verstehen Sie? Nur, weil sie Melindas beste Freundin ist. Ja, natürlich, ich habe es ja schon gesagt. Ja, ich komme zuerst bei Ihnen vorbei. Trotzdem danke, dass Sie mich gleich informiert haben, Herbracht.« Sie legte auf, schüttelte lange den Kopf und ließ sich auf einen Stuhl in der Küche fallen. »Gib mir den stärksten Kaffee, den du je gemacht hast«, sagte sie zu Beate.

Beate ließ Karla ein paar Minuten Zeit, wenngleich ihr das Herz bis zum Hals klopfte. »Was ist mit Julia, worüber sollst du sie informieren?«

*

»Tja, Frau Senkrecht, die Obduktion hat Fremdeinwirkung ergeben. Frau Rinaldi wurde gewürgt, nicht erwürgt, aber sie war mit Sicherheit ohnmächtig, als sie über die Brüstung gestürzt ist. Vermutlich hat der Täter nicht zu fest zudrücken wollen, um keine Würgemale zu hinterlassen.«

»Wer kann einer netten Person nur so etwas antun?

Ich habe sie zwar nur flüchtig gekannt, aber ich weiß, sie war beliebt. Melinda schätzte sie ebenfalls sehr. Sie muss ein herzensguter Mensch gewesen sein.« Herbracht hatte Karla selten so niedergeschlagen gesehen. Für ihn war sie im wahrsten Sinn des Wortes immer ein ganzer Kerl gewesen.

»Gab es Zeugen, gab es irgendwelche Hinweise auf den Täter?«

Herbracht stöhnte. »Wenn doch alles etwas unkomplizierter wäre. Es gibt einen Zeugen, der jemanden von der Brücke rennen sah. Das Problem ist, dass es in Strömen regnete. Da geht man nicht gemütlich spazieren.«

»Wir haben allerdings etwas Spannendes herausgefunden, Senkrecht.«

»Und?«

»Golden, Linzke und Brandt kannten sich von der Spielbank, und die Rinaldi war eine enge Freundin der Brandt, kannte aber auch die anderen Damen. Ist das nicht eigentümlich? Des Weiteren hat die Rechtsmedizin ein winziges Körperhaar an Anna Rinaldis Mund gefunden. Und was denken Sie, wem die DNA des Haars zugeordnet ist?«

Karla nickte und nahm sich ein Zigarillo aus der Jackentasche. »Okay, okay, er befindet sich also hier in Frankfurt.« Sie würde herausfinden, wo sich dieser Kerl aufhielt, denn das Schreiben stammte von Lione, da war sie sich mittlerweile sicher.

»Helfen Sie uns, vielleicht finden Sie etwas durch diese Julia heraus, etwas, was Sie Ihnen im Vertrauen sagen könnte. Etwas ist übrigens anders in diesem Fall. Es gibt keinen Jeton, den die Tote bei sich trug. Es sei denn, er ist ins Wasser gefallen.«

»Könnte es nicht möglich sein, dass er den Mord an der Rinaldi gar nicht geplant hat?«

»Weil er ihn auf der Brücke verübt hat? Ja, das denken wir auch. Der Platzregen hat spontan eingesetzt, möglicherweise hat er die Gunst der Stunde genutzt. Wir werden übrigens versuchen, die Presse vorläufig glauben zu lassen, dass es sich bei dem Tod der Rinaldi um Suizid handelte.«

»Herbracht, ich werde mir demnächst hin und wieder einen Abend in der Spielbank gönnen. Ich habe da so ein komisches Gefühl«, knurrte Karla.

»Sie suchen die Nadel im Heuhaufen?«

»Möglicherweise. Aber kehrt nicht ein Killer gern an den Ort des Geschehens zurück? Alles begann in der Spielbank, oder nicht?«

»Senkrecht, machen Sie nur, wenn Sie meinen.«

*

Karla hatte sich telefonisch bei Julia angekündigt.

»Gibt's was Besonderes?«, fragte Julia. Das wolle sie mit ihr persönlich besprechen, antwortete Karla, so unbeschwert sie konnte. Beate hatte ihr dringend davon abgeraten, diese Aufgabe zu übernehmen. »Das ist Sache der Polizei, sie wissen, wie sie mit den Angehörigen umzugehen haben, du nicht.«

Karla parkte direkt in der Eppsteiner Straße, auf der dem Haus gegenüberliegenden Straßenseite. Sie stieg aus und war im Begriff, die Fahrbahn zu überqueren, als ein schwarzer Golf viel zu schnell um die Ecke bog. Der Fahrer starrte sie erschrocken an. »Pass gefälligst auf, du Idiot«, rief Karla, zeigte den Mittelfinger, sah dem Auto nach und starrte aufs Kennzeichen. »Du bist mir auch so ein AS. Das Kennzeichen passt zu dir.«

Die Freude, Karla wiederzusehen, hielt nur so lange an, bis Julia den Grund des Besuches erfuhr. Ihr bitterliches Weinen brach Karla beinah das Herz. Vorsorglich hatte sie sich mit Tempotaschentüchern eingedeckt und reichte ihr ständig neue. »Wir finden den Scheißkerl, verlass dich drauf«, sagte sie und tätschelte unbeholfen Julias Hand. Julia fiel ihr schluchzend in den Schoß.

»Sie ist immer in deinem Herzen, Julia, bestimmt.« Den Satz hätte sie sich natürlich sparen können, doch etwas Besseres wollte ihr einfach nicht einfallen. Sie kämpfte selber mit den Tränen, und das passierte ihr selten. Das arme Mädchen tat ihr so unendlich leid.

»Wer kann meiner Tante so etwas antun, Karla, wer nur? Sie war der liebste Mensch, den ich kannte.«

»Wenn es das Letzte ist, was ich in diesem Leben tue, ich finde es heraus, mein Ehrenwort.«

*

Karla hatte Kopfschmerzen und wollte ins Bett, sobald sie zu Hause war. Seit dieser Lione in Melindas Leben getreten war, lief alles schief. Gerade hatte sie die Wohnungstür geöffnet und wollte Beate rufen, da hörte sie deren gedämpfte Stimme aus der Küche. Sie hatte die Tür geschlossen, ein Zeichen dafür, dass sie dienstlich telefonierte, denn sie verstieß niemals gegen die Schweigepflicht. Dennoch konnte Karla nicht umhin, einige Sätze aufzuschnappen.

»Herr Seeberger, ohne Testament kann ich leider nichts für Sie tun. Außerdem habe ich das Gefühl, dass

Sie nicht ganz ehrlich zu mir waren. Ihr Vater sagt, Sie seien als Junge auf die schiefe Bahn geraten. Herr Seeberger, Sie müssen verstehen, dass ich da so meine Zweifel habe, wenn Sie mir Dinge verschweigen. – Ja, ja natürlich, das hat nichts mit heute zu tun. – Ja, ganz klar, aber Ihr Vater sagt, es habe nie ein Testament gegeben, verstehen Sie? Sie hat das Schreiben, das Sie mir zeigten, nicht einmal unterzeichnet. Woher soll ich wissen, dass es überhaupt von ihr stammt? Herr Seeberger, noch einmal, ich kann ohne Testament nichts für Sie tun, das müssen Sie doch bitte verstehen, ich bin Anwältin, und zum Handeln brauche ich Fakten. Ja natürlich werde ich nicht gegen die Schweigepflicht verstoßen. Melden Sie sich bitte, wenn Sie Ihre Unterlagen beisammen haben. Ansonsten sehe ich diesen Fall als abgeschlossen an. Auf Wiederhören.«

Karla hatte neben der Tür gestanden und schaffte gerade noch drei Schritte bis zum Wohnzimmer, als die Küchentür aufgerissen wurde. Beate schoss mit hochrotem Kopf heraus.

»Nanu, hast du was Heißes gekocht?«, fragte Karla unschuldig.

»So ähnlich kann man das ausdrücken. Seit wann bist du hier?«

»Gerade eben. Ärger mit einem Mandanten?«

»Kann man so sagen, der Typ aus dem Westend. Wie war's bei Julia?«

Karla winkte ab. »Schrecklich, ich kann dir sagen, mir fallen spontan 1.000 Dinge ein, die besser sind, als einem Menschen eine solche Nachricht zu überbringen. Das mache ich nie wieder.«

»Ich hab dich ja gewarnt, das arme, arme Mädchen.«

»Ich bin noch nicht fertig, ich muss mit Melinda reden. Schließlich ist Julia ihre beste Freundin.«
»Nein, Karla, sie weiß es schon.«

39

26. September 2018, Melinda Brandt

Beate hatte mit Melinda gesprochen, als sich Karla bei Julia befand.

Melinda weinte bitterlich. »Wieso spricht Karla mit ihr, wäre das nicht Aufgabe der Polizei?«

»Kommissar Herbracht bat Karla darum, da er wusste, dass Karla und Julia sich kennen. Das ist der schonendere Weg.«

»Das ist unglaublich mutig und großherzig von Karla«, sagte Melinda, seufzte schwer und wischte sich die Augen mit einem Taschentuch trocken. »Anna ist ermordet worden?«

Beate nickte. »Sieht ganz so aus.«

»Gibt es einen Zusammenhang zu dem Tod von dieser Frau Golden?«

»Ich weiß es nicht, Melinda«, antwortete Beate. Sie traute sich nicht zu erwähnen, dass Anna Rinaldi eine Bekannte der anderen verstorbenen Damen war.

Melinda dachte an eine Unterhaltung, die sie vor Jahren mit Karla geführt hatte. Als sie fragte, warum Karla Privatdetektivin und nicht Polizistin geworden war. Karla hatte gesagt, dass sie niemals Angehörige von Mordopfern informieren könnte. Das sei eines der Ausschlusskriterien gewesen. Sie konnte sich ziemlich genau vorstellen, wie furchtbar dieser Gang für sie sein musste. Sie wollte sich nicht ausmalen, wie Julia sich fühlte. Sie hatte Anna Rinaldi sehr gern gemocht. Julias einzige Bezugsperson war Anna gewesen, da ihre Eltern in Italien lebten. Nun war diese liebenswerte Frau einem Mord zum Opfer gefallen? Das war unfassbar. Ein Albtraum. Sie musste an ihre Mutter denken. Wieder liefen die Tränen. Sie weinte und weinte, um Julia, um Anna, um Francesco und um ihr ganzes, aus den Fugen geratenes Leben.

40

27. September 2018, Andreas Seeberger

Andreas Seeberger hatte sich vorsorglich ausquartiert. Zwar glaubte er nicht, dass die Pauli gegen ihre Schweigepflicht verstieß, doch wollte er kein Risiko eingehen. Die Pauli hatte ja seine Adresse. Er hatte sich vor ein paar Tagen deshalb in einer kleinen Pension in Neu-Isenburg eingemietet und nicht einmal seinen Ausweis vorzeigen müssen, da er gleich für einen Monat im Voraus bezahlt hatte. Seit er diese Entscheidung getroffen hatte, war er entspannt und er verspürte Tatendurst.

Heute war der passende Tag, als neuer Mensch die Bad Homburger Spielbank aufzusuchen. Die ehemalige Damenrunde existierte nicht mehr, bis auf diese Leni Maier, die jedoch hatte ihm schon als Lione kaum Beachtung geschenkt. Er glaubte kaum, dass sie ihn erkennen würde. Diese Pauli hatte nichts für ihn tun können, diese Versagerin, er aber musste für ein paar extra Rücklagen sorgen, die er sich entweder erspielen würde oder die er sich auf andere Art sichern wollte. Außerdem kam sein Jagdinstinkt nicht zur Ruhe. Das leichte Kribbeln im Bauch hatte er schon lange nicht mehr verspürt, nicht einmal auf der Brücke, als er die Rinaldi über die Brüstung geworfen hatte. Was für eine wunderbare Idee, sich vor ihr als Mike Seiler auszugeben. Sollte die Rinaldi über ihn gesprochen haben, vor ihrer Nichte oder wem immer, dann würde der Idiot jetzt eine Menge Ärger bekommen. Geschah ihm recht, diesem kleinen Spanner.

Er würde nun mit seiner wahren Identität zurück in die Spielbank kehren, ein Abenteuer ganz nach seinem Geschmack. Die braunen Kontaktlinsen für Lione hatte er längst entsorgt. Er hatte sich kürzlich einen teuren Anzug schneidern lassen, eine Nummer größer. Er wollte auf keinen Fall abnehmen, wollte sich figürlich von Francesco, dem Athleten, unterscheiden.

So stand er am frühen Abend an der Kasse der Bad Homburger Spielbank.

»Waren Sie schon einmal bei uns?«, fragte die junge Frau, die ihn schon oft unter dem Namen Francesco Lione gesehen hatte.

»Nein.«

»Prima, dann schauen Sie bitte dort oben links in die Kamera, das ist eine einmalige Aufnahme, damit wir Sie immer wiedererkennen, wenn Sie uns besuchen.«

»Das mache ich doch gerne, wäre ja schade, wenn man keinen Wiedererkennungswert hätte«, kokettierte Andreas und schaute entspannt lächelnd direkt in die Kamera und fühlte sich für diesen Moment unbesiegbar. Wie dumm die doch alle waren, diese dämliche Privatermittlerin mitsamt ihrer Lesbenfreundin. Von der Polizei ganz zu schweigen. Er hatte nicht die geringsten Bedenken, dass ihm die Kripo auf die Schliche kommen könnte. Francesco, der Serienkiller, würde bald für tot erklärt werden. Man würde die Suche nach ihm aufgeben. Und er, Andreas, wusch seine Hände in Unschuld, denn Anna hatte Suizid begangen, so hatte er in der Zeitung gelesen. Das Leben war wunderbar. Er dachte an seine Großmutter. Sie wäre so stolz auf ihn gewesen. Hätte sie ihn nur nicht verlassen. »Keine alte Frau hat das Recht, ein glückliches Leben zu führen, wenn es einer Frau wie dir nicht vergönnt war, Großmutter, keine«, murmelte er.

»Wenn Sie eine Einführung brauchen, was ich Ihnen raten würde, wird Ihnen an den Tischen gerne weitergeholfen, Herr Seeberger«, hörte er aus dem Mund der jungen Frau zum wiederholten Mal.

»Vielen Dank, ich schaue erst einmal, ich war vor Jahren mal Gast in einer Spielbank, kenne mich ein wenig aus.«

Er ging direkt zur Bar. Es war erst 18 Uhr, und er wollte sich, wie es Francesco gemacht hatte, als er noch lebte, erst einmal in Stimmung bringen. Mal sehen, an welchen Tisch es ihn heute ziehen würde.

Er bestellte Gin Tonic und sah sich um. Die Tische rund um die Bar waren leer, dafür saßen zwei ältere Leute direkt am Tresen. Eine alte Dame und ihr Begleiter, wie es schien. Sie hielt sich an einem Baileys fest, während er ein alkoholfreies Hefeweizen bestellt hatte. Die beiden schienen neu zu sein, zumindest hatte er sie zu seiner Zeit noch nie gesehen. Der ältere Mann rauchte ein Zigarillo und schien sich kaum für seine Umgebung zu interessieren, starrte stattdessen auf sein volles Glas. Traurig, wenn sich die Menschen nichts mehr zu sagen haben, dachte Andreas. Schließlich stand die Dame auf und rückte einen Platz weiter von ihm weg, während sie dem Mann einen bösen Blick zuwarf. Der zückte die Schultern. »Raucherbar«, brummte er.

Andreas schmunzelte. »Konnten Sie es ihm nicht abgewöhnen?«, fragte er.

»Was meinen Sie?«, die Dame sah ihn neugierig an.

»Das Rauchen, ich meine, Ihrem Mann.«

»Meinem was?« Sie sah belustigt in Richtung des grauhaarigen untersetzten Mannes mit dem gefärbten Schnauzbart. Zumindest hätte Andreas schwören können, dass er gefärbt war.

»Ich kenne diesen Herrn nicht. Und glauben Sie mir, wenn er zu mir gehörte, es wäre das Erste, was ich täte, ihm das Rauchen abzugewöhnen.«

»Meine Frau ist zwar nicht hier, sie stört das aber nicht, ich habe eben doch die Richtige gewählt«, knurrte der Kerl und warf den beiden einen missmutigen Blick zu.

Andreas hob entschuldigend die Hand. »So kann man sich täuschen, tut mir leid.«

Andreas stand auf. »Darf ich mich vielleicht neben Sie setzen? Der Hocker zwischen uns stört mich.«

Der Raucher studierte die Getränkekarte.

Die Dame nickte. »Kommen Sie nur.«

»Ich darf mich vorstellen, mein Name ist Andreas Seeberger.«

»Ich heiße Weißberger, Christa Weißberger. Das klingt ja ulkig, Seeberger und Weißberger.«

Sie gaben sich die Hand.

»Ich glaube an Schicksal – und Sie? Wirklich nett, Sie kennenzulernen.«

»Sind Sie neu hier?«

Andreas nickte. »Ja, zum ersten Mal – und Sie? Ich komme aus Frankfurt.«

»Ist ja verrückt, ich auch. Ich habe vor ein paar Wochen hier angefangen. Macht irgendwie Spaß, und bald kommt der Winter, da braucht man etwas, um vor die Tür zu kommen. Wir Alten neigen dazu, uns einzuigeln, das tut nicht immer gut. Ich werde natürlich nur selten kommen, so ein Mal im Monat, aber das habe ich mir fest vorgenommen.«

»Da freue ich mich ja, dass ich gleich Anschluss gefunden habe, wenn Sie mir nicht übel nehmen, dass ich das so sage.«

Den wohlwollenden Blick, den ihm die Dame zugeworfen hatte, kannte er. Auch er, Andreas, konnte charmant sein, das hatte er durch Francesco gelernt. Wenngleich Andreas insgesamt weicher wirkte. Mehr der Teddybär zum Beschützen, nicht der vor Kraft strotzende Muskelmann.

Die Dame lachte. »Ja, wenn Sie glauben, Sie könnten von mir etwas lernen, dann haben Sie sich gründlich getäuscht, ich mache noch allzu viele Fehler am Tisch, aber ich gebe mir große Mühe. Und sagen wir so, wer hier in die Spielbank kommt, der dreht wahrscheinlich den Pfennig nicht zweimal um, nicht wahr?«

Andreas nickte. »Man ist unter seinesgleichen, das gefällt mir. Spielt Ihr Mann nicht?«

»Ich bin Witwe. Sie wissen ja, wir Frauen haben das Pech, dass wir oft zäher sind als die Herren der Schöpfung, deswegen bleiben wir allzu oft übrig. Niemand fragt uns, ob wir das wollen, dennoch geschieht es, wenn uns nicht vorher eine dieser bösartigen Krankheiten dahingerafft hat.« Sie lachte bitter.

Andreas sah auf ihr mittlerweile leeres Baileys-Glas. »Darf ich Ihnen vielleicht noch so einen bestellen?«

»Wie nett, er ist zwar eine Sünde, aber er ist es wert, ich liebe ihn. Wie man sieht, trinke und esse ich allzu gern süß.«

Stimmt, die Frau hätte gut zehn Kilo abspecken können, ohne dabei zu mager zu werden.

»Geht mir auch so.« Er lachte und strich mit der Hand über seinen Bauchansatz. »Noch mal so einen, bitte«, sagte er zu der Bedienung und an Christa Weißberger gewandt: »Wozu sich ewig kasteien. Sie wirken so lebenslustig, lassen Sie sich Ihre Gewohnheiten nicht nehmen, sondern genießen Sie das Leben. Ich hatte einmal eine wunderbare Großmutter, sie konnte es nicht, denn sie wurde dement. Am Ende kannte sie mich nicht einmal mehr, zu traurig.«

»Das tut mir leid.«

»Ja, sie war der einzige Mensch in meinem Leben, der mich wirklich liebte.« Diese Worte verfehlten die Wirkung nicht. Die Dame sah ihn aus rehbraunen traurigen Augen an.

»Was meinen Sie, da vorne wird gerade ein Tisch frei, wollen wir uns da hinsetzen? Da können wir ungestörter reden.« Er schielte vielsagend mit den Augen zu dem Mann an der Bar.

Sie stand auf. »Gerne.«

Einige Minuten später winkte der ältere Mann an der Bar die Bedienung herbei und bezahlte.

※

Karla stieg in ihren Opel Corsa, den sie im Parkhaus der Bad Homburger Spielbank geparkt hatte, und setzte die graue Perücke ab. Ihr Kopf war nassgeschwitzt. Mit einem Taschentuch wischte sie sich die künstlich gemalten Falten von der Stirn. »Bin ich froh, dass ich kein Toupet tragen muss«, knurrte sie. Der Kleber des Schnauzers war besonders hartnäckig, und sie stöhnte auf, als sie ihn sich von der Oberlippe riss. Das war jetzt das dritte Mal, dass sie die Spielbank besucht hatte, zweimal als Frau und nun als Mann.

Der Anzug, den sie am heutigen Tage trug, war in die Jahre gekommen und roch nach Mottenkugeln. Aus ihrem Handschuhfach zog sie Notizblock und Zettel und schrieb: Andreas Seeberger. Der Name kam ihr bekannt vor, sie wusste nur augenblicklich nicht, wohin sie ihn stecken sollte, und es war ihr, als hätte sie den Mann schon einmal irgendwo gesehen. Er war auch so einer, der sich an Reiche heranmachte, jede Wette.

Sie fuhr mit ihrem Auto zur Ausfahrt, als ihr zwischen all den Luxuskarossen ein schwarzer Golf mit Frankfurter Kennzeichen auffiel. F:AS, stand auf dem Kennzeichen.

»Aha, gehört wahrscheinlich diesem Seeberger«, murmelte sie, blieb stehen, holte erneut den Notizzettel heraus und notierte die Nummer.

F:AS, das Kennzeichen hatte sie vor Kurzem irgendwo gesehen, doch in welchem Zusammenhang? Sie fuhr hinaus, da klingelte das Telefon ihrer Freisprechanlage. »Hallo?«

»Karla, wo treibst du dich denn rum?«

»Ich? Ich bin gerade auf dem Weg nach Hause. Ich habe einen Bärenhunger. Hast du uns was gekocht?«

»Aha, du versuchst abzulenken. Recherche?«

»Du kennst mich, Beate. Ist wie bei dir. Du sprichst auch nicht über deine Mandanten, bis gleich.« Sie drückte das Gespräch weg, ohne auf Antwort zu warten, denn plötzlich hatte sie einen Geistesblitz. Das Kennzeichen hatte sie in der Liebigstraße gesehen. Und nicht nur das Kennzeichen, auch den Fahrer des schwarzen Golfs. Der hatte sie doch um ein Haar überfahren. Und ja, das

Gesicht, sie wollte einen Besen fressen, wenn das nicht der Seeberger von der Spielbank gewesen war. Wie ein Schlag auf den Hinterkopf traf sie eine weitere Erkenntnis. Das Telefonat, das Beate in der Küche geführt hatte, sprach sie da nicht mit einem Seeberger? Ging es da nicht um ein Erbe und sprach er vorhin nicht von seiner Großmutter? Sollte sie soeben den Sechser im Lotto gewonnen haben? Und noch etwas: Hatte ihr Beate nicht kürzlich gesagt, dass auch ihr Mandant in der Liebigstraße wohnte? Sie beschleunigte ihre Fahrt. Sie musste dringend nach Hause.

Beate schien nicht gerade bester Laune zu sein, als sie Karla die Wohnungstür öffnete.

»Sag mal, was macht eigentlich dein Fall aus der Liebigstraße?«, fragte Karla, ohne sie wie sonst zu begrüßen, hängte stattdessen nur ihre Jacke an die Garderobe.

Beate band sich gerade ihre Küchenschürze ab. »Guten Abend, schön dich begrüßen zu dürfen, du glänzt ja regelrecht vor Abwesenheit. Essen ist übrigens kalt.« Beate war sauer, was selten vorkam.

»Hab eh keinen Hunger. Wie hieß der Mann doch gleich, der Mann aus der Liebigstraße, ich meine, der mit dem Testament?«

»Ich ahnte, dass du gelauscht hast, Karla. Den Namen werde ich dir leider nicht verraten, das weißt du auch.«

Karla verzog das Gesicht. »Auch nicht, wenn er Seeberger heißt?«

Beate war verblüfft. »Woher, ähm ich meine, wie kommst du darauf?«

»Tja, wie soll ich das sagen, möglicherweise hat er was mit unserem Fall zu tun.«

»Du meinst mit den Morden?« Beate riss die Augen auf.

»Mir sind da leider die Hände gebunden, Karla, außerdem verstehe ich nur Bahnhof. Mach mich nicht fertig.«

Karla nickte. »Schon gut. Ich krieg das schon raus.«

*

Beate konnte nicht schlafen, Gewissensbisse plagten sie. Ihr war dieser Seeberger von vornherein nicht geheuer gewesen. Sollte es einen Zusammenhang mit Melindas Fall geben, das wäre nicht auszudenken. Was versuchte ihre Partnerin gerade herauszufinden? War Seeberger am Ende der Partner von diesem Lione? Immerhin hatte er ja schon in seiner Kindheit Schwierigkeiten mit dem Gesetz gehabt, wenn man seinem Vater glauben wollte. Würde sie allerdings Karla um Aufklärung bitten, würde die ebenfalls darauf bestehen, dass Beate sich ihr öffnete. Das konnte sie aber mit ihrem Berufsethos nicht vereinbaren. Andererseits ging es um Melinda, um ihr Mädchen. Laut Führungszeugnis war Seeberger unbescholten, wie sich herausgestellt hatte. Das sollte sie eigentlich beruhigen. Dennoch wollte sie Karlas Ermittlungen nicht im Wege stehen, sie musste ihr in diesem Fall helfen, allerdings auf eine etwas andere Art und Weise. Ungewöhnliche Umstände erforderten ungewöhnliche Maßnahmen. Lautlos stand sie auf, schlich aus dem Schlafzimmer, ging in die Küche, setzte sich an den Küchentisch und fuhr ihren Laptop hoch, der immer noch auf dem Küchentisch lag. Sie wusste, dass ihre Partnerin verstehen würde. Sie öffnete die Akte Seeberger. Das war alles, was sie momentan tun konnte. In dieser Akte würde Karla die Informationen finden, die sie suchte. Auf Zehenspitzen schlich sie zurück ins Schlafzimmer, legte sich ins Bett und stupste Karla an. Die fuhr erschrocken hoch. »Was passiert?«

»Ich hab rasende Kopfschmerzen. Könntest du mir eine Tablette holen?«

Karla machte Licht. »Muss dir verdammt schlecht gehen, wenn du das nicht selber kannst«, knurrte sie, sah auf die Uhr, schüttelte den Kopf und stand auf.

Karla zog die Küchenschublade auf, als sie das beleuchtete Display von Beates Laptop bemerkte. Das passte gar nicht zu Beate, die äußerst gewissenhaft mit ihrem Computer umging, doch wenige Sekunden später stieß sie einen leisen Pfiff aus, bei dem, was sie sah. Clever, das war ihre Beate. Sie schaute aufmerksam auf das Display und scrollte sich durch die Akte.

Andreas Seeberger, wohnhaft: Liebigstraße 34, 60323 Frankfurt. Wuchs bei seiner Großmutter, Erna Seeberger auf, die das Sorgerecht für ihn trug.

Im August 2008 hat sich Erna Seeberger selbst ins Kursana Altenheim auf der Eschersheimer Landstraße eingekauft, da ihr vom Arzt beginnendes Alzheimer bestätigt wird. Seeberger legt ein gedrucktes Schreiben vor, demnach kündigt Erna Seeberger ein Testament an, in welchem sie ihn zum Universalerben einsetzen will. Das Schreiben trägt keine Unterschrift.

»Verstehe«, knurrte Karla und las weiter.

Die Großmutter verstirbt am 15. Juli 2018, angeblich kann das Heim Seeberger nicht kontaktieren, da er zu diesem Zeitpunkt, so wörtlich, viel um die Ohren hatte und längere Zeit verreist war. Zudem hat er eine neue Handynummer. So wird sein Vater, Alfred Seeberger, mit den erforderlichen Behördengängen und der Beerdigung betraut. Ein Testament wird nicht gefunden.

Karla machte eine Pause und überlegte. »Passt ja ganz gut.« Sie las weiter.

Die Frage ist, warum er das Heim nicht sofort informiert, wenn er unter einer anderen Nummer erreichbar ist. Zumindest, wenn er seine Großmutter liebt, wie er beteuert.

Karla nickte. »Gute Frage, hätte ich mir auch gestellt.«

Andreas Seebergers Vater wohnt im Ostend, Rhönstraße 40. Heruntergekommener Mann, wahrscheinlich Alkoholiker. Sagt, er traue seinem Sohn eine kriminelle Laufbahn zu. Habe schon als Kind gestohlen und betrogen. Die Großmutter hat auch Schwierigkeiten mit ihm gehabt und ihn wegen angeblicher Schizophrenie von einer Psychologin behandeln lassen. Mehr ist von dem alten Mann nicht zu erfahren. Von einem Testament jedoch weiß auch der Vater angeblich nichts.

»Da hab ich doch voll ins Schwarze getroffen, was? Und schizophren ist er auch. Das passt ja wie die Faust aufs Auge.« Sie machte sich ein paar Notizen auf dem Küchenblock, riss den Zettel ab und legte ihn in ihr Portemonnaie, das sie in ihrem Rucksack aufbewahrte, der an der Garderobe hing. Sie kam zurück, fuhr den Laptop runter, nahm eine Tablette und ein Glas Wasser und ging zurück ins Schlafzimmer.

Beate war längst wieder eingeschlafen.

41

28. September 2018, Christa Weißberger

Christa betrachtete sich nur wenige Sekunden im Spiegel. Sie konnte ihren eigenen Anblick kaum ertragen. Sie war deutlich übergewichtig, dennoch wirkte ihre Haut schlaff, die Oberschenkel rieben beängstigend aneinander, weswegen sie regelmäßig Creme benutzen musste, damit sie sich nicht wund scheuerten. Mochte sie früher einmal attraktiv gewesen sein, so waren die Zeiten lange vorbei. Einzig die elegante Kleidung zog hin und wieder ein paar wenige, wenn auch mitleidige Blicke auf sich. Nein, sie machte sich nichts vor, es war ihr mittlerweile auch ziemlich egal, was die Leute von ihr hielten. Sie hatte ihr Leben gelebt, die paar Jahre, die ihr noch blieben, wollte sie sich nicht kasteien. Dass dieser Seeberger nicht an ihr persönlich interessiert war, lag auf der Hand. Höchstens an ihrem Geld. Sie hatte von diesem Francesco Lione gehört, der verdächtigt wurde, eine Frau getötet zu haben, und seitdem spurlos verschwunden war. Als sie in die Bad Homburger Spielbank eintrat, war das das Hauptgesprächsthema gewesen, manche behaupteten sogar, dass er mit dem Tod weiterer Frauen in Zusammenhang stehen könnte. Er hatte sich angeblich an eine alte Dame herangemacht, so hatte sie gehört, und diese Ingrid Golden, das war ihr Name gewesen, hatte ihm ein luxuriöses Leben ermöglicht. Nun gut, das war alles Klatsch und Tratsch. Viel hielt sie generell nicht von dem ganzen Gerede. Zu oft wurden Dinge hinzugereimt, die der Fantasie entsprungen waren.

Mochte schon sein, dass dadurch auch so ein Seeberger auf die Idee gekommen war, sich an wohlhabende Frauen zu halten, Trittbrettfahrer hatte es schließlich schon immer gegeben. Angst hatte sie dennoch keine vor ihm. Wahrscheinlicher war, dass sie ihn an seine Großmutter erinnerte, er hatte sie ja sehr geliebt, wie er sagte und sie ihn. Sie hatten den ganzen Abend nebeneinander gesessen, und er gewann sogar etwas beim Roulette. Sie habe ihm Glück gebracht, sagte er. Sie lächelte. Er war ein junger Kerl, der vermutlich ein paar mütterliche Ratschläge suchte, warum nicht? Sie mochte junge Menschen.

Gesetzt den Fall, er wäre wahrhaftig ein Gigolo, dann würde er sich bei ihr die Zähne ausbeißen. Sie würde gewiss niemals wieder einen Mann an sich heranlassen. Sie ekelte sich vor sich selbst, nicht vorstellbar, den Blicken eines Mannes ausgeliefert zu sein. Nach dem Tode ihres Mannes war sie in eine hübsche Doppelhaushälfte in der Liliencronstraße, Ecke Grillparzer Straße gezogen. Durch den verwilderten Garten, der sich rund um das Haus zog. Ihre Freunde hatten ihr von dem Haus abgeraten. Lieber eine Wohnung weiter oben in einem Mehrfamilienhaus, das sei viel ungefährlicher. Sie hatte das nie gestört. Sie war von Haus aus kein ängstlicher Mensch und umgeben von netter Nachbarschaft, sie war nicht allein auf der Welt. Im Zweifelsfall brauchte sie nur laut zu rufen, dann würden ihre Nachbarn schon reagieren, da war sie sich sicher. Sie musste beinah lachen. Wie kam sie nur auf solch düstere Gedanken. Nur, weil sie diesen jungen Mann zu sich eingeladen hatte? Sie würde ihn direkt hinauskomplimentieren, wenn sie nur den leisesten Verdacht hätte, er könne unseriös sein. Schließlich kannte sie ja seinen Namen, und in der Spielbank hatte er seinen Ausweis vorgezeigt. Nein, sie brauchte sich gewiss keine Sorgen zu machen. Er brachte mit seinem Besuch einfach etwas Farbe in ihren Alltag, junge Menschen wirkten inspirierend. Aber heute war Freitag, er würde morgen kommen.

42

29. September 2018, Melinda Brandt

Die letzten Tage war Melinda unschlüssig gewesen, war ihren beiden Freundinnen aus dem Weg gegangen, hatte fadenscheinige Ausflüchte für die Abende erfunden, die sie allein verbringen wollte, hatte ein Fotoshooting mehr oder weniger schlecht und unprofessionell hinter sich gebracht. Sie war sich sicher, dass man sie dort nicht wieder buchen würde. Der Fotograf hatte ihr alles doppelt erklären müssen, so unkonzentriert wie sie war. Dennoch hatte sie nun endlich den Entschluss gefasst, Karla von dem Brief zu erzählen, den ihr vermutlich Francesco geschickt hatte. Nach einer unruhigen Nacht und wirren Träumen schrieb sie am frühen Morgen eine WhatsApp an Karla. »Muss dich sprechen, sag Bescheid, wenn du allein bist.«

Die Antwort kam postwendend. »Komme in einer halben Stunde rüber, wenn's recht ist.« Kaum hatte Karla ihre Wohnung betreten, platzte es aus Melinda heraus. »Ach Karla, ich habe euch etwas verschwiegen, habe kürzlich einen Brief bekommen. Da stand drin …«

»Ich weiß, Melinda, ich habe die Fetzen aus deinem Klo gefischt, du hast nicht lange genug gespült. Ich habe lange mit mir gerungen, ob ich dir das sagen soll, habe mich aber dagegen entschieden, da dein Vertrauen in uns beide ohnehin erschüttert war.«

Melinda sah Karla erstaunt ins Gesicht. »Du hast es gewusst? Beate auch? Ich meine, was sagt sie dazu, sie verteidigt mich doch.«

»Ich habe es ihr nicht gesagt, wollte sie nicht völlig durcheinanderbringen, auch Herbracht weiß nichts. Ich habe nicht einen Moment an dir gezweifelt. Da wollte dich einer benutzen.

»Da, da ist noch was. Ich hab da so einen Kollegen. Bin ein paar Mal mit ihm aus gewesen. Nichts Ernstes, deshalb hab ich ihn nie erwähnt. Mike heißt er.«

Karla nickte. »Mike Seiler.«

Melinda war erstaunt. »Du kennst ihn?«

Karla nickte. »Schätze, wir sind quitt. Du hast uns nichts gesagt, ich dir nicht. Hab den Seiler damals ein paar Mal beobachtet, wie er dich abgeholt hat«, sie sah Melinda mit Dackelblick an. »Da hab ich ein wenig recherchiert. War nur zu deinem Besten. Hat sich aber nichts zu Schulden kommen lassen.«

»Gott sei Dank, ich weiß, hab mich kürzlich mit ihm getroffen. Im Gegenteil, er ist hilfsbereit. Ich habe ihn zu Unrecht verdächtigt, in die Sache verstrickt zu sein.«

»Du warst bei ihm zu Hause?«

»Nein, er wohnt in Bergen-Enkheim, wir haben uns in der Stadt getroffen.«

»Besser so! Mal was anderes, du warst doch kürzlich in der Liebigstraße. Ist dir da rein zufällig so ein Typ um die 30 mit einem schwarzen Golf begegnet? Kennzeichen hätte ich auch«, sagte Karla.

Melinda schüttelte den Kopf. »Puh, da wohnen so viele Leute. Keine Ahnung. Wie soll er ausgesehen haben?«

»Wellige hellbraune oder von mir aus dunkelblonde Haare, Schnauzer, blaue Augen.«

Unwillkürlich dachte Melinda an den Mann, der die beiden von unten angestarrt hatte.

Er war aus einem dunklen Golf gestiegen und ja, er hatte einen Schnauzer gehabt. Wie seine Augenfarbe war, das konnte sie von Weitem und in der Dämmerung nicht erkennen, aber seine Haare waren gewellt, ziemlich sicher.

»Hm, also ja, kürzlich stieg ein Typ aus seinem Auto, der auf deine Beschreibung passen könnte, die Betonung liegt auf könnte. Wir saßen auf Julias Balkon, er hat zu uns hochgesehen, er blieb einen Moment stehen und starrte uns an, hatte ich den Eindruck. Das Auto war wahrscheinlich schwarz, wenngleich es dämmrig war.« Sie machte eine Pause und versuchte, sich zu erinnern. »Na ja, ob er gestarrt hat, das weiß ich nicht, aber er schien einen Moment unschlüssig zu sein, wenn man das aus dieser Entfernung überhaupt sagen kann. Und irgendwie kam er mir bekannt vor.«

»Sagt dir der Name Andreas Seeberger irgendetwas?«

»Andreas wie?«

»Seeberger.«

»Nie gehört, warum?«

»Ich bin nicht ganz sicher, aber ich habe einen Kerl in der Spielbank beobachtet. Er hat da mit einer alten Dame gesessen.«

»Was? Du warst schon wieder in der Spielbank? Ja, glaubst du denn nicht, dass das auffällt?«

»Melinda.« Karla verdrehte die Augen. »Du hast es mit einem Profi zu tun. Mein Name war Reinhard Weber.«

»Du hast dich mal wieder als Mann verkleidet?«

»Klar, passt doch ganz gut zu mir, findest du nicht?«, Karla lachte.

»Aber du musstest doch jedes Mal einen Ausweis vorzeigen. Wie hast du denn das angestellt?«

»Ich habe mich als Privatdetektivin ausgewiesen, anders ging das nicht. Habe Herbracht erwähnt, der über meine Besuche in der Spielbank im Bilde ist.«

»Verstehe. Wann warst du da?«

»Ach mehrfach, das letzte Mal vor drei Tagen. Ich denke, ich hatte verdammt Massel, dass ich diesen jungen Kerl gesehen habe. Habe wohl intuitiv den rechten Zeitpunkt gewählt. So etwas soll ja vorkommen.«

»Und was hat dieser Seeberger nun mit Francesco zu tun, glaubst du, sie arbeiten zusammen? Sozusagen organisiert?«

»Darf man hier ausnahmsweise rauchen?« Sie zog ein Zigarillo aus ihrer Hosentasche. Gib mir mal einen Unterteller. Oder besitzt du mittlerweile einen Aschenbecher?«

»Natürlich nicht.«

Melinda holte kopfschüttelnd einen Teller und öffnete das Fenster.

Karla steckte sich das Zigarillo an und zog gedankenverloren daran.

»Also sag schon, denkst du, es gibt 'ne Bande von jungen Männern, die alte Frauen ausnehmen und sie dann ermorden. Oder denkst du etwa, dieser Seeberger hat mit Francescos Verschwinden zu tun?«

Karla nickte. »Letzteres denke ich.«

✳

Karla war bereits am Morgen zum Polizeipräsidium gefahren, um Herbracht und Lorenz anzutreffen. Sie hatte ausnahmsweise Glück gehabt und parkte ihren Opel Corsa in einer der wenigen Besucher-Parkbuchten, direkt vorm Haupteingang auf der Adickesallee.

Der Pförtner informierte Herbracht sogleich über ihre Ankunft und sie wurde von einem Polizisten in dessen Büro gebracht.

»Hallo Frau Senkrecht, gibt's was Neues?« Herbracht stand auf und gab ihr die Hand. »Nehmen Sie Platz.«

Karla ließ sich nieder, Herbracht setzte sich ebenfalls.

»Ich glaub, ich hab tatsächlich was«, knurrte Karla.

»Schießen Sie los«, Herbracht zündete sich eine Zigarette an.

»Ich wäre für Datenabgleich. Vielleicht können wir uns ergänzen, was Personen im Umfeld der Rinaldi betrifft. Wollen Sie anfangen? Ich möchte sichergehen, dass ich Sie nicht langweile.«

Herbracht blies Rauch aus. »Auch recht. Lorenz hat das Umfeld der Rinaldi gefilzt, mehrere Gespräche mit der Nichte geführt, allerdings nicht viel herausgefunden. Die Rinaldi lebte in den letzten Jahren recht zurückgezogen. Wenn sie nicht auf dem Golfplatz war, dann traf sie sich häufig mit ihrer Nichte.«

»Hm«, knurrte Karla. »Wenn das alles ist …«

Volker Lorenz betrat das Büro. »Ach hallo, Frau Senkrecht.«

»Wir sprachen gerade über Datenabgleich, was die Rinaldi betrifft, Volker. Willst du Frau Senkrecht ein paar Namen um die Ohren hauen? Ich brenne darauf zu hören, was Sie selbst ausgegraben haben, Senkrecht.«

Lorenz ging zum Whiteboard. »Schauen Sie, wir haben die Personen aufgelistet, mit denen die Rinaldi in den letzten Wochen Kontakt hatte. Dabei handelt es sich überwiegend um ihre Golfschüler. Ich habe den Fokus auf die männlichen Golfschüler gelegt, und zwar beschränkt auf den Zeitraum 1. bis 15. September, also den Tag, an dem die Rinaldi ermordet wurde. Sehen Sie selbst, ob Sie mit der Liste etwas anfangen können.«

Karla stand auf, ging zum Whiteboard und überflog laut lesend die Namen.

Herbert Spengler, bisher drei Golfstunden, am 2., 7. und 10. September. Alter: 63 Jahre, Rentner, verheiratet, wohnhaft in Kalbach.

Peter Steimann, 40 Jahre, sieben Golfstunden, kam zusammen mit seiner Frau, die hatte jedoch eine Trainerin, kam am 1., 2., 5., 9., 11., 13. und 14. September. Wohnt in Oberursel.

Werner Gilbert-Heinke, eine Golfstunde am 14. September. 68 Jahre, verheiratet, lebt in Frankfurt am Main, Wittelsbacher Allee.

Michael Breitenberger, 36 Jahre, Single, vier Golfstunden. Am 3., 6., 11. und 12. September, wohnt ebenfalls in Frankfurt, Sachsenhäuser Berg, Tucholskystraße.

Mike Seiler, 32 Jahre, zwei Golfstunden, 9. und 13. September, lebt in Frankfurt, Liebigstraße.

Karla stutzte. »Mike Seiler?«

»Sagt Ihnen der Name was?«

»Na klar, ist ein Kollege von Melinda. Der wohnt aber in Bergen-Enkheim, ist ja merkwürdig, hm, ich hätte da aber einen anderen Herrn zu bieten, der wohnt in der Liebigstraße, Nr. 34.«

»Nummer 34? Interessant, wie der Seiler.

»Haben Sie die echte Adresse von dem Seiler? Wir werden ihn überprüfen.

»Melinda hat Sie. Ich werde Ihnen die Adresse nachher zukommen lassen.«

Was wissen Sie über diesen Seeberger?«

»Ich habe ihn undercover in der Spielbank beobachtet.«

»In der Spielbank? Das ist ja interessant.«

»Ich war am 18. September in Bad Homburg. Nennen wir es einer Intuition folgend. Das ist die weibliche Seite in mir, die einzige.« Sie lachte. »Da wurde ich auf diesen Seeberger aufmerksam.«

»Dann erzählen Sie mal, waren sie dieser …«, er schaute auf seinen Desktop, »dieser Reinhard Weber?«

Karla nickte. »Was fragen Sie, wenn Sie es ohnehin wissen.« Sie zündete sich ein Zigarillo an, zog daran, blies den Rauch aus und sagte: »Erstaunlich, dass ich nicht am Whiteboard hänge, ja der war ich. Sie wissen doch, das ist der Grund, weshalb ich Privatermittlerin bin. Ich verkleide mich gern, hab ich schon als Kind geliebt. Ich war Reinhard, zumindest an diesem Tag.«

»Davor waren Sie Helga Fritz, Gerda Ems und Andrea Balz.«

»Schon gut, hat ja wenigstens einen Treffer ergeben. Fahren Sie fort.«

»Ich beobachtete einen jungen Mann, der mit einer älteren Dame an der Bar sprach.« Karla zog einen Notizblock aus ihrer Jacke, blätterte und las. »Sie kommt auch aus Frankfurt und heißt Christa Weißberger. Merkwürdig, manchmal denke ich, die Bad Homburger selber sind keine Spieler. Alle Damen kamen aus Frankfurt, nicht? Mehr hab ich nicht herausgefunden. Die geben einer Privatermittlerin keine Auskunft. Sie wissen ja, Datenschutz. Ich hab's gar nicht erst probiert. Ich würde Ihnen aber raten, herauszufinden, wo die Frau zu Hause ist. Nicht, dass wir bald ein neues Opfer zu beklagen haben. Ich fress 'nen Besen, wenn der Seeberger nicht unser Mann ist.«

43

22. September 2018

Ihr war ein Stein vom Herzen gefallen, seit sie mit Karla gesprochen hatte. Sie glaubte nun, dass sich doch alles zum Guten wenden würde. Karla würde sie niemals im Stich lassen, außerdem hatte sie immer den richtigen Riecher gehabt und Mike entpuppte sich als Freund. Er hatte ihr seine Hilfe angeboten, in welcher Hinsicht auch immer. Und ihr war die Last der letzten Wochen endlich genommen. Melinda wollte diesen Nachmittag nutzen und ins Schwimmbad gehen, zum letzten Mal in dieser Saison, den Kopf frei bekommen, über ihr künftiges Leben nachdenken. Vielleicht war dies einer der letzten schönen Tage, und sie hatte das Gefühl, dass sie dringend Entspannung brauchte. Sie war mit ihrem Smart zum Waldstadion gefahren und hatte einen Parkplatz unweit des Eingangs bekommen. Kaum ein Mensch war im Schwimmbad. Sie legte sich auf die Wiese unweit der Sprungtürme. Wenngleich sie sich selber nicht zu springen traute, bewunderte sie doch die Schwimmer, die sich sogar mutig vom Zehnmeterbrett stürzten, sie selbst hatte Höhenangst.

Sie breitete ihre Decke aus, setzte sich dann aber an den Beckenrand und dachte über ihre Zukunft nach. Als Model führte man keinen Beruf aus, sondern einen vorübergehenden Job. Sie war verbohrt gewesen. Ihre Eltern hatten natürlich recht. Dass die beiden auf stur geschaltet hatten, das konnte sie mittlerweile verstehen. Sie sprach fließend Englisch und ziemlich gut Französisch, vielleicht sollte sie sich am Frankfurter Flughafen als Flugbegleiterin bewerben. Oder möglicherweise würde sie doch studieren, so wie Mike. Sobald das Jahr vergangen war, wollte sie ein Ziel vor Augen haben. Das wenigstens hatten ihr die Aufregungen der letzten Zeit gebracht. Sie war nachdenklich geworden. Doch bis zum Jahresende würde sie noch modeln. Sie wollte am frühen Abend bei Julia vorbeischauen, seit dem Tod ihrer Tante war nun eine Woche vergangen. Es wurde Zeit, Julia ein bisschen aufzumuntern.

Gedankenverloren schaute sie zu den Sprungtürmen. Ein junger Mann war gerade dabei, einen Salto rückwärts vom Fünfer zu machen. Sie sah zu ihm auf. Respekt, bei seinem Gewicht. Er kraulte zum Beckenrand und stemmte sich hoch, statt die Leiter zu benutzen. Plötzlich stutzte sie. Auf seiner Schulter leuchtete ein rotes Tattoo. Sie sah es jetzt ganz deutlich. Es war ein Herz mit etwas schwarzem darin. Ein Pfeil?

In diesem Moment drehte sich der Typ um und sah sie verwundert an. Oder täuschte sie sich. Doch dann ging er auf der anderen Seite der Wiese davon. Verdammt, war das etwa Francesco? Dieser Blick. Melinda sprang auf, rannte zu ihren Sachen, zog sich hastig Jeans und T-Shirt an und lief in die Richtung, in der er verschwunden war.

Gerade sah sie, wie er den Ausgang erreichte, auch er hatte sich angezogen. Sie folgte ihm bis zum Parkplatz. Er stieg in einen schwarzen Golf. Sie sprang ebenfalls in ihr Auto, es parkte eine Reihe hinter ihm. Er schien sie nicht bemerkt zu haben. Sie warf ihre Tasche auf die Rückbank, startete und fuhr mit Abstand hinter ihm her. Sie handelte intuitiv, wusste nicht, ob es richtig war, was sie tat, wusste nicht einmal, ob er es wirklich war. Doch sie musste es herausfinden. Sicher hätte sie Karla anrufen sollen, doch dazu blieb keine Zeit. Sie würde ihn aus den Augen verlieren, wenn sie auch nur eine Minute unaufmerksam war. Sollte dieser Kerl Francesco sein, dann würde sie ihn stellen. Er würde endlich für das gerade stehen, was er ihr angetan hatte. Sie zitterte vor Aufregung und Wut. Mit Karla würde es Ärger geben, doch was sollte geschehen? Sie saß im Auto, es war noch hell draußen. Er würde sie wohl gewiss nicht auf der Straße kidnappen oder umbringen.

*

Natürlich hatte er sie gesehen. War sie ihm etwa schon ins Stadion gefolgt? Ein Komplott mit dieser Senkrecht? Hatten sie seine Pension ausspioniert? Eine kleine Straße in Neu-Isenburg. Nein, das hätte er bemerkt. Und jetzt? Sie folgte ihm allein. Er würde sie in dem Glauben lassen, dass er es nicht bemerkte. Komm nur, du kleine Schlampe, du sollst dein blaues Wunder erleben, ich wollte dich verschonen, aber wenn du es so haben willst, dann sollst du es bekommen.« Sie passierten die Alte Oper, grüne Welle zum Glück. Er wollte sie nun keinesfalls abhängen.

Sie schwitzte. Jeden Moment würde eine Ampel auf Rot schalten, dann verlor sie ihn. Hektisch fingerte sie ihr Handy aus der Tasche, sie musste Karla informieren, doch glitt es ihr aus den Fingern, als sie schaltete, und es fiel zwischen die Sitze. »Scheiße«, fluchte sie. »Scheiße, und jetzt?« Egal, dann eben ohne Handy. Soeben bog er von der Hansaallee ab Richtung Dornbusch. Da sprang die Ampel auf Gelb, doch glücklicherweise blieb er stehen. Ein Auto war zwischen ihnen.

Er sah in den Rückspiegel und lächelte. »Du sollst mich nie mehr verlieren, verlass dich darauf«, sagte er. Grün, er gab Gas und bog in die Grillparzer Straße ein.

Melinda war so nervös, dass ihr Fuß auf dem Gaspedal zitterte. »Wo will er verdammt nochmal hin?«, murmelte sie. Er bog links ab, in die Liliencronstraße. Sie folgte, er hatte angehalten. Mist, sie fuhr weiter, sah im Rückspiegel, wie er ausstieg und hinter einem Gartentor verschwand. Wenige Meter später entdeckte sie eine Parklücke.

44

29. September, Christa Weißberger

Die Türklingel hatte geläutet, Christa sah auf die Uhr. Das konnte nur Andreas Seeberger sein. »Eine halbe Stunde zu früh, na, das gehört sich aber nicht, Bürschchen«, murmelte sie und ging zur Tür.

»Es ist mir sehr unangenehm, liebe Christa, ich habe die Blumen zu Hause liegen gelassen und zu früh bin ich auch.«

»Na, Schwamm drüber, kommen Sie erst einmal rein. Ich werde gleich den Kaffee aufsetzen. Gehen Sie geradeaus durch ins Wohnzimmer. Und machen Sie es sich bequem.«

Er betrat einen düsteren Raum mit halb verschlossenen Vorhängen. Ein Frankfurter Schrank beherrschte optisch den kleinen Raum. Vor einem mit Marmor verkleideten Kamin stand ein dazugehöriges verschnörkeltes gusseisernes Besteck. Er setzte sich auf ein rotes plüschiges Biedermeiersofa. Sein Kopf schmerzte. Die Polizei würde sie vermutlich nicht informieren, die Kleine. Sie würde eher herauszufinden versuchen, ob er wirklich der war, für den sie ihn hielt. Er schmunzelte. Die Sache nahm Fahrt auf.

Er hatte sich bereits während der Fahrt einen genialen Plan ausgedacht. Dass er zu früh herkommen musste, lag nicht an ihm, er konnte kaum ahnen, dass er Melinda um die Jahreszeit im Schwimmbad antreffen würde. Nun allerdings sollte sie nochmal für ihn herhalten. Sie war ein bewährtes Opfer. Leider war die Weißgerber nun nicht mehr die Hauptdarstellerin, besetzte stattdessen nur eine unbedeutende Nebenrolle. Schade eigentlich. Auch Andreas genoss die Angst in den Gesichtern der alten Weiber, nicht nur Francesco. Zu gern hätte er gewusst, ob er Christa gefügig hätte machen können. Ein kleines erheiterndes Spielchen wäre das gewesen, bevor er auch sie aus dem Verkehr gezogen hätte. Nun, dann eben beim nächsten Mal.

Soeben erschien die behäbige Frau mit Tassen und Untertassen, stellte sie auf den niedrigen Holztisch vor dem Sofa, lief zum Fenster und zog die Vorhänge zurück. Der dichtbewachsene Garten verdeckte den Blick auf die Nachbargrundstücke. Unwahrscheinlich, dass man von außen durch das dichte Gestrüpp eindringen konnte. Melinda würde entweder unschlüssig im Auto sitzen oder, was er eher vermutete, gleich vor dem Eingang stehen. »Es tut mir wirklich leid, wenn ich Ihnen Umstände mache, weil ich zu früh bin. Kann ich etwas helfen?«

»Schon gut, der Kaffee dürfte gleich durchgelaufen sein. Einen Augenblick bitte, bin gleich wieder da«, sagte sie und ging aus dem Raum. Sein Blick glitt zum Kaminbesteck. Die Gelegenheit war günstig. Er stand auf, nahm sich den Schürhaken und schlich hinter Christa her.

»Aber du sollst doch nicht ...« Sie hatte keine Zeit mehr, sich umzudrehen, ein harter Schlag traf sie am Hinterkopf und sie fiel bewusstlos zu Boden. Blut quoll aus der klaffenden Kopfwunde.

*

Melinda verlor nicht einmal Zeit, das Handy zwischen den Sitzen hervorzuziehen. Stattdessen sprang sie aus dem Auto und schlich zu dem Gartentor, in das sie ihn hatte verschwinden sehen.

Zum Glück hatte er sie nicht bemerkt. Möglicherweise wohnte er hier. Das Tor stand offen. Ein etwa drei Meter langer Weg, von dichten Hecken umsäumt, führte zur Haustür des Doppelhauses. Ein Namensschild war vorm Tor nicht angebracht. Auch nicht vorm Tor der anderen Haushälfte. Verdammt, welcher Eingang war nun der richtige? Vorsichtig und mit dem Blick auf das bodentiefe Fenster neben der Tür gerichtet, ging sie den Weg zum Haus entlang. Nichts regte sich. Es war vermutlich falsch, was sie tat.

Sie sollte umkehren, das Handy zwischen den Sitzen rausfischen und Karla anrufen, oder gar die Polizei. Doch was hätte sie denen sagen sollen? Hier ist ein Mann in ein Haus gegangen, der mich an Francesco Lione erinnert, dem ich quer durch die Stadt gefolgt bin? Nein, sie würde sich lächerlich machen und mit Karla und Beate würde es Ärger geben, zu Recht. Sie war jetzt hier und sie würde herausfinden, was es mit diesem Mann auf sich hatte. Doch wie würde man sie aufspüren, falls ihr etwas zustoßen sollte? Da hatte sie plötzlich eine Idee. Sie trug einen breiten Silberring am Mittelfinger. Den hatte sie mal von Beate zu Weihnachten bekommen. Sie zog ihn ab und ließ ihn auf den Weg fallen. Wer weiß, wenn ihr etwas geschehen oder sie entführt werden sollte, würden zumindest ihre Freundinnen den Ring erkennen, so hoffte sie wenigstens. Getrieben von grenzenloser Wut schlich sie zum bodentiefen Fenster neben dem Eingang. Francesco hatte versucht, ihr das Verbrechen an dieser Ingrid

Golden in die Schuhe zu schieben, dafür würde er büßen. Jetzt war sie an der Reihe, sich zu rächen, für das, was er ihr, dieser Frau, Anna und vielleicht noch anderen angetan hatte. Nein, sie war keine Heldin, aber sie würde ihm dennoch die Augen auskratzen.

Plötzlich entdeckte sie, dass die Haustür nur angelehnt war. Das hatte er im Karpfenweg auch getan. An der Tür hing ein Namensschild: »Weißberger.« Leider ohne Vornamen. Moment mal, war das doch nicht Francesco? Oder gar sein richtiger Name?

Vorsichtig öffnete sie die Tür, lauschte. »Hallo, ist da jemand?«, fragte sie zaghaft. »Ihre Tür steht offen. »Hallo?«, versuchte sie es lauter.

Mit einem Ruck wurde die Tür vollständig aufgerissen. »Ich freue mich, dass Sie den Mut haben, sich zu entschuldigen. Schließlich wird man nicht alle Tage von so einer hübschen jungen Frau verfolgt. Wollen Sie nicht reinkommen?«

»Sie, Sie haben mich bemerkt?«, Melinda starrte in das hassverzerrte Gesicht eines Mannes, den sie gut zu kennen glaubte.

*

Melinda hatte kürzlich das Haus verlassen. Karla öffnete die Family App. Da sich Melinda nie beklagt hatte, ging sie davon aus, dass das Herunterladen dieser App unbemerkt geblieben war. Seit dieser Zeit überwachte sie jede Fahrt der jungen Frau und fand heraus, dass sie sich an diesem Nachmittag im Frankfurter Waldstadion befand. Für Karla kein Grund zur Sorge. Dennoch überwachte sie die App. Was ihr recht merkwürdig vorkam, war die Kürze der Zeit, die Melinda dort verbrachte. Keine 20 Minuten, da befand sie sich offenbar wieder im Auto und fuhr quer durch die Stadt. »Vielleicht wollte sie zu Julia? Oder hat sie einen Job?« Nein, hatte sie nicht, das wüsste Karla. Längere Zeit fuhr sie über die Eschersheimer Landstraße, bog ins Dichterviertel ab, bis in die Liliencronstraße. Dort blieb das Auto stehen. Das war merkwürdig. Was wollte das Mädchen denn in dieser Gegend? Eine noble Wohngegend, ohne Geschäfte. Sie wählte mehrfach Melindas Nummer, ohne Erfolg. Exakt zehn Minuten später hatte sich Karla auf den Weg gemacht, die App nicht aus den Augen lassend. Ihr Ermittlerinstinkt sagte ihr, dass dies keinen Aufschub duldete. Die Fahrt dauerte knapp eine Viertelstunde, eine beunruhigende Viertelstunde, denn an jeder Ampel sah sie aufs Handy. Und jede, aber auch jede Ampel sprang auf Rot. Wie immer, wenn man in Eile war. Melinda hatte sich nicht von der Stelle gerührt. Sie öffnete ihr Handschuhfach, HK P30, die ihr schon so manchen Dienst geleistet hatte, wenngleich sie zum Glück nie damit hatte schießen müssen. Es war nicht gerade einfach gewesen, einen Waffenschein zu bekommen, Privatermittler müssen das begründen und sich dafür eignen. Sie zählte jedoch in Frankfurt zu den bewährten und bekannten Ermittlern und hatte vor Jahren alle Kriterien erfüllt, als sie bei einem Einsatz in letztem Moment ein Kind hatte retten können und dabei einen Streifschuss erlitten hatte.

Als sie in die Liliencronstraße einbog, sah sie Melindas Auto von Weitem. Sie brauchte eine Weile, bis sie hinter einem schwarzen Golf, Ecke Grillparzer Straße, einen Parkplatz fand. Nur ein Moment, bis ihr bewusst wurde, was sie da sah – ein schwarzer Golf mit dem Kennzeichen F:AS: Seebergers Auto. Sie nahm die Waffe, steckte sie in ihre Anoraktasche und stieg aus. Sie ging weiter nach oben zu Melindas Auto. Die App zeigte an, dass sich Melinda im Auto befand. Dort war sie aber nicht. Verdammt. Karla zückte ihr Handy und wählte die Nummer von Kommissar Herbracht. »Ich denke, es wird ernst. Kommen Sie möglichst mit Verstärkung in die Liliencronstraße, Ecke Grillparzer. Beeilen Sie sich. Melinda Brandt befindet sich vermutlich in Andreas Seebergers Gewalt.«

*

Er hatte die Tür hinter ihr zugesperrt und den Schlüssel in die Hosentasche gesteckt. Erst jetzt bemerkte sie den Schürhaken in seiner Hand.

»Du bist ein hartnäckiges Mädchen, Melinda, das muss ich schon sagen. Wie hast du mich im Waldstadion gefunden, bist du mir gefolgt?«

Melinda war kalkweiß im Gesicht geworden und lehnte sich gegen die Wand. »Nein, das war, das war reiner Zufall! Warum nur, warum hast du das alles getan?«

»Weil ich das Schicksal bin. Ich bewahre die Welt vor Individuen, die ausgedient haben. Ich bin von Gott gesandt, Melinda, von Gott!«

»Wie kannst du nur so etwas sagen, bitte hör doch auf!«, Melinda suchte verzweifelt nach einer Möglichkeit zu entkommen.

Er bemerkte das. »Aufhören? Nein, im Gegenteil. Du hast das Recht alles zu erfahren, wenn du dir schon die Mühe machst, mich hier zu besuchen. Ach, setzen wir uns doch, dann kann ich dir alles in Ruhe erklären.« Er packte sie bei der Schulter und stieß sie vor sich her. »Da rein, los.«

Melinda schrie auf, als sie die Frau am Boden liegen sah,

mit dem Gesicht nach unten. Aus einem Loch am Hinterkopf lief Blut heraus. »Mein Gott, sie braucht Hilfe.« Sie wollte sich zu ihr beugen.

»Zu spät, die Alte kann keine Hilfe mehr brauchen, fürchte ich.« Er stieß sie auf einen Stuhl und baute sich vor ihr auf.

»Mein Gott, Francesco, was hast du getan!«, stöhnte sie.

»Ach ja, Francesco dieser Gauner. Er ist ein ganz schönes Schlitzohr gewesen, findest du nicht? Ich mochte den Namen, fand ihn sexy, und du? Er war nur für euch bestimmt, besser gesagt, für meine alten Freundinnen. Ich hab ihn mir im Internet besorgt, den Pass, meine ich«, er kicherte.

»Eigens zu diesem Zweck hatte ich mir ein Postfach eingerichtet. Er kam per Einschreiben, der Ausweis, und aus Andreas Seeberger wurde Francesco Lione«, er zog den Namen beim Aussprechen lang und rollte das R. »Hab ihn über Bitcoins bezahlt. Virtuelles Geld, verstehst du? Was denkst du, hat meine neue Identität gekostet, hä?«

Melinda starrte auf die am Boden liegende Frau. »Bitte, sie braucht Hilfe.«

»Quatsch, antworte gefälligst.«

»Ich, ich weiß es nicht«, schluchzte Melinda.

»600 Dollar, aber die waren es Wert. Ich habe dadurch viel Geld gewonnen, sehr viel sogar.« Er lachte. »Schließlich musste ich ja für meine harte Arbeit auch entlohnt werden. Umsonst gibt's nichts. Nicht mal von mir. Nur du dachtest das, stimmt's? Du dachtest, dass ich dich mag.« Er schüttelte verständnislos den Kopf und fuhr fort:

»Francesco Lione, wohnhaft Frankfurt, Wittelsbacher Allee 105. Gültig bis 2020. Das reichte voll und ganz. Francesco würde ohnehin nicht lange leben. Ich habe mir extra seinetwegen in einer WG ein Zimmer gemietet und ein Jahr im Voraus bezahlt. Die Idioten haben nicht mal meinen Ausweis verlangt, da ich sagte, dass ich das Zimmer vorläufig ohnehin nicht nutzen werde, weil ich ins Ausland muss. Haha, die Menschen sind so naiv, nicht? So wie du, Melinda. Jedenfalls sind mir die Idioten von der Kripo ja nicht auf die Schliche gekommen. Francesco ist tot und du«, er stieß ihr seinen Zeigefinger auf die Brust. »Du hast mich umgebracht.

Eigentlich warst du in meinem Leben gar nicht vorgesehen.«

Melinda konnte nicht aufhören, die Frau anzustarren. »Hör zu, Francesco, bitte, ich glaube, sie atmet, wir müssen ihr helfen«, sie wollte vom Stuhl aufspringen.

»Sitzen bleiben, Schlampe, sonst schlag ich zu. Ich heiße außerdem Andreas, merk dir das. Andreas!« Er betonte den Namen.

»Wie gesagt, der da kann und wird keiner mehr helfen. Die kriegt doch eh nix mit. Siehste doch, hat nicht mal Schmerzen. Blutet nur aus, wie ein Stück Vieh, sieht widerlich aus, oder?« Blanker Wahnsinn lag in seinem Blick.

»Und unterbrich mich nicht dauernd! Du bist mir jedenfalls zur rechten Zeit ins offene Messer gelaufen.« Er strahlte. Was seid ihr Weiber auch so dämlich, lasst euch mit Kerlen ein, die ihr nicht kennt, wie die Huren. Öffnet fremden Männern die Tür. Ist doch nicht meine Schuld, dass so etwas«, er machte eine Pause und sah lächelnd auf die alte Frau, »dass so etwas Abscheuliches geschicht, nicht?« Das letzte Wort spie er Melinda förmlich ins Gesicht.

Melinda weinte fassungslos. Was hatte sie sich dabei gedacht, in dieses Haus zu gehen, ohne Hilfe. Nun sah sie keine Möglichkeit, sich und die schwer verletzte Frau zu retten.

»Du brauchtest mich, um die Polizei glauben zu lassen, du seist tot, nicht? Und ja, es hat geklappt, ich hab mir selbst nicht mehr über den Weg getraut.«

Er lachte laut. »Das ist ganz wunderbar, genau dafür brauchte ich dich, kluges Mädchen. Ich wollte die Bullen aushebeln.« Er klopfte mit dem Schürhaken auf den Boden. Melinda fuhr zusammen. Er nahm sich einen weiteren Stuhl und setzte sich ihr gegenüber.

»Ich habe die alten Fregatten in der Spielbank erobert, die alten geilen Weiber. Standen auf den smarten Italiener, mit den dunklen Kontaktlinsen, ha,ha,ha. Ich habe jeder dieser geldgierigen Schlampen einen Glücksjeton mit auf den Weg gegeben, auf den Weg ins Jenseits. Ein kleines Souvenir, verstehst du? Ein hübsches Andenken an ihre letzte große Leidenschaft und Liebe. Du willst sicher gerne wissen, wie viele es waren, nicht?«

Melinda schüttelte den Kopf. »Bitte, ich muss ihr helfen, bitte.«

»Bleib sitzen, verdammt! Also, willst du nun wissen, wie viele es waren?«

Melinda zuckte mehr mit dem Kopf, statt zu nicken.

»Es waren drei geplante Morde, na ja, den Zeitpunkt hat das Schicksal selbst festgelegt, dennoch wollte ich von vornherein, dass sie sterben. Aber die Rinaldi, die war ungeplant, deshalb konnte ich ihr keinen Jeton mehr abgeben. Aber sie war eh Golferin.«

Melinda stöhnte auf.

»Tja, sie hat mich erkannt.« Er schüttelte den Kopf und lachte. »Stell dir bloß vor, sie wollte mich überführen, die Neugiernase. Sie war genauso neugierig wie du. Ich lernte sie bei der Radt kennen, sie war ihre Freundin, sah mich schon damals so merkwürdig an. Ich hatte sie nicht auf dem Schirm. Das war eine spontane Eingebung. Wir haben uns getroffen, ich wollte rausfinden, ob sie was weiß. Ich konnte ja nicht ahnen, dass sie die Tante deiner Freundin Julia ist, was für eine Überraschung, findest du nicht? Ich fiel beinah aus allen Wolken.« Er lachte. »Wie hätte ich sie da am Leben lassen können. Nein, keine Chance. Ich habe übrigens ein Gespräch zwischen Julia und einem Freund von ihr mitbekommen.«

Melinda starrte ihn an. »Wann? Hast du ihr etwas getan?«

Er lachte. »Nein, noch nicht. Aber vielleicht ein anderes Mal, ich denke noch drüber nach. Sie hat mich auf die Idee gebracht, dir die netten Zeilen zu schreiben. Sie war so besorgt um dich und sagte, du gibst dir Schuld. Das war großartig. In dem Glauben musste ich dich unbedingt bestärken, logisch, oder?«

»Mein Gott!« Melinda schlug die Hände vors Gesicht.

»Ich hatte ebensolches Glück mit Anna. Hab bei ihr ein paar Golfstunden genommen.«

Melinda sah auf die Frau am Boden herab und schüttelte unendlich traurig den Kopf, sie war sich nicht sicher, ob sie überhaupt noch am Leben war.

»Ich hab sie zum Essen eingeladen, gefickt hab ich sie übrigens nicht. Falls dich das interessiert.«

»Bitte Fra..., Andreas, bitte, hör doch auf.«

»Wir waren auf dem Eisernen Steg, niemand außer uns war dort.

Es schüttete nämlich in Strömen. Sie unterstellte mir plötzlich so allerlei. Damit konnte ich sie nicht durchkommen lassen, kapierst du?

Ich war übrigens Mike Seiler für Anna«, er prustete vor Freude.

»Du Schwein«, entfuhr es Melinda. Es war unerträglich, den Wahnsinnigen reden zu hören.

»Gute Idee, was? Eigentlich wollte ich das Schreiben an dich auch mit seinem Namen unterschreiben. Aber es wirkte auch so ausreichend, oder nicht?«

»Kennst du denn gar kein Mitleid? Hast du kein Gewissen?«, flüsterte sie.

»Mitleid? Das ich nicht lache. Wer hatte denn jemals mit mir Mitleid, hä? Wer? Hör auf mir den Gutmenschen vorzuspielen. Und hör auf, mich aus dem Konzept zu bringen, dumme Kuh.«

Und nun ist mir die kleine Melinda schon zum zweiten Mal zur rechten Zeit über den Weg gelaufen. Sie werden nämlich bald davon überzeugt sein, dass sie in mir den Falschen gejagt haben, denn nun bist du ja wieder da, kleine Melinda.«

»Wie meinst du das?«

»Wenn du mich ausreden lässt, wirst du es erfahren.«

»Ich liebe das Spiel, sowohl spielen als auch das Spiel mit der Macht, verstehst du? Francesco, er war ein Frauenversteher und er war sexy, oder etwa nicht?« Er blickte sie auffordernd an. »Antworte mir!«

»Ja, ja, ich, ich fand dich, nein ihn, ja. Francesco, ähm ich meine Andreas, ich kann dir helfen, ich habe Freundinnen, die können dir helfen, das verspreche …, gib wenigstens ihr eine Chance. Bitte.« Sie deutete auf die am Boden liegende Frau.

»Dass ich nicht lache, deine unfähigen Freundinnen. Ich habe mir deine Pauli als Anwältin genommen, sie war nicht in der Lage, mir zu helfen. Unfähig.«

»Du hast was?«

»Es hatte natürlich einen weiteren Grund«, er klopfte rhythmisch mit dem Schürhaken auf den Boden. »Ich wollte wissen, wie gefährlich deine beiden ach so klugen Freundinnen mir werden konnten. Aber zum Glück haben sie keine Ahnung, wer ich bin. Ist das nicht lustig? Nun gut, deine Rechtsanwältin kennt meine Adresse. Ich musste mich kurzfristig in eine Pension einmieten. War aber alles kein Problem. Die alten Schachteln haben sich übrigens allesamt nach mir verzehrt. Besonders die Golden. Ingrid Golden.« Er zog den Namen in die Länge, machte einen spitzen Mund. »Sie war zwar ein Biest, aber für mich hätte sie alles gegeben. So bekam ich dann auch die Wohnung und das Boot, nun ja«, wieder lächelte er und schüttelte traurig den Kopf. »Leider nur als Leihgabe. Allerdings hat sie mir wenigstens Geld gegeben. Ich hätte vermutlich auch mehr rausschlagen können, aber ich bin ja kein Unmensch. Dann wurde sie unbequem, da musste ich sie verschwinden lassen, aber immerhin habe ich es mit ihr am längsten ausgehalten. Die Wohnung war aber auch zu schön und das Boot erst, fandest du nicht? Ich hab sie auf dem Boot erschlagen und vor der Offenbacher Schleuse entsorgt, mein Gott war das viel Blut, dagegen ist die hier nichts.« Er schmierte mit dem Schürhaken in der Blutlache herum. »Als die Leiche gefunden wurde, musste ich natürlich langsam abtauchen. War ja klar, dass ich da ins Visier geraten würde, schließlich gehörte ihr das Boot. Ich brauchte also einen Sündenbock. Den Rest kennst du. Ich habe dir ein klein wenig die Augen verdreht, und schon warst du wachsweich in meinen Händen. Ich hatte gleich einen recht guten Plan.« Wieder lachte er laut. »Ich hatte noch etwas Gamma-Butyrolacton, ich war mal auf Drogen. An das Zeug kommt man einfach ran. Man darf nur nicht zu viel davon nehmen. Erinnerst du dich an unseren Abend in Sachsenhausen? Du hattest bereits einen im Tee, und dann gingst du zum Klo. Ein Fehler, den man heutzutage leicht einmal bereuen kann. Ich kippte dir das Zeug in dein Glas. Als es zu wirken begann, bezahlte ich. Du wirktest einfach ein wenig betrunken, mehr nicht, ich legte deinen Arm um meine Schulter, und wir gingen hinaus. Eine Weile konntest du noch von mir gestützt vor dich hinstolpern, den Rest des Weges nahm ich dich huckepack, du warst besinnungslos. Zum Glück bist du ja schlank. Dennoch war das die mühsamste Arbeit, die ich verrichtet habe. Ich schleppte dich bis zum Karpfenweg. Ich packte dich auf Ingrids Boot, was ich zwar grundgereinigt hatte, aber die finden heute die kleinsten Spuren, scheiß DNA. Deshalb hieb ich dir mit einer Bierflasche auf den Kopf und ließ dich auf dem Boot liegen. Nun vermischten sich zumindest deine und ihre Spuren.« Er grinste. »Mir selbst fügte ich auch ein paar kleine Wunden zu. Es sollte so aussehen, als hättest du mit mir gekämpft. Ich wusste, du würdest dich durch die Tropfen später an nichts erinnern können. Ich ging dann in aller Ruhe fort, ließ meinen falschen Pass und die Autopapiere zuvor in Ingrids Wohnung. Du solltest das ja finden. Meine Wohnung im Westend kannte niemand, und ich verwandelte mich noch am selben Abend in Andreas zurück. Scheiße war, dass ich zu der Zeit nichts von deinen lesbischen Freundinnen wusste. Du hättest mir davon erzählen sollen, vielleicht hätte ich dich dann in Ruhe gelassen.«

»Francesco, bitte.«

»Aber diese Senkrecht ist eben doch nicht so schlau, nicht? Weder sie noch die Polizei ist bisher hinter meine wahre Identität gekommen. Und den Mord an der Rinaldi, den halten die Idioten für Selbstmord, herrlich nicht? Hast du's auch in der Zeitung gelesen?« Er lachte schallend. Wieder begann er, mit dem Schürhaken auf den Boden zu hämmern. »Und siehst du, ich habe sogar zugenommen. Das macht meine Kinnpartie viel runder, nicht? Ich hab nämlich mal gelesen, dass man einen Menschen am ehesten über die Nasen-Kinn-Partie identifizieren kann.«

»Warum ausgerechnet all diese alten unschuldigen Frauen, Andreas, warum bloß?«

Andreas beugte sich vor und lächelte beinah sanft. »Ich musste es für meine Großmutter tun. Ich habe sie gerächt, verstehst du? Sie war der beste Mensch, den ich je im Leben kennengelernt habe. So sanft und so selbstlos.« Sein Gesichtsausdruck veränderte sich und wurde fratzenhaft. »Dann bekam sie Alzheimer. Diese wunderbare, stolze Frau. Sie wurde zur leeren Hülle, vegetierte vor sich hin, erkannte mich nicht mehr. Es hat mir das Herz gebrochen, während diese Weiber«, er deutete auf die verletzte Frau, »während diese gelangweilten Weiber bei wachem Verstand alt werden durften. Nicht nur das, sie hielten sich auch noch für attraktiv, wollten allesamt mit mir ficken, ist das nicht widerlich? Könntest du so etwas gutheißen, he? Antworte gefälligst! Natürlich gebe ich zu, dass ich zuerst an die Kohle dachte. Die brauchte ich nun mal. Und wo gibt es wohl reiche Menschen, na? In der Spielbank natürlich. Vor allem findet man dort hin und wieder reiche Witwen. Ich wollte Moma später aus dem Heim zu mir holen, damit sie wenigstens am Ende ihres Lebens behütet war. Doch sie war verstorben.« Er hieb mit dem Schürhaken direkt neben die am Boden liegende Frau.

»Nein, nein, nicht!«, schluchzte Melinda.

»Nein, ist ja schon gut. Meine Liebe, jetzt geht es zum Finale.« Er hob den Schürhaken. »Los, bück dich, bade deine Finger im Blut der alten Frau, wird's bald, na mach schon.«

Melinda schnappte nach Luft. »Du bist ja vollkommen irre. Was soll das?«

»Sie werden denken, dass du die Frau aus lauter Eifersucht erschlagen hast, dann wolltest du auch mich töten. Reine Eigenwehr, meine Liebe, ich musste dich leider erschlagen.«

*

Karla hatte sich umgesehen. Melinda konnte in verschiedenen Häusern stecken. Doch dann hatte sie das offene Gartentor entdeckt. Handwerker schienen im Haus zu sein, denn sie hörte harte Schläge wie von einem Hammer. Sie ging ein paar Schritte näher zum Haus, da sah sie plötzlich etwas auf dem Weg liegen, das in der Sonne glänzte. Sie bückte sich; ein Ring. Sie hob ihn auf und traute ihren Augen nicht, es war Melindas Ring, ein Geschenk von Beate, kein Zweifel. Mein Gott. Sie schlich sich ans Haus, die Waffe in der Hand. Sie musste ein Fenster finden, in das sie eindringen konnte. Neben der Haustür befand sich ein bodentiefer Windfang, breit genug, um sich hindurchzuzwängen, wenn das Glas sich einschlagen ließ und nicht aus Panzerglas bestand. Das Haus schien aber nicht gesichert zu sein. Auch Anzeichen für eine Alarmanlage gab es nicht. Wo blieb Herbracht, verdammt! Sie musste handeln, nahm den Kolben ihrer Schusswaffe, holte aus und schlug ihn gegen die Scheibe, das Glas zerbarst. Ein paar stachelige Glasscherben im Rahmen, trat sie mit dem Fuß beiseite und stieg durch den Windfang.

Der Lärm hatte Seeberger aufgeschreckt, er war aufgesprungen und mit erhobenem Schürhaken auf Karla zugestürzt.

»Keine Bewegung, diese Waffe ist geladen«, rief Karla.

Seeberger war wie von Sinnen, holte mit dem Schürhaken aus und schlug Karla die Waffe aus der Hand. Karla ging in Deckung. Doch plötzlich stand Melinda im Türrahmen. Sie hatte einen Küchenstuhl ergriffen, schwang ihn hoch und traf hart seinen Rücken. Er stöhnte, taumelte, fiel, rappelte sich auf. Wieder holte er aus, doch Karla duckte sich rechtzeitig weg. Melinda bückte sich, wollte nach der Waffe greifen, doch er trat ihr mit aller Kraft gegen den Arm. Melinda schrie auf. Karla griff nach dem umgefallenen Stuhl, hob ihn an und schleuderte ihm das Stuhlbein gegen den Kopf. Er brach zusammen.

Melinda rappelte sich hoch, hielt ihren schmerzenden Arm. »Ist er tot?«

»Der? Nee, nur besinnungslos.«

»Karla, schnell, hier braucht jemand Hilfe«, rief Melinda. »Dort in der Küche.«

»Okay, pass du auf den Kerl auf!« Sie gab ihr die Waffe in die Hand. »Kannst du sie halten?«

»Wird schon gehen, was soll ich tun, wenn er aufwacht?«

»Mich rufen.«

Plötzlich hörten sie Martinshörner. »Na endlich, geschafft«, knurrte Karla und rannte in die Küche.

45

Polizeipräsidium

Melinda, Karla und Beate saßen im Büro von Hauptkommissar Herbracht und Volker Lorenz.

»Frau Brandt, wie geht es Ihrem Arm?«, fragte Herbracht.

Melinda trug den geprellten Arm in der Schlinge. »Ist schon viel besser, zum Glück nicht gebrochen.«

»Wenn Ihr Einsatz nicht überaus mutig gewesen wäre, Frau Brandt, müssten Sie jetzt eine Standpauke über sich ergehen lassen, das kann ich Ihnen sagen. Sie haben fahrlässig gehandelt und ihr Leben aufs Spiel gesetzt. Einem solchen Menschen wie Seeberger sind Sie kaum gewachsen.«

»Keine Sorge, die Schelte hab ich mir bereits abgeholt«, Melinda schielte schuldbewusst zu Karla hinüber, richtete sich dann erneut an Herbracht. »Wie geht es der alten Dame?«

»Deutlich besser. Sie hat zwar viel Blut verloren und eine schwere Gehirnerschütterung davongetragen, aber sie wird bald aus dem Krankenhaus entlassen. Allerdings will sie unbedingt ihre Retterin kennenlernen. Meinen Sie, das ließe sich einrichten?«

Melinda blickte zu Karla. »Dann solltest du hingehen. Du hast sie gerettet.«

»Quatsch, du«, knurrte Karla.

»Ja, Frau Brandt, Ihre Freundin hat zwar bewiesen, dass

sie eine hervorragende Detektivin ist. Wären Sie aber nicht so mutig gewesen, in das Haus zu gehen, hätten wir Frau Weißberger vermutlich nicht mehr retten können. Frau Brandt, Ihnen sei gesagt, dass dieser Mensch nie mehr wieder irgendeiner Person wehtun kann. Zur Zeit wird er psychiatrisch untersucht. Hat übrigens behauptet, dass er Stimmen ...«

Lorenz unterbrach: »Eine Stimme!«

Herbracht nickte. »Pardon, eine Stimme hörte, die ihn anwies zu töten.«

Melinda verzog das Gesicht. »Das ist so gruselig.«

Herbracht wandte sich an Karla. »Frau Senkrecht, nachdem Sie Seeberger alias Lione in der Spielbank entlarvten, haben wir einen Durchsuchungsbeschluss angefordert, die Wohnung vom Hausmeister öffnen lassen ...«

»Er hat sich übrigens bei seinem eigenen Hausmeister kürzlich halbtags einstellen lassen, vermutlich, um nicht durch Arbeitslosigkeit aufzufallen«, unterbrach Lorenz.

»Der Hausmeister war auch sichtlich verblüfft, als er für uns Seebergers Wohnung öffnen sollte«, fuhr Herbracht fort. »Seine DNA-Spuren jedenfalls fanden wir, eindeutig identisch mit denen sämtlicher Tatorte. Nun galt es nur noch, ihn zu finden.«

»Er hat sich in eine Pension eingemietet«, sagte Melinda leise.

»Das wissen wir. Er hat es uns selbst gesagt«, antwortete Herbracht.

Karla verschränkte die Arme. »Wissen Sie, Herbracht, ich habe ihn schon lange im Auge gehabt, nämlich bereits, nachdem ich seinen verbeulten grünen Golf in der Liebigstraße entdeckt hatte.

»Hm, du hattest also doch recht«, sagte Beate anerkennend.

»Womit?«, wollte Herbracht wissen.

»Mit dem Golf. Zum ersten Mal sah ich das Vehikel nämlich an dem Tag, als wir Melinda vom Polizeipräsidium abholten und zwar bei uns vorm Haus. Ich habe Frau Pauli erklärt, ein solch scheußliches Grün gäbe es gewiss nur einmal in ganz Frankfurt. Eindeutig ein Auto, das früher mal eine andre Farbe hatte. So etwas hässliches sieht man nicht oft. Das fällt eben auf.«

Melinda machte große Augen. »Wirklich? Er stand vor unserem Haus?«

Karla nickte. »Nehme an, er hätte längst versucht, dir etwas anzutun, wenn er nicht mitbekommen hätte, dass du neben uns wohnst.«

»Wieso haben Sie uns das vorenthalten, Senkrecht?«, fragte Herbracht.

»Meine Güte, ich kann doch nicht bei jedem grünen Golf die Polizei alarmieren.«

Lorenz grinste.

»Du lachst, ich finde es unprofessionell.«

»Na ja, aber Frau Senkrecht hat es wettgemacht.«

»Ja, ja, hat sie, dennoch Senkrecht, wir hatten eine Abmachung.«

»Tut mir leid, ist wohl meine Schuld«, warf Beate ein. »Ich hab ihr abgeraten, wir hatten ja nicht einmal auf das Nummernschild geachtet.«

»Was hat er bloß mit dem Drecksteil gemacht? Das habe ich nicht herausgefunden. Sein späterer schwarzer Golf hat mich zugegebenermaßen verwirrt.« Karla zog ein Zigarillo aus der Jacke und schob es in den Mund. Herbracht nahm sein Feuerzeug, beugte sich vor und gab ihr Feuer.

»Er hat den Wagen verschrotten lassen. Das hat er ausgesagt. Hat sich dann einen unauffälligen schwarzen Golf gekauft und bar bezahlt. Er hat das Internet übrigens kaum jemals genutzt. Das war ein durchaus schlauer Schachzug. Wir wären ihm sonst viel schneller auf die Schliche gekommen.«

»Zumal er in der Spielbank verbreitet hat, dass er Computerfachmann ist«, sagte Lorenz.

»Ach, woher wissen Sie das?« Karla war erstaunt.

Lorenz antwortete. »Hat uns Leni Maier verraten.«

»Na so was, mir nicht.«

»Da sieht man, wie gut wir uns ergänzen, Frau Senkrecht.« Herbracht lachte. »Leider hat er aber nicht bedacht, dass es in dem Fall unklug ist, wenn man seine Initialen aufs Nummernschild setzen lässt.«

»Wieso, er war in dem Glauben, dass niemand seinen wahren Namen herausfindet. Zwischendurch hat er sich ja auch an Mike Seilers Namen bedient«, erläuterte Karla.

»Herrn Seiler haben wir natürlich gleich überprüft, als sie von ihm sprachen, Senkrecht. Und wussten, der hat keiner Fliege was zuleide getan. Aber es hat Seeberger besondere Freude gemacht, ihn da mit reinzuziehen, weil Sie Kontakt zu Seiler hatten, Frau Brandt. Möglicherweise eine Art Eifersucht.«

»Eifersucht?«, Melinda hob neugierig die Augenbrauen.

»Nicht im üblichen Sinn. Es war eher die Eifersucht auf Ihre sozialen Kontakte, die er nie hatte. Deswegen wollte er Ihnen wehtun. Sie sollten sich hereingefallen fühlen. Außerdem konnte er gleichzeitig Seiler in die Pfanne hauen.«

Melinda nickte traurig. »Tut mir so leid, ich wusste nicht mehr, was ich glauben soll und habe zwischendurch gedacht, dass Mike Francesco ist.«

»Das wollte Seeberger damit ja auch bewirken. Wissen Sie, er hat vermutlich soziopathische Züge, solche Menschen prahlen gern mit ihren Taten und glauben, sie brauchen permanent Menschen, die sie bewundern. Sie hätten sehen sollen, mit wie viel Stolz er uns von seinen Taten berichtet hat. Wir können von Glück reden. Nicht jeder Täter legt ein so umfassendes Geständnis ab. Dieser Mann aber war so von sich überzeugt und von seiner, nennen wir es Unverwundbarkeit, dass er bald begann, nachlässig zu werden«, Herbracht sah Beate an. »Allein, Sie zu konsultieren, Frau Pauli.«

Beate, die die ganze Zeit schweigend zugehört hatte, zuckte mit den Schultern. »Ich war an meine Schweigepflicht gebunden und wusste zu der Zeit nicht …«

Herbracht unterbrach sie: »Schon gut, Frau Pauli, niemand macht Ihnen einen Vorwurf.«

Karla schüttelte den Kopf. »Nein, Herr Kommissar, sie hat mir …«, jetzt lachte sie, »die Daten zukommen lassen. Sozusagen undercover. Einmal den Computer nicht runtergefahren, verstehen Sie, seine Akte offengelassen«, sie tätschelte liebevoll Beates Hand. »Ich weiß schon, was ich an dir habe.«

Beate errötete. »Nah am Rande der Legalität, Karla. Sehr nah.«

Herbracht nickte grinsend. »Privatdetektive färben scheinbar ab. Wir fanden übrigens in seiner Wohnung eine Geldkassette mit knapp 250.000 Euro. Das war das Geld, was er von den alten Damen ergaunert hat. Hätte er es auf ein Konto transferiert, wäre er natürlich aufgefallen. Das war tatsächlich ein schlauer Schachzug, der es uns nicht leichter machte. Die informationstechnische Überwachung wäre sonst längst auf ihn aufmerksam geworden und hätte ihm einen Trojaner auf den PC gejagt. Auch hat er Prepaidhandys verwendet. Deswegen konnte ihn das Altenheim ja nicht informieren. Wir fanden übrigens das Foto seiner Großmutter in seinem Schlafzimmer. Liegt bei den anderen Sachen in der Asservatenkammer, aber auf dem Bildschirm kann ich es Ihnen zeigen. Eine nette und sympathische wirkende alte Dame.« Herbracht drehte den Computerbildschirm, sodass alle das Foto darauf sehen konnten.

»Kaum zu glauben, dass eine solche Person eine Ausgeburt an Enkel großgezogen hat«, knurrte Karla.

»Warum stets die ältere Frauen?«, wollte Beate wissen.

Herbracht nickte. »Das war uns anfänglich auch nicht klar. Gehörte aber zum einen zu seinem Krankheitsbild, zum anderen erzählte er uns, er habe eine Zeitlang oder immer wieder einmal als Callboy gearbeitet. Sei stets von älteren Frauen gebucht worden. Eine von ihnen hat er in Baden-Baden zu einer Spielbank begleitet. Da stellte er fest, dass dort viele reiche Leute verkehrten, die, wie er wörtlich meinte: nicht wissen, wohin mit ihrem Geld. Seine Großmutter habe nicht das Glück gehabt, feudal leben zu können, wenngleich sie es sich hätte leisten können, stattdessen sei sie durch ihre Alzheimer-Erkrankung aus dem Leben gerissen worden. Diese alten Damen jedoch, die er sich ausgesucht hatte, überschätzten sich seiner Meinung nach und nutzten ihr Vermögen schamlos, schreckten nicht einmal davor zurück, Sex mit ihm zu verlangen. So etwas müsse bestraft werden.«

Karla dementierte. »Na ganz so war es auch nicht. Wenn man Leni Maier und der Haushälterin Tilda Gerber und dem Kindermädchen der Nachbarn von Frau Golden Glauben schenken will, dann hat er die Frauen ganz schön angemacht.«

»Senkrecht, wir sprechen von einem Mann mit einer Persönlichkeitsstörung«, sagte Herbracht.

»Das ist alles der blanke Wahnsinn«, Melinda schüttelte erschüttert den Kopf.

Lorenz nickte. »Er habe den Damen im Übrigen unnötiges Dahinsiechen erspart. Alzheimer und Demenz nähmen mehr und mehr zu. Womit er natürlich nicht ganz Unrecht hat. Die Menschheit wird nun mal älter.«

»Na, hören Sie mal«, knurrte Karla.

»Keine Sorge, Frau Senkrecht, von mir ist nichts zu befürchten.«

»Wie dumm muss ich gewesen sein, auf diesen Mann reinzufallen.

»Frau Brandt, glauben Sie mir, wir haben viele Studien darüber gelesen, da viele Straftäter soziopathische und psychopathische Züge aufweisen. Diese Menschen wirken völlig normal. Nicht nur das, sie haben in den meisten Fällen enormen Charme, sind intelligent und haben Charisma. Trifft auf ihn zu, nicht wahr? Und sie kennen keine Reue.«

Melinda nickte, eine Träne funkelte in ihrem Augenwinkel. »Das kann man wohl sagen.«

»Ihnen fehlt die Empathie, die gesunde Menschen von Straftaten abhält. Erwiesenermaßen sind oftmals Serientäter Soziopathen«, sagte Herbracht.

»Ich darf kurz unterbrechen, Lutz.« Lorenz hob den Zeigefinger. »In Seebergers Leben gab es einen Menschen, den er liebte, seine Großmutter.

Beate mischte sich ein. »Wenn er sie wirklich so sehr geliebt hätte, dann wäre er doch immer erreichbar gewesen, hätte sie regelmäßig besucht und sich um sie gesorgt, selbst, wenn sie Alzheimer hatte, nicht? Das habe ich ihm auch gesagt. Aber er hatte angeblich keine Zeit.«

»Klar, Frau Pauli, natürlich haben Sie recht. Es ist sein Glaube daran, dass er sie geliebt hat. Er gab ihm das Recht, schlechte Dinge zu tun. Möglicherweise, um sich reinzuwaschen und als Held zu feiern. Das wird Ihnen sicher ein Psychiater besser erklären können. Es sind reine Mutmaßungen. In jedem Fall war er besessen von dem, was er tat. Die Stimme, von der er so oft sprach, die Stimme in seinem Kopf, die beherrschte ihn.«

»Schizophren ist er also auch«, knurrte Karla.

»Laut den ersten Erkenntnissen unseres Psychiaters wahrscheinlich eine Störung im präfrontalen Cortex«, sagte Lorenz.

Karla nickte. »Persönlichkeitsstörung also.«

»Genau. Der präfrontale Cortex ist der vordere Stirnlappen, der größte Lappen der Großhirnrinde und unter anderem das Zentrum des Sozialverhaltens. Bei vielen Psychopathen liegen dort Anomalien vor, manchmal ausgelöst durch ein Hirntrauma nach einem Unfall. Das Wesen eines Menschen kann sich dadurch dramatisch verändern. Er wird möglicherweise unkontrolliert aggressiv, kindisch oder auch triebhaft. Der Hass auf seinen Vater war, wie wir wissen, immens. Er hat ihm schon als Kleinkind schwere Schläge verpasst, wie uns Seeberger sagte, meistens auf den Hinterkopf. Möglicherweise wurde sein Gehirn dadurch geschädigt.«

Beate schüttelte den Kopf. »Was bin ich froh, dass ich den Mann nie als Mandanten übernehmen musste.«

Herbracht nickte und wandte sich an Melinda. »Frau Brandt, Sie können sich glücklich schätzen, dass Sie nicht längere Zeit mit diesem Mann verbracht haben. Solche Menschen suchen sich im Allgemeinen sensible Partner, rauben ihnen Energie und zerstören sie letztendlich.«

Melinda sprach sehr leise. »Manchmal glaube ich, er hat es schon geschafft.«

»Quatsch«, knurrte Karla. »Du bist viel zu stark.«

Melinda sah Karla nachdenklich an. »Wie konntest du eigentlich wissen, wo ich mich befand?«

Herbracht verschränkte die Arme. »Das wollte ich die ganze Zeit schon fragen.«

Karla grinste. »Schon mal was von der Family App gehört? Die installieren Eltern, die wissen wollen, wo sich ihre Kids so rumtreiben. Hab's gemacht, als ich bei dir war und du geschlafen hast.«

Melinda sperrte den Mund auf. »Wie hast du denn das mit dem Daumenabdruck gemacht?«

»Ich hab das Handy druntergelegt und beherzt gedrückt. Du hast mich erstaunt angeschaut, ich hab gesagt, du hast geträumt, und schon hast du weitergeschlafen.«

»Karla!« Melinda konnte sich ein Grinsen nicht verkneifen.

»Immer am Rande der Legalität, unsere Frau Senkrecht«, meinte Herbracht.

»Karla, was fällt dir ein?« Beate schüttelte den Kopf. »Ich glaube, wir werden ein ernstes Wort miteinander reden müssen.«

»Was denn, seid doch froh, dass ich das gemacht habe, ist mein Killerinstinkt.« Karla grinste wie ein Honigkuchenpferd, zog ein Zigarillo aus ihrer Jackentasche, zündete es an und verbarg ihr Gesicht hinter einer Qualmwolke. »Ach übrigens«, Karla griff in ihre Hosentasche. »Ehe ich ihn verliere, Gretel.« Sie zog den silbernen Ring aus der Tasche, den Melinda vor der Tür von der Weißgerber fallen gelassen hatte, und reichte ihn Melinda.

»Mein Ring, danke! Wieso Gretel?«

»Na ja, Hänsel und Gretel haben Brotkrumen verwandt, um auf sich aufmerksam zu machen, die heutige Generation benutzt Silberringe.«

»Das war gut überlegt von Ihnen, Frau Brandt. Wir sprachen bereits darüber. Das Wichtigste ist, dass Sie das alles gut überstanden haben, liebe Frau Brandt«, sagte Herbracht. »Und übrigens, die Sache mit der Ordnungswidrigkeit wegen Fahrens eines fremden Autos und das noch ohne Führerschein ist dagegen ein Klacks, denken Sie nicht?«

Beate Pauli kam zu Wort. »Na ja, sie hatte ja eine Anwältin. Bei der Sachlage der Dinge bist du mit einem blauen Auge davongekommen, meine Liebe. Dass deine Tasche gestohlen wurde, erklärt schließlich, dass du den Führerschein gar nicht bei dir haben konntest, und na ja, ich habe alles gegeben. Bis auf eine kleine Ordnungswidrigkeit wurde deine Strafsache aufgehoben.«

Melinda küsste Beate auf die Wange. »Ihr seid einfach die Besten.«

»Ja, Frau Brandt, und Ihrer Hartnäckigkeit im Verfolgen dieses Mannes ist zu verdanken, dass wir den Kerl unschädlich machen konnten.«

»Na gut«, knurrte Karla. »Aber beim nächsten Irren bekommst du Hausarrest.«

»Senkrecht, und Sie qualmen mir beim nächsten Fall nicht wieder die Bude voll, verstanden?«

»Habe ich's mit den Ohren – oder habe ich wirklich nächster Fall verstanden?«

Das Telefon auf Herbrachts Schreibtisch klingelte. »Ja? … Geht klar.« Er legte auf und blickte Melinda lächelnd an. »Frau Brandt, Mike Seiler lässt fragen, ob Sie ein Taxi nach Hause brauchen. Er steht unten auf dem Besucherparkplatz und wartet auf Sie.«

ENDE

*Weitere Titel finden Sie auf den
folgenden Seiten und im Internet:*

WWW.GMEINER-VERLAG.DE

Alle Bücher von Franziska Franz:

**Privatermittlerin Karla
Senkrecht ermittelt:
1. Fall: Blutmain**
ISBN 978-3-8392-2691-9

2. Fall: Maingrab
ISBN 978-3-8392-0391-0

GMEINER SPANNUNG

WWW.GMEINER-VERLAG.DE
Wir machen's spannend

Susanne Kronenberg
Rheingau Vernissage
Kriminalroman
272 Seiten, 12,5 x 20,5 cm,
Broschur
ISBN 978-3-8392-0813-7

Tess Bonifer, Biografin und Historikerin, kommen Zweifel. Verschweigt ihr aktueller Auftraggeber verfängliche Informationen? Der Rheingauer Unternehmer richtet ein Museum für seinen Urgroßvater ein, einst ein bekannter Maler, und Tess soll dessen Biografie schreiben. Kurz zuvor zog sie ins Weinstädtchen Eltville zu ihrem Winzerfreund Jannis, der um die Zukunft seines Weinguts bangt. In einer ehemaligen Mühle bei Schlangenbad kommt Tess der unrühmlichen Vergangenheit des Malers auf die Spur. Und sie erkennt, dass auch im Hier und Jetzt tödliche Gefahren lauern.

SPANNUNG

WWW.GMEINER-VERLAG.DE
Wir machen's spannend

Zeitfracht Medien GmbH
Ferdinand-Jühlke-Straße 7
99095 Erfurt, Deutschland
produktsicherheit@kolibri360.de